산책, 109

산책, 109

이 근 자 소설

문이당

작가 노트

사 년 만에 출간하는 두 번째 소설집이다.

'소설'을 하면서 목표를 세웠다. 어제보다 마음 주머니를 조금이라도 더 키우자고. 그러지 못할까 봐 여전히 두렵다.

책 제목을 정한 것도 그렇다. 단편소설인 「산책, 109」는 책에 실린 8편의 작품 중, 두 번째로 애착을 가지고 있는 작품이지만 거부된 이력이 있다. 그래서 그분을 불편하게 할까 봐 내용을 조금 고쳤다. 그래도 두렵지만, 이것을 견뎌야 한다는 것은 안다.

두려움을 견디게 하는 건 다른 누군가의 애정이다. 악평을 하는 독자의 애정. 부정적인 애정의 농도가 선의와 맞먹는다는 것은 나의 착각일지 모른다. 하지만 두려움이 조금 옅어진다.

내 글의 시원인 류화진, 배규찬, 좌청룡과 우백호, 정옥, 점희, 이원숙님께 감사 인사를 드립니다. 가족소설에 국한하지 말라고 충고한 선생님들과, 장편소설을 언제 쓸 거냐고 야단치는 몇 분께도 머리 숙입니다.

2024년 9월

이 근 자

차례

작가 노트

아침은 함부르크로 온다

아침은 함부르크로 온다

안젤라를 다시 만나지 않았더라면 내 삶의 기후가 어땠을까, 상상하곤 한다.

십 년 전 그녀와 나 사이의 날씨는 긴 겨울에 훈풍이 불었던 며칠이 다였다. 이상한 고온 현상 같던 짝사랑이었다. 사진동아리에서 안젤라를 만났다. 기상 사진을 찍다가 우연히 발견한 쌍무지개와 달무리를 쫓아다니던 그때. 어리고 무지하여 마냥 설레던, 빛바랜 기억이자 오래전에 끝난 이야기였다.

얼마 전에 안젤라가 여기, 그러니까 아버지와 동생과 나까지 사내 셋만 살고 있는 우리의 대기권으로 들어왔다. 그녀는 습하고 우중충한 우리의 한랭지대에 뜨겁고 건조한 지중해의 여름처럼 다가와 평균 기온을 올려놓았다.

한밤에 병원을 순찰하던 중 안젤라와 마주쳤다. 나는 경비복 차림으로 환자복을 입은 안젤라와 간이휴게실 벤치에 마주 앉았다. 안젤라는 상체를 구부린 엉거주춤한 자세로 천천히 움직였다. 그녀는 산부인과 병동에 입원 중이라고 말했다. "선배, 나 미혼모야." 나는 고개를 끄덕이며, 내 삶의 어느 부분이 그녀가 방금 한 이야기와 무게가 같을까 가늠했다. 그녀가 야간경비원의 삶도 듣고 싶을까, 스치듯 생각하면서. 아닐 것 같았다. "나 좀 불쌍하지?" 안젤라가 장난기를 담은 목소리로 코를 찡그리며 물었다. 나는 고개를 저으며 안젤라의 크고 깊은 눈을 마주 보았다. 그녀는 위로받고 싶은 듯했다. 이후 십여 분 동안 우리는 학창 시절과 카메라 앵글에 비치던 다양한 하늘색에 대해 추억을 나누다 헤어졌다.

안젤라와 얘기하는 동안에는 다시 마주치지 않을 것 같아 사적인 말을 아꼈는데, 건물 네 동을 순찰하는 내내 그녀가 머릿속에 맴돌았다. 내 얘기를 들려주지 않은 게 비겁하게 생각되기도 했다. 그녀에게 말한다는 가정을 하고 그간의 내 삶을 추려보았다. 세세하게 혹은 뭉뚱그려서.

나는 쓰레기차가 지나간 뒷정리를 했고, 병원 휴게실과 계단참의 어두운 곳을 기웃거렸으며, 옥상 공원에서는 별과 별 사이의 공간이 가족 이야기를 메모해놓은 검정색 포스트잇이라도 되는 듯 한참을 몰두해서 바라보았다. 그러다가도 긴급호출이 오면 응급실과 장례식장을 오갔고, 퇴근 전에는 순찰일지까지 썼다. 그런 후에 분명히 알아차렸다. 아무래도 우리 가족사는 포장이 안 되는구나.

아버지가 졸음운전을 했다. 교통사고를 내 엄마가 돌아가시자 아버지는 정신줄을 놓아버렸다. 나는 대학교를 중퇴하고 가족을 돌봐야만 했다. 불행의 전형 같은 여러 일을 겪은 후에 우리는 요양원에서 살게 되었다. 그러니까 장례식장이 내려다보이는 요양원 6층의 구석진 곳에 있는 병실 하나가 우리 세 식구의 집인 셈이었다. 병원장이 먼 친척이라 가능한 일이었고, 나는 그동안 살았던 다른 어느 곳보다 이곳이 편안했다.

하지만 내가 밤새워 요약한 가족사를 안젤라에게 들려줄 기회는 없었다. 말해주기도 전에 그녀가 먼저 현장을 본 셈이었으니. 내가 잠든 시간에 안젤라가 제 발로 요양원에 찾아와 동생인 병우를 만나고 치매에 걸린 아버지를 봤다. 동생은 여느 날과 다름없이 휠체어에 앉아 영화를 보고 있었다. 터치펜을 입에 문 채, 그것으로 노트북의 화면을 조정하면서. 동생은 어려서부터 몸이 서서히 마비되는 병을 앓았다. 처음엔 다리가 그다음엔 허리와 가슴 순서로, 그렇게 목 위쪽에만 감각이 살아남은 채 병우는 서른 살이 되었다.

안젤라가 막 요양원에 발을 들인 그 시간에 나는 천둥소리를 들었다. 기상재해였다. 건물이 무너져 내렸고 사람들의 비명이 비바람 소리를 가르고 또렷이 들렸다. 이상하게 나는 다친 데도 없이 그 한가운데에 혼자 서있었다. 주변 몇 미터 안으로 돌멩이 하나 날아오지 않는 커다랗고 둥근 장력에 둘러싸인 채 불안에 떨면서, 어딘가로 떠나야 한다는 생각만 하고 있었다. 안전한 어딘가로. 하지만 잃어버린 뭔가를 찾아야 한다는 더 강렬한 생각에 사로잡혀 움직일 수 없었다. 천둥소리가 점점 커져 평소보다 열 배쯤 큰 소리가 났다. 그 소음 때문에 장막과 머릿속이 찢겨나갈 것 같았다. 내가 찾고 있던 게 뭔지 잊어버릴 만큼 아팠다.

문득 그 통증이 꿈속까지 파고든 두통이었고, 천둥소리는 배식카트의 바퀴 구르는 소리라는 것을 알아차렸다. 동생에게 하루 세 끼 밥을 먹이고, 씻기고, 병원에 데려가는 것. 동생을 케어하는 건 순전히 내 일이었다. 나는 서둘러 침대에서 내려와 공동거실로 나왔다. 그런데 거기, 우리 가족의 공간에 안젤라가 들어와 있었다.

'무단 침입'이란 단어가 찌르듯이 달려들었다. 요양원이 내 개인적인 공간이라 생각한 적이 한 번도 없었는데. 그래도 그런 아득한 마음이 들었다. 동생의 점심을 안젤라가 챙겼다고 했다. 안젤라는 놀라 멍하게 선 나를 이끌어 자신의 아기에게 데려갔다.

안젤라의 아기는 신생아실 한쪽에 놓인 인큐베이터 안에 누워 있었다. 아기의 병명이 어려워 듣자마자 잊었지만 조그만 몸과 눈이 하얀 붕대로 뒤덮여 있었다. 붕대 사이로 내비쳐 작은 조각처럼 보이는 살갗이 검붉었다. 얇은 피부와 가녀린 팔다리가 작게 흔들리는 모습이 뇌리에 박혔다. 거즈를 젖히면 눈이 멀어버린다고 했다. 안젤라는 두 손을 맞잡고 아기 이름을 속삭여 불렀다. 준아. 유리문 밖이라 아기에게 들리지 않는 것을 알면서도. 준아준아. 나는 둘의 모습이 처참한 재난영화의 한 장면 같아 채널을 돌리고 싶었다. 차라리 동생의 기저귀를 갈고 서둘러 출근하고 싶었다. 그래서 모두가 잠든 한밤의 검은 시간에 숨고 싶었다.

"미안한데 선배." 우리가 헤어지려던 참이었다. 안젤라가 눈물을 글썽이며 나를 향해 웃었다. "나, 불쌍한 사람을 만나서 정말로 좋아. 이 기분 뭔지 모르지?" 나는 안젤라와 마주 보고 웃었다. 그 뜻을 왜 모르겠는가.

나는 그런 말을 대놓고 하는 안젤라가 귀여웠고, 바로 그 순간 그녀가 황량하고 건조한 사막 같은 나의 영혼에 꼭 맞는 사람처럼 여겨졌다.

나는 요양원에 돌아와 아버지 곁에 나란히 섰다. 그리고 말을 걸었다. "아버지 안젤라를 만났어요. 낮에 아버지에게 인사한 예쁜 여자에요. 안젤라가 아기를 낳았어요. 그 아기가 아파요. 많이요. 아버지, 전 그 아기가 살았으면 좋겠어요. 안젤라가 계속 불쌍했으면 좋겠어요, 아버지. 기도라도 해야 하나요?"

내 말에 아버지가 대꾸하진 않는다. 아버지는 하루 네다섯 시간 잠자는 때를 제외하고는 요양원의 동쪽 창가에서 밖을 향한 채 가만히 서 있었다. 피사의 사탑처럼 몸을 한쪽으로 기울인 채. 한쪽 다리가 불편해서 그런 자세가 되었다. 하지만 내 눈엔 아버지가 정성 들여 귀를 기울인 채 세계의 비밀스러운 신호를 들으려는 것처럼 보였다. 아무도 없는 한밤중이면 지표 아래를 향해서, 낮에 노인들이 종이접기 수업이라도 하는 시간에는 그들이 만드는 물고기가 사는 바다를 향해, 그리고 해가 뜨는 아침이면 서쪽으로 떠나는 여행자 같은 붉은 태양을 향해. 바람의 속삭임이나 고대의 신탁이라도 듣는 것 같은 아버지였다.

평소 낮에 나는 생각이라는 것을 할 겨를이 없었다. 아침 일찍 퇴근하자마자 침대에 들어 점심시간까지 잤다. 일어나면 동생 점심을 먹이면서 나의 위장도 채웠고, 동생의 위가 소화를 시키는 동안에는 빨래와 병실 청소 등의 잡일을 해치웠으며 그 일을 마치면 동생을 침대에 눕혀 꼼꼼하게 마사지를 했다.
근육이나 관절이 구겨지거나 틀어졌으면 바로잡는 건 물론이고 살갗을 살펴보는 더 섬세한 작업에도 시간을 들였다. 핏기 없이 창백한 살갗에는 뾰루지가 나도 붉고 선명한 색이 돌지 않으니, 손끝으로 꼼꼼하게 쓰다듬어야 했다. 그러다 소름처럼 작은 기미라도 찾게 되면, 그곳에 약과 파우더를 듬뿍 발랐다. 욕창이 어디서 시작될지 알 수 없었다.
그렇게 자신의 몸을 구석구석 들여다보는 내게 동생은 사진을 찍어달라고 했다. 동영상이면 더 좋겠다고 했지만 나는 사진조차 잘 찍어주지 않았다. 내가 제 청을 들어주지 않자 동생은 실습생이나 간병사에게 부탁했다.

일 년 전에만 해도 동생은 손목을 움직일 수 있었다. 손목의 각도를 조금씩 틀어 핸드폰을 사용하는 모습은, 오래 봐도 싫증 나지 않았다. 손가락을 놀리는 속도도 놀랍도록 능숙하고 빨랐다. 동생은 그렇게 찍은 사진과 동영상을 편집해 여러 곳에 보냈다. 액수가 크진 않았지만, 상품권이나 상금을 받기도 했다. 사용 후기를 써서 의료보조기 같은 물건을 받는 일도 있었다. 나는 두어 번 동생의 이야기를 검색해봤다. 그와 비슷한 이야기가 수도 없이 많았다. 불편했고, 검색은 그것으로 충분했다.

동생은 요양원의 관리자에게 불려가 사진과 동영상을 검열받은 적도 있었다. 우리 가족 이외에 어르신이나 풍경을 넣지 말라는 통보에 동생이 동의를 했다.

나는 동생이 제 몸의 석화 과정을 보지 않았으면 싶었다. 하지만 모든 걸 새겨보겠다는 고집을 꺾을 수도 없었다. 동생은 느려터진 시간을 보내기 위해 뭐라도 해야 한다고 말했다. "내가 몰두할 수 있는 게 나를 더, 아주, 열심히 들여다보는 거 말고 뭐가 있을까." 그 말이 마음을 흔들면 나는 가끔 동생이 요구하는 사진을 찍어주기도 했다.

의사는 동생이 터치펜마저 입에 물지 못하는 날이 곧 올 거라고 말했다.

내가 불쌍해서 제 기분이 좋다고 말한 안젤라. 그때 내가 안젤라를 보며 웃어서 바보 같았던가. 안젤라가 병원을 나갔다. 수속을 밟지 않은 채. 아기의 병원비조차 내지 않았다고 했다. 그 말을 전해 들은 날 밤에 나는 아버지 옆에 서서, 창문에 비치는 우리의 모습을 오래 바라보았다. 그러면서 왠지 내 주변에 있는 사람은 불행으로 치닫는 발길을 쉽게 내디딘다는 생각도 했다. 사람은 누구나 자신만의 기운이 있다고들 하는데. 내가 보이지 않는 빈 공간에 나쁜 기운이 서린 길을 뚜렷이 만들었고, 그 길이 실패로 향하는가, 하는 어쩔 수 없이 자책하는 마음이 들었다.

한 친구는 달랐다. 내가 사는 걸 보고 대기업을 그만둘 용기를 얻었다나 뭐라나. 나는 그에게 넌 용감한 선택을 했으니 앞으로 모든 일이 잘 풀릴 거라고, 그런 용기는 사람을 변하게 하는 힘이라고, 눈에 보이지 않는다 해도 아무 이유 없이 그런 선택을 하는 사람은 없다며 격려까지 해줬다. 그가 다녀간 후 얼마간은 내가 더 우울했지만, 주변에 그런 사람이 있는 게 좋은 일이라고 자조했다. 내 상황은 전혀 변하지 않았는데 말이다.

나는 안젤라를 외면하려고 생각했다. 아기를 포기하려는 안젤라와 기도하던 안젤라가 같은 사람인 건 분명한데. 안젤라의 탈출이 성공하길 빌어야 할까. 나는 그녀를 외면할 수 있었다. 하지만 왠지 안젤라에게 내가 필요할지도 모른다는, 그 강렬한 열망을 멈출 수 없었다. 그렇다고 안젤라가 더 깊이 몰락하기를 바라지는 않았다. 다만 신이 내게도 좀 공정하기를 바랐다. 나는 아기의 사진을 찍어 안젤라의 폰으로 전송했다. 링거액의 색깔이 달라지고 주삿바늘의 위치가 바뀐 아기의 모습들. 가끔은 아기의 턱에 말라붙은 분유 자국이나 붕대를 크게 찍었다. 정말 사진이 소식이 되었던가, 안젤라가 내게 연락을 했다.

지하철역에서 안젤라를 만났다. 그녀는 더할 수 없이 피로해 보였다. 허리가 지난번보다 더 굽었는데도 불구하고 눈빛이 맑았다. 나는 그 눈빛을 이해할 수 없었다. 그랬지만 나는 병원비 전부를 빌려주겠다고 말했다. 앞으로의 것까지 포함해서. 그녀는 왜냐고 물었다. 나는 돈을 쓸데가 없다고 말했다. 설마 그 말을 믿은 건 아니겠지만 안젤라가 고맙다고 말했다. 아기를 볼 수 있어 악몽을 꾸지 않겠다며. 이왕이면 잠자리까지 마련해 달라고 했다. 내게 그만한 여유는 없었다. 나는 둘의 병원비를 내기 위해, 작은 빌라라도 얻을까 하여 몇 년째 모으던 적금을 헐었다는 말은 하지 않았다. 안젤라는 친구 집에 가든지, 잠자리는 알아서 해결하겠다고 말했다.

그랬던 안젤라가 이튿날 요양원에 왔다. 작은 캐리어를 끌고 곧장 우리 병실로 들어와 빈 침대에 눕는가 싶더니 금방 잠이 들었다. 아직 점심시간이 아니었는데, 나는 잠이 확 달아났다. 잠깐 화도 좀 났지만, 온몸이 퉁퉁 부은 안젤라를 깨울 수 없어 그냥 자게 두었다. 절박했던 과거 어느 날의 내 모습과 겹쳐 보이기도 했다.

병원은 물론 장례식장에서 일하는 직원에까지 안젤라와 내 얘기가 퍼졌다고 했다. 나는 사람들이 모여서 숙덕대는 것이나 트집을 잡으려 삐딱한 시선으로 훑어보는 것에 익숙했다. 그런 일이 일어나면 아버지처럼 대처했다. 그냥 다른 데를 바라보았다. 내겐 그들의 말이나 눈길을 해독하여 바르게 대응한다는 게, 구름 속 물방울에 담긴 화학물질의 분류처럼 전문적인 작업으로 여겨졌다. 물방울 몇 개로 한 나라의 산업 구조와 규모를 파악하고 탄소 배출량을 수치로 못 박을 수 있다니. 안젤라로 인해 예상되는 문제에 대응할 생각을 하자, 명치가 답답했다. 나는 가슴을 펴며 마음을 단단히 먹었다.

안젤라가 요양원에 있는 동안 나는 동생이나 아버지의 침상에서 잤다. 안젤라가 잠자리를 옮겨 다니게 할 수는 없었다. 나는 내 침대에 새 이부자리를 마련해 주는 걸로 안젤라의 침대를 지정했고 그녀는 그곳을 용케 알아보았다. 나는 파랑색 바탕에 적운과 권운 등의 구름무늬 이부자리에서 잠자는 안젤라를 보며 결심했다. 안젤라를 성의껏 돌보겠지만, 섣부른 기대는 하지 않겠다고.

그 대신 내가 잘할 수 있는 일을 찾았다. 산모에게 좋다는 음식을 구해주는 것. 안젤라가 새끼 새처럼 온전히 내게 기대어 잘 먹고 잘 쉬는 것이 흐뭇한, 내 마음에 집중했다. 안젤라와의 추억을 떠올리면서.

내가 군대를 제대하고 복학한 얼마 후 안젤라가 사진동아리에 들어왔다. 그녀의 등장은 모든 남자의 주목을 끌기에 충분했다. 동아리 회원 수가 늘고 활동이 활기찼던 어느 날부터 안젤라가 외제차를 몰고 다니는 선배와 어울리자 그들은 그녀 주위에 있을 명분이 사라졌다. 나처럼 처음부터 멀찍이 떨어져 있었던 몇은 별스럽게 추스를 것도 없었다. 고개만 돌리면 없었던 일처럼 될 것이었다.

그렇다고 생각했는데 그렇지 않았다. 젊은 날 한때 설레었던 기억은 형체가 있는 정제수처럼 세포 어딘가에 남아서 이후에 세상을 재는 기준이 되었다. 그런 심미안은 핍진한 현실과 몸의 갈증에 휘둘려 쉽사리 흐려졌다. 안젤라라는 한 방울의 정제수도 내 마음의 저장고에서 서서히 증발해 버렸을지 모른다. 블러드문을 찍으러 갔던 그 날에 대한 기억이 없었다면 말이다. 내가 안젤라와 선배의 사랑싸움에 끼어들었던 핏빛 달이 떴던 그 밤.

안젤라는 선배에게 고분고분한 여자가 아니었다. 안젤라에게 손이 잡힌 채 나는 그들의 싸움 한중간에 서 있었다. '난폭하게 굴지 마요. 미안, 그런데, 네가 외국인이라는 걸 부모님이 받아들일 시간이 필요하잖아. 나는 반이 한국인인데 꼭 그렇게 외국인이라 선을 그어야 하나요. 내 마음 알잖아.' 등과 같이 상투적인 이야기를 나는 그들 사이에서 듣고 있었다. "야, 그 손 좀 치워줄래!" 안젤라가 내 손을 여태껏 잡고 있었나 보았다. 선배의 으름장에 나는 안젤라에게 잡힌 손을 뺐다. 하지만 안젤라에게 다가오는 선배를 막아섰다 몇 대 맞았지만 결국 뒤로 물러서진 않았다.

안젤라가 혼혈이란 걸 나는 그날 처음으로 확인했다. 피부색이 더 검노랗거나 눈코입이 더 또렷하고 다리가 길다는 것을 보는 것과 그녀의 곤란한 상황에 휘말려본 것은 달랐다. 내가 학교를 그만둔 후 전해 들은 소식에 의하면 안젤라는 그 선배와 약혼했다. 파혼 후에 모델로 데뷔했다는 소식도 들었다. 그보다 더 지나선 아버지의 나라로 돌아갔다는 소문까지.

얼마 전에 나는 안젤라에게 그날 밤 왜 나를 그 싸움판에 끼웠냐고 물었다. 안젤라는 그날의 그가 나였냐고 반문했다. 그동안 안젤라를 떠올려 낭만적으로 각색하느라 낭비했던 시간이 좀 억울했다. 하지만 다시 생각해보니 억울하다는 내 감정이 이상했다. 안젤라와 나는 다른 기후대에 속한 사람이라 색깔 다른 옷을 입고 다르게 말을 하는 게 당연했다.

어쨌건 현재 안젤라는 나의 팔 둘레가 미치는 내 공간에 함께 있었다. 나는 내게로 건너오는 안젤라의 숨소리를 들으며 누워 있는 게 좋았다. 가끔 안젤라의 숨소리를 놓칠 때면 나는 소리의 중심에 있다는 소리에 집중했다. 동생의 표현에 의하면 그건 지구가 자전하는 소리라고 했다. 너무나 익숙해서 들리지 않는 것 같지만 과학자들이 메가헤르츠로 수치를 밝혔다고 했다. 그렇게 작고 미미한 소리를 내며 지구는 매일 저 혼자 회오리바람을 일으키며 태양 주위를 둘레길 삼아 걸어 다닌다나. 내겐 안젤라도 마찬가지로 생각되었다. 그녀가 지금까지 아주 멀고 다른 데에 속해 있었다가 삶의 궤도를 돌고 돌아 이제는 내게로 다가오면서 숨소리와 온기의 파동을 건네주는구나, 라고.

나는 일을 후딱 해치우고, 침대에서 오래 뒹굴었다. 어쩌다 안젤라가 눈을 뜨거나 불편한 일이 생기면 바로 그녀의 청을 들어줄 수 있게, 최대한 오래 안젤라 곁에 머물렀다. 그렇게 안젤라의 숨소리를 짚으며 지낸 지 열흘쯤 지나자 뭔가 달라졌다. 내가 잠에서 깨어나면 안젤라의 침대가 비었거나 그녀가 나를 내려다보는 횟수가 늘었다. 나와 눈이 마주치면 그녀는 일어나려는 나를 제지하며 속삭였다. "선배, 더 자. 내가 병우 챙길게." 나는 안젤라의 그 말이 어길 수 없는 명령이듯 고분고분 따랐다. 사양하지도 않고. 그뿐이 아니었다.

안젤라는 간식을 들고 한밤에 나를 찾아 일터로 왔다. 내가 그녀에게 말했던, 잠을 참기 힘든 바로 그 시간에. 자신도 다이어트를 해야 한다는 핑계를 대면서. 아무리 날씨가 따스하다고 해도 이제 삼칠이 겨우 지난 산모인데, 나는 그녀에게 쉬라고 권했다.

하지만 속으로는 너무나 기뻐하며 안젤라를 달빛이 은은한 옥상 휴게실이나 비를 피할 수 있는 곳 혹은 아늑하면서도 은밀한 공간으로 안내했다. 따로 고백 같은 것을 할 필요는 없다고 생각했다.

나는 안젤라의 손을 꼭 잡고 우리 가족이 살았던 동네 쪽을 가리켰고 엄마가 만들어 주었던 특별한 요리와 아버지라는 울타리가 건재했던 시절의 이야기를 그녀에게 들려줬다. 평범한 이야기라도 안젤라에게 건너가자 색과 공간을 가진 것처럼 환하게 실감이 났다. 나는 신이 나서 동생을 업고 뛰었던 가파른 길목을 우스꽝스럽게 꾸며 얘기하기도 했다. 그건 내게 처음이자 특별한 경험이었다. 내 이야기에 대한 응답으로 안젤라는 나보다 손을 더 높이 들어 자신이 어린 시절을 보냈던 상하常夏의 나라를 가리켰다. 그곳 호수의 변화하는 색과 바나나가 익는 냄새와 물고기 같은 사람들의 몸짓과, 느리고 나른한 노랫가락을 들려주었다. 우리의 세계는 서로 섞였고 나는 안젤라의 일부에 속했다고 느꼈다.

선물 같은 날이 빠르게 지나고 있었다. 나는 요양원 측에서 통보받은 마지막 날짜를 아무한테도 말하지 않았다. 기한 같은 건 지키고 싶지 않았다. 만약 그날을 넘겨 항의를 받게 된다면 그때 상황에 맞부딪힐 작정이었다. 하지만 그런 날은 오지 않았다.

안젤라가 내게 원룸을 구하러 가자고 말했다. 아기 때문에 병원 근처에 살아야겠다면서. 나는 안젤라가 나와 살림이라도 차리자고 말한 것처럼 좋았다. 내가 벌린 팔의 반경을 벗어나 거리가 멀어지는 게 그렇게 좋기만 할 일은 아닌데도 말이다. 내심 기대를 한 걸까. 안젤라가 제 원룸에는 절대 남자를 들이지 않겠다고 못을 박자 조금 실망한 건 사실이었다. 하지만 믿음직스럽기도 했다. 그날 원룸 여러 채를 구경했지만, 안젤라는 딱히 한 군데를 정하지 못했다.

안젤라가 요양원 퇴실 기한을 며칠 앞두고 카페에 파트타임 일자리를 구했다고 알렸다. 이삿날도 잡았다며. 이사 가겠다는 곳은 나와 둘러본 원룸이 아니었다. 안젤라의 말투는 한파를 예보하는 아나운서처럼 차갑고 건조했다. 나는 절망했다.

하지만 동생이 골라준 원룸이라는 말을 듣자 안심이 되었다. 아니 그 이상이었다. 안젤라가 나 대신에 동생과 의논했다니, 우리는 벌써 가족이 다 된 것 같았다. 그 후 며칠간 밤에 안젤라가 내게로 오면 우리는 어깨를 마주 기댄 채 학교의 동아리방과 쌍무지개가 떴던 강줄기를 가리키듯 안젤라의 원룸을 가리켰다. 그 원룸은 아버지가 선 동쪽 창가에서도 지붕 실루엣이 보이는 곳에 있었다. 카페 함부르크 뒷집이었다. 출입문의 방향은 달랐지만, 요양원 창에서 보면 카페와 원룸이 하나의 건물처럼 보였다.

안젤라가 요양원에서 나간 후 어떤 일은 여전했고 어떤 일은 여전하지 않았다.

순찰을 돌다가도 아버지 곁에서 잠깐씩 서 있는 것은 여전했다. 창밖 풍경이 이전과 다르게 보였다. 새벽에도 허공은 회색 박명으로 어슴푸레했지만, 카페 함부르크의 주황색 네온 빛은 또렷이 보였다. 안젤라가 이사를 나간 다음에야 나는 카페 함부르크에 들렀다. 동생과 안젤라가 자주 간다는 카페 함부르크. 이전에는 거기에 갈 생각이 없었는데, 기분이 이상했다. 카페에 들어가서야 나는 안젤라와 모든 걸 함께 하고 싶은 숨은 마음이 나를 이곳으로 이끌었다는 것을 알아차렸다. 안젤라가 병실에 없는 것이 많이 허전했던가. 안젤라에게 직접 전할 수 없는 말은 휘발되지 않고 가슴속에 켜켜이 쌓여 썩고 있었다.

"아버지, 안젤라가 병우 점심을 유동식으로 바꿔놨어요. 소화도 못 시키면서 음식에 욕심내던 애가 이젠 유동식이 괜찮대요. 안젤라가 제게 편히 잠을 자라네요. 좋아요."

안젤라가 요양원에 오기 전, 나는 잠을 깊이 잔 적이 거의 없었다. 수면 흐름이 강제로 끊겨 늘 피로했다. 동생은 점심때가 되면 내 침대 옆에서 반찬 이름과 그것의 조리법을 중얼거렸다. 메로를 포도씨 기름에 튀긴 탕수육이야, 혹은 케첩에 강황 가루를 섞어 조린 닭튀김이네 등등. 그런 말을 내가 일어날 때까지 반복했다. 나는 일부러 능장을 부려 동생이 말하는 조리법을 외웠다가 영양사에게 확인한 적도 있었다. 동생이 말한 그대로였다. 고춧가루와 간장 혹은 설탕과 사이다의 차이까지 정확했다. 동생은 멈춘 데가 있는 대신 다른 특정 부분의 감각은 특출나게 발달했다. 기압의 변화나 땅의 진동 같은 것을 잘 감지했다. 날씨는 일기예보보다 더 정확할 때가 많았다.

안젤라 덕분에 나는 나의 수면 패턴을 파악할 수 있었다. 나는 원래 잠이 많은 사람이 아니었다. 아무리 실컷 자도 오후 세 시면 눈을 떴다. 그렇게 한 달이 지나자 몸무게가 줄었다. 사람들은 연애가 다이어트에 최선이라고 말했지만 나는 다른 원인을 알고 있었다. 배에 살이 빠지자 사람들은 내게 키가 컸다고 했다. 겨우 서너 시간이 늘어났을 뿐인데 낮에 동생을 마사지하다 졸지 않았고, 밤에 달을 보면 늘상 하나로 보였다. 내 수면의 임계점은 생각보다 가까웠다. 안젤라는 내가 십 년간 하지 못했던 일을 단시간에 변화시켰다.

내가 융통성 없이 한 가지 방법만 고집한 것을 되돌려보면 그건 아마 엄마의 영향인 듯했다. 엄마는 자신의 손으로 동생의 명줄을 끝내겠다고 말하곤 했다. 내게 미안하다고 말하는 대신에. 아버지가 늦게 오는 날에는 내가 동생을 업고 병원까지 뛰었다. 그곳에서 밤을 꼬박 새우거나 학교를 결석할 적마다 엄마는 내게 그 말을 했다. 나도 엄마처럼 생각했을까. 동생을 책임지는 것과 병자의 신체를 기술적으로 돌보는 일은 다를 것이었다. 내 몸을 성실하게 혹사하는 것이 능사는 아니었을 텐데. 멀쩡한 몸으로 사는 것이 미안했던가. 미안하지 않았다면 안젤라처럼 효율적으로 동생을 돌보았을까.

안젤라의 이사는 계절의 변화만큼이나 나의 일상도 바꿔놓았다. 횟수가 줄었지만, 안젤라가 바깥 세계에서 내게로 왔다. 순찰을 빙자한 산책 후에 나도 안젤라를 데려다주려 바깥으로 나갔다. 요양원과 부속 건물이 중심이었던 나의 세계가 원룸이 있는 골목길까지 넓어졌다. 나는 안젤라가 원룸에 들어간 후에도 욕실에 물소리가 끊기고 불이 꺼지길 기다렸다 천천히 되돌아왔다. 내가 꼭 안젤라의 파수꾼이 된 것 같아 기뻤다.

하지만 뭔가를 잃어버린 것 같기도 했다. 그 상실감은 안젤라가 집들이에 초대하자 한껏 들떴다. 가볍기 그지없는 마음이었다. 우리 형제는 몇 가지 선물을 들고 안젤라의 원룸에 갔다. 원룸은 이삿짐을 나르며 보았던 곳과 많이 달라져 있었다. 기대한 것보다 훨씬 더 좋았다. 하얀색 레이스 커튼이 작은 창에 하늘하늘하게 드리워졌고 화장대에 향수가 놓인 여인의 방이었다.

동생도 그 방이 마음에 들었던 걸까. 한동안 안젤라와 마주치기만 하면 원룸에서 하룻밤을 재워달라고 부탁했다. 동생은 병실이 아닌 진짜 집에서 안젤라가 만든 가정식 저녁을 먹고 영화를 보고 싶다고 말했다. 단둘이서. 안젤라는 대답하지 않았다. 그럴수록 동생은 안젤라를 집요하게 조르고 또 졸랐다. 나는 동생이 안젤라를 향해 눈코입을 과장스럽게 움직이는 것을 지켜보았다. 그 작은 얼굴을 동생만큼 잘 활용하는 사람이 있을까. 목소리도 마찬가지였다. 자신에게 필요한 것을 작은 목소리로 지치지도 않고 끈질기게 요구하는 어른아이인 동생이었다.

　그 후 얼마 동안 안젤라가 요양원에 오지 않았고, 밤에 나를 찾아오지도 않았다. 나는 동생을 나무랐다. "이사하고 정신도 없을 텐데 시간을 좀 두고 부탁했어야지."

　동생은 유순하게 생긴 눈매로 나를 올려다봤다. 비웃는 표정을 가득 지은 채. "걱정 마. 걔는 형처럼 미련하지 않아. 모험을 좋아하거든." "……." 모험이라는 말이 무슨 뜻인지 이해하려 짚는 동안 동생이 다시 말을 이었다. "근데 형, 내가 형 마음 아는데, 안젤라도 그렇대?" 내가 대답이 없자 동생이 속삭였다.

　"꿈 깨라 병신아. 나랑 아버지 다 버리고 진즉에 떠나라 그랬잖아." 멍하게 내려다보는 나를 향해 동생이 덧붙였다. 안젤라가 금방 돌아올 거라고.

　그 말을 뱉고는 터치펜으로 휠체어를 돌려 멀어지는 동생을 나는 멀거니 바라보았다. 왜 그런 말을 했는지 동생에게 캐묻고 싶었지만, 그냥 지금껏 하던 대로 움직였다. 내일 일을 오늘 하지 말자. 오랫동안 나를 밀어붙인 루틴이었다. 나는 신생아실에 들러 아기의 검붉은 피부색이 더 짙어진 것을 보다가 출근했다.

　그런데 동생의 자신감은 뭐였을까. 안젤라가 돌아올 것이라니. 그것도 금방. 괜히 마음이 조급했다. 내가 잠자는 동안에 둘이 원룸을 구하고 영상 작업도 했으니 동생이 나보다 안젤라를 더 많이 아는 게 당연한지도 몰랐다. 갑자기 안젤라에게 듣고 싶은 대답이 생각났다. 늘 산책을 하던 시간인 한밤에 안젤라의 원룸에 찾아갔다.

아버지에게 혼잣말을 하던 게 습관이 되었는지 나는 원룸의 벨을 누르면서도 중얼거리고 있었다. '병우는 아무 때나 안젤라한테 전화를 해대네. 아기 면회시간에 맞춰서 그리고 카페에 일하러 오라고. 쟤들은 대체 무슨 할 말이 저렇게 많은 거야.' 사실이었다. 둘은 많은 시간을 함께 보냈다. 벨을 두 번이나 눌러도 인기척이 없었다. 어디서 개 짖는 소리가 들리자 정신이 들었다. 뒤돌아서며, 털을 곤두세우고 달려드는 고양이 꼴 같은 내 모습을 안젤라가 보지 않은 게 다행이라고 생각했다.

사실 안젤라가 원룸을 구하면서 동생을 데려간 것에 나는 좀 놀랐다. 그녀가 동생의 휠체어를 밀면서 거리를 나다닌다니. 요양원과 병원에서 한 번씩 그 모습을 보았으면서도 무척 낯설게 생각되었다. 나는 안젤라와 동생이 서로를 대하는 모습을 되짚어 봤다.

둘은 동갑이라 그런지 말이 잘 통한다고 했다. 퀴즈를 푸는 모습을 보면 시사 상식에서나 영화평을 하면서 서로에게 밀리지 않았다. 둘은 일에서도 합의점을 찾았다. 안젤라는 동생이 이전에 하던 일의 한 부분을 맡았다. 동생의 핸드폰을 맡아서. 동생과 안젤라는 개인방송의 기획인가 뭔가부터 의논했다. 소재와 주제가 결정되면 안젤라가 동생의 손발이 되어 여러 곳에 카메라를 들이

30

댔다. 둘이 근처 카페와 마트에 다녀오는 것도 일의 일부분이라고 했다. 둘은 진지했지만 나는 크게 신경 쓰지 않았다. 내가 보기에 그 일은 그냥 시간을 죽이는 일 같았다.

둘은 많은 것에서 의견이 일치했지만, 영화를 고르는 취향은 달랐다. 동생은 SF와 재난영화를, 안젤라는 따스한 영화를 좋아했다. 동생이 따스한 영화가 어떤 장르냐고 물었다. 멜로물이냐고. 안젤라는 판타지라 하더라도 무조건 해피엔딩이어야 한다고 대답했다. 무조건 해피엔딩이 취향이라는 안젤라.

그 말에 그녀의 잠꼬대가 떠올랐다. '미안미안. 내 잘못이 아니에요. 그만. 제발. 아프다고. 하지 말라니까!' 의식과 꿈의 세계 그 경계에서 내뱉는 안젤라의 잠꼬대를 들은 날 내 마음이 무척 아팠다. 그래서였다. 동생과 시답잖은 일을 하는 안젤라를 보며 다행이라 생각한 것은. 하지만 속마음까지 늘 그렇게 너그럽지는 않았다.

안젤라가 비번이었던 어느 날 밤참이 샌드위치였다. 맛이 평소와 다르다고 하자, 안젤라가 자신이 근무하는 곳이 아닌 다른 카페에서 사 왔다고 했다. 안젤라는 동생과 일을 하고 왔다고 말했다. 정작 그 말을 들었을 적에는 못 들은 척 외면했는데. 두고두고 속이 편치 않았다. 오늘만 해도 그랬다. 동생이 내게 조금만 곰살맞았다면 안젤라에 대해 자세히 물어보았을 텐데. 사실 동생과 말이 통했다면 벽같이 선 아버지에게 혼잣말도 하지 않았을 것이다.

나는 동생에게 물어보는 대신 안젤라와 그 주변을 반복해서 되짚어 생각했다. 안젤라의 방을 생각하면 먼저 벽에 걸린 그림이 떠올랐다. 〈안개 바다 위의 방랑자〉라는 제목이었다. 아기자기하게 꾸며놓은 그 방에서는 그림이 더 도드라져 보였다. 거대한 자연과 운명 앞에 선 인간의 초라한 모습을 저보다 잘 드러낼수 있을까 싶은 마음이 들어 눈을 뗄 수 없는 그림이었다.

한 사내가 산의 높은 바위에 올라서 뒷모습을 보이며 서 있었다. 검정색 옷차림의 사내 앞에는 막막하기 그지없는 새하얀 구름과 안개뿐이었다. 안개 바다 위로 몇 개의 바위와 겹겹의 산등성이 멀리 펼쳐졌다. 그러니까 두껍게 내려앉은 안개구름을 뚫고 겨우 고개를 내민 몇 개의 세피아색 사물만이 사내의 눈앞에 있었다. 세계를 서성이는 방랑자는 또 어디로 갈 것인가. 산 아래로 가려면 안개 속에서 길을 잃을 게 뻔했고, 산 정상에선 허공과 같은 곳에 있는 또 다른 바위만이 아주 먼 데를 가리킬 뿐이었다.

나는 핸드폰의 바탕화면에 그 그림을 띄워놓고 들여다보곤 했다. 그림을 가만히 보고 있으면 이상한 느낌이 들었다. 안젤라의 눈동자 여러 개가 그림 곳곳을 훑으며, 평면인 그림을 입체적으로 살피고 있을 것 같았다. 그래서 절망으로 가라앉은 사내의 눈동자와 막막한 표정과 고민하느라 입술을 씹는 모습뿐 아니라 불안한 심리까지 안젤라는 전부 다 꿰뚫어 보아서 알고 있을 것처

32

럼 여겨졌다. 뒤돌아선 사내에게서 말이다. 그래서 뒷모습이 더 초라해 보이는 사내가 거대한 안개 바다를 발아래에 두고 검은 바위에 위태롭게 서 있었다.

동생이 말한 대로 됐다. 일주일 만에 안젤라가 정말로 돌아와 동생과 영상 작업을 재개했다. 나는 무슨 변화가 있나 살폈지만, 이전과 별다르지 않았다. 동생의 예언대로 된 게 또 있었는데, 안젤라가 동생을 제 원룸에 초대한 것이다.

원룸에 가기 전 동생은 새 옷을 사고 이발도 하는 등 주문이 많았다. 나와 눈만 마주치면 옷과 양말을 꺼내 침대에 펼쳐놓아라, 아니 저것으로 짝을 맞추어라, 혹은 비누와 샴푸를 향이 같은 걸로 갖춰놓으라는 등의 요구를 했다. 아무리 봐도 좀 웃겼지만 몇 가지 청은 들어주었다.

그런 동생에게 하룻밤 동안에 할 일을 여러 번 일러줬다. 기껏해야 물을 많이 마시지 말라는 얘기였다. 기저귀를 갈지 않아도 되도록. 동생이 여자의 집에서 잠자는 일이 제 생애에 처음이자 마지막일지도 몰랐다. 준비를 마치고 안젤라를 기다리고 있자니 괜히 기분이 이상했다.

나는 아버지와 동생의 모습을 동영상으로 찍었다. 아버지가 이를 닦고 있었다. 하지만 아버지는 자신이 뭘 하는지 인지하지 못해 칫솔을 입에 넣은 채 사탕처럼 굴렸다. 요양보호사가 칫솔을 가져가자 아버지는 손을 아래로 힘없이 늘어뜨렸고, 컵을 입에 대자 물을 우물거려 삼켰다. 나는 아버지의 모습을 처음으로 영상에 담고 있었다. 기분이 나쁘지 않았다. 어린 시절 언젠가의 평화로운 주말로 돌아간 듯했다. 동생도 나처럼 묘한 기분인가. 아버지에게 장난을 쳤다.

동생이 고개를 삐딱하게 떨어뜨리고 정수리로 아버지의 옆구리를 찧었다. 아버지가 아무 반응이 없자 동생이 아이 목소리를 냈다. "아빠, 아빠!" 그제야 아버지는 시선을 돌려 동생을 내려다보았다. 자식인 걸 아는지 모르는지 알 수 없는 눈빛이었다. 나는 동생이 아버지의 다리에 머리를 기대고 웃는 영상도 찍었다. 그때였다.

아버지가 천천히 손을 뻗어 동생의 귓바퀴를 조물조물 만졌다. 예전에 아버지는 동생을 간호하면서 온몸을 주물렀다. 특히 신경이 많이 몰렸다는 귀와 손발을 만지는데 공을 들였다. 사고가 나고 요양원에 들어온 이후에 그런 건 다 놓쳐버린 줄 알았는데. 아버지가 간직한 기억의 바닥에는 뭐가 있을지 잠시 생각해봤다.

안젤라가 와서 우리 셋은 함께 아기를 보러 갔다. 그 후 둘은 원룸으로 갔고 나는 출근했다. 왠지 철없는 애들에게 버거운 심부름을 시킨 어른처럼 불안한 마음이 가시지 않았다. 내가 막을 수 없는 나쁜 일도 상상됐다. 나는 동생이 외박하는 일이 처음이라 그런 가보다 짐작했다. 내게도 처음인 일이었다.

　동생은 그날 밤을 아주 특별하게 기획했다. 병실이 아닌 진짜 집에서 진짜 여자와 함께 영화를 보겠다던 말은 사실이었다. 동생은 자신의 목숨을 걸고 어떤 일을 벌였다. 동생의 계획대로, 동생의 성기가 일어섰다. 안젤라는 동생의 물건이 발기하는 과정 전부를 영상에 담았다. 동생은 그 순간에 웃었다. 동영상 화면 너머에서 들리는 웃음소리는 기괴했다. 자신의 거시기가 멀쩡하게 일어서 하늘을 향했다는 것이 통쾌해서 미친 듯이 웃었다고, 다음 생에는 다르게 살겠다고 중얼거렸고, 그대로 기절해버렸다고 했다.

　동생이 응급실에 실려 왔다. 의사는 있을 수 없는 일이라고 진단했다. 목숨이 위태로운 이상 증세였다. 의사가 안젤라를 추궁했다. 안젤라는 동생이 와인밖에 마시지 않았다고 말했다. 스테이크를 안주 삼아 와인을 포도주스처럼 들이켰다고. 의사는 안젤라의 말을 믿지 않았고 경찰을 불렀다.

　안젤라는 조사를 받았다. 동생에게 와인을 주는 것은 범죄 행위라는 형사의 말에 안젤라가 둘에게는 축하할 일이 있었다고 진술했다. 인터넷에 올린 둘의 동영상이 대박을 터트렸다고 했다. 안젤라가 무죄로 인정된 결정적인 증거는 동생의 기록이었다. 동생은 노트북에 그날 밤의 계획에 대해 아주 세세하게 써두었다.

유언처럼.

안젤라는 내게 동생이 부자라는 것도 알려줬는데, 믿기지 않았다. 그러자 안젤라가 둘의 거래 내역이 찍힌 문자를 보여줬다. 동생의 이름이 선명하게 적혀 있었다. 일억이었다. 그뿐이 아니라 계약금은 별도로 받았다고 했다.

동생이 만든 몇몇 동영상들은 스테디셀러라고 했다. 그러니까 안젤라를 만나기 전에도 후에도 동생은 많은 돈을 갖고 있었단다. 안젤라에게 건넨 돈만으로도 내가 점찍어두었던 빌라를 사고 남는 액수였다. 나는 동생에게, 형이 나중에 살면 어떻겠냐며 그 빌라를 보여준 적이 있었다. 정말 자그마한 빌라였다. 동생은 왜 내 소망을 외면했을까.

내 생각이 뭐든, 나는 동생이 누워 있는 응급실을 들락거리며 여전히 쓰레기차가 지나간 후에 뒷정리를 했고 순찰일지를 썼으며 아버지 곁에 섰다. 안젤라의 아기도 보러 갔다. 아기는 여전히 온몸을 헐떡이고 있었다. 배가 볼록해졌다 꺼질 때마다 도드라지던 갈비뼈와 흔들리는 링거 줄. 겨우 숨 한번 쉬기 위해 온몸을 들썩여야 하는 작고 작은 생이었다.

나의 겉모습은 그렇게 여전했다. 하지만 내 속은 뭔가 급격하게 변했다. 뭔가 무너져 내리는 단순한 배신감이 아니었다. 병우를 겨냥한 설명하기 힘든 발작적인 분노(안젤라와는 다른)와

더불어 복합적인 감정이 치밀어 온몸이 뜨거워졌다가 명치부터 서늘해지면, 세상은 내가 전혀 모르는 곳같이 낯설고 두려웠다 (안젤라가 병우 혹은 돈 때문에 내 곁에 있었던 게 확실해질까 봐 질문도 할 수도 없었다). 아마 안젤라와 병우가 보낸 미세하지만 선명했을 온갖 신호를, 사실은 내가 멍청해서 못 알아차린 것일 텐데 말이다. 병우뿐 아니라 안젤라에 대한 나의 출렁이는 감정도 감당하기 힘들었다.

나는 평소 잘 가지 않는 건물 사이의 구석진 공간에 처박혀 흐느꼈다. 그곳에 습도와 냉기는 내게 딱 맞았다. 하늘에 박힌 크고 검은 암흑 공간을 향해서도 눈을 흘겼다. 이런 누추하고 숨겨진 공간이 내 것이라는 자학적인 기분도 들었다. 그들이 속한 곳은 나와 반대편에 있는 반짝이는 별무리 부근일지도 모른다는 자각에, 지금까지 내가 잘못 살았다는 회한에 몸이 떨렸다.

그러다 가끔 병우가 불쌍하게 여겨지면 수년 전을 떠올렸다. 동생의 새끼발가락이 아팠던 그때. 나는 동생의 발가락을 이쑤시개로 찔렀다. 동생은 분명하게 한 곳을 지목했다. 하지만 잠깐뿐인 기적이었다. 동생보다 내가 더 미련을 버리지 못했고 그곳을 피가 나도록 찌르면서 아프지 않으냐고 몇 번이나 물었다. 고개를 젓던 동생이 마지막엔 나직이 말했다. "형, 너무 애쓰지 마. 신경이 누전돼서 번개가 친 거야. 아주 잠깐. 우린 알고 있잖아." 나는 그날의 병우에 대해서도 오래 생각했다.

문득 내가 가려고 소망했던 빌라를 둘러보면서 병우가 느꼈을 감정을 짚어보았다. 형이 가족을 버리고 저 혼자 병원을 벗어나 빛나는 삶을 살겠다는 꿈을 꾸면서 푼돈을 모으고 있구나. 동생도 그런 나를 보며 배신감을 느꼈을까. 그런 생각을 하자 속이 조금은 후련했다. 거리낌 없이 동생의 노트북에 깔린 은행에 들어갔다. 비밀번호를 푸는 건 어렵지 않았다. 동생과 내 생일의 조합. 나는 동생의 돈을 내 통장으로 전부 옮겼다. 그래봤자 어떤 만족감도 들지 않았다. 그냥 눈물이 멈추지 않았다.

응급실에 몇 번이나 불려갔다. 의사들의 온갖 처치에도 동생의 상태는 변함없었다. 나중에는 신경까지 끊어냈지만 병우의 거시기는 여전히 건재했다. 나는 동생이 아니라 동생의 거시기만 저 홀로 살아 있는 것처럼 여겨졌다. 나의 추측과 동생의 진심이 통했던가. 동생이 숨을 거두고서야 동생의 성기도 평온하게 가라앉았다. 그건 정말 동생의 광폭하고 우주적인 의지라고밖에 말할 수 없었다. 세상에 그런 말이 있다면 말이다.

안젤라는 동생이 죽기 며칠 전 휴게실에서 얘기를 나눈 후 내곁에서 사라졌다. 아기를 다른 병원으로 옮긴다고 했다. 나는 안젤라가 떠난 원룸에 들렀다. 중요한 것만 챙겨간 흔적이 역력했다. 안젤라는 내게 나머지 짐을 모두 버려달라고 문자를 보냈다. 지금부터는 남의 뒷정리나 하면서 살지 말라는 덕담과 함께 미안하다고도 말했다. 내일 일을 남에게 떠넘겨도 되고 오늘 일을 무시해도 된다는 말도 덧붙였다.

안젤라의 다음 문자는 동생의 장례식을 치르고 좀 지난 후에 받았다. 블러드문이 떴던 밤의 얘기였다. 안젤라는 자신이 나를 선택했다고 썼다. 그런 거짓말이 지금 내게 무슨 소용이 될까 싶어서 문자를 지워버렸다. 하지만 뒤이어 보내온 사진은 달랐다. 블러드문을 올려다보고 있는 남자애의 뒷모습이었다. 싸구려 가방을 맨 후줄근한 뒷모습. 분명 나였다. 기분이 좀 복잡했다.

나는 야간경비 일을 그만두었다. 요양원 근처에 빌라를 샀고 병실을 비우기로 했다.

마지막 날에 나는 아버지 곁에서 새벽을 맞았다. 창 너머 건물들 위로 번지는 미명이 아직은 창백하기만 했다. 나는 핸드폰의 사진첩을 열어 안젤라의 아버지가 찍힌 사진을 아버지에게 보여줬다. 안젤라와 똑같이 생긴 남자였다. 내가 제 아버지의 사진을 달라고 하는 말이 진심임을 알아차리자 안젤라는 한참을 내게 안겨 있었다. 좀 흐느끼면서. 그런 후에 이야기를 들려줬다.

"아버지는 타국인 이곳에서 혼자 떠돌다 마지막에, 그러니까 마지막이라 생각했던 시기에 고향인 호숫가로 갔대. 아름답다고 소문난 곳이거든. 잠깐 둘러보고 떠나려 했는데 그만 일몰에 이끌려 사진을 찍게 됐다고 말했어. 저녁마다 호수로 자맥질을 하는 노을과 헤엄치는 아이와 수면 위로 퍼덕이며 날아오르는 물고

기들을 저장했대. 썩어서 엉켰거나 물결에 흔들려 흐느적거리면
서도 싱싱하게 살아 있는 물풀 사진도 찍었다지.

가난한 나라에서 누가 그런 사진을 예술로 치겠어. 사진을 하
나도 팔지 못했지. 아버지는 하루 한 번 물속 깊이 내려간다고 말
했지. 물고기를 잡으러. 내가 그곳에 머무는 동안 물고기 두 마
리를 잡았다며 환하게 웃던 아버지. 그곳 여름처럼 무해하겠지만
부끄러워하는 웃음이었어.

내가 아버지 곁을 떠나온 얼마 후에 홍수가 났대. 아무리 물이
불어도 호수에서 사는 사람은 물에 빠져 죽지는 않아. 물은 자신
의 영혼과 몸 그 자체니까. 나는 지금도 아버지가 왜 물이 침범하
는 것을 방기했는지 궁금해. 이제 편안해졌는지도.

있잖아 선배, 아버지는 현지에 있는 한국 공장에서 일했어. 엄
마는 거기 파견 나와 있었지. 아이러니는 이거야. 아빠가 엄마에
게 버림받은 데가 여기, 타국이었다는 거야. 나는 엄마가 미웠
어. 한국도 그리고 나조차도. 그런데 이젠 그러지 않으려고. 아
버지처럼 삶이라는 무게에 눌려 익사하지는 않을 거야.

병우 덕분이야. 선배, 정말 고마운데, 난 이제 가볍게 살 거야.
진짜로. 병우처럼."

나는 안젤라의 말을 여러 번 생각했다. 가볍다는 것은 무슨 의
미일까. 나와 제 아버지는 무거웠고 안젤라 자신도 무겁게 살았
지만 이젠 그러지 않겠다는 말대로 한다면, 그것의 실질적인 행

위가 무엇이어야 한단 말인가. 병우가 가벼웠던가. 잘 모르겠다. 당장은 처리해야 할 일이 많아, 손바닥에 올려지지도 않는 무언가의 무게를 잴 여유는 내게 없었다.

아버지 곁에서 맞이하는 마지막 아침이 다가오고 있었다. 카페 함부르크의 청동 간판에 네온 빛이 스러지는 대신 노란색이 조금 스며들었다. 그 글씨는 날이 밝기 전 지금이 가장 그럴듯하게 보였다. 방랑자가 내려다보는 안개 바다에 드문드문 놓인 세피아색의 바위처럼. 혹은 호수 아래의 물속에서 올려다본 여름 하늘처럼.

"아버지 병우는 걱정 마세요. 병우는 다음 생에는 잘할 거예요. 누구보다 훨씬 더요. 저는, 이제부터 생각해 볼 거예요. 아버지도 아시다시피 제가 무슨 소망 같은 것을 품어볼 시간이 없었잖아요. 이제 해보려고요."

아버지는 물론 고개를 돌리지 않았고 내 귓바퀴도 만지지 않았다. 하지만 나는 아버지의 살아 있는 몸이 풍기는 따스한 온기를 희미하게 느꼈다. 그렇게 서 있는 동안 아침이 카페 함부르크로 다가오고 있었다.

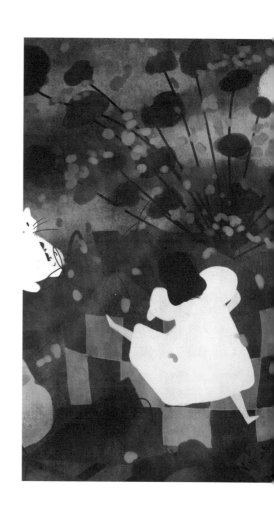

산책, 109

여강이 하천변을 걷고 있었다. 가없는 세월을 헤아리듯 천천히 왼발과 오른발을 번갈아 내딛는 여강. 그 뒤뚱대고 삐걱이는 걸음이 나를 조용히 흔들어 깨웠다. 밤새 좁은 자궁 안에서 눌리고 접힌 채 손가락만 물고 있던 나는 여강의 걸음걸이 율동에 맞춰 팔다리를 쭉 펴 기지개를 켰다. 그제야 온몸의 세포 하나하나가 일제히 일어나며 기분이 상쾌했다. 나의 하루가 시작되고 있었다.

내가 날짜를 세는 방법은 여강과 달랐다. 여강에게 아침이란 창문을 열어 그날의 습도를 가늠한 후 흙으로 빚은 인형을 살펴보는 때이겠지만, 내가 셈하는 하루의 매듭은 여강이 계곡마을인 적동을 걸어 다니는 시간이었다. 그러니까 나의 산책력(歷)은 여강의 발길이 내키는 대로 며칠에 한 번이거나 혹은 하루에 두세 번을 넘어가기도 했다. 오늘, 나의 108번째 산책 날엔 여강의 들숨에 묻어오는 신천의 물비린내에서 만개하는 봄 내음이 났고, 안개 같은 비가 내리고 있었다.

첫날의 산책을 떠올려본다. 그즈음 나의 뇌는 거미줄보다 가늘고 정교한 뉴런이라는 신경세포와의 연결을 막 끝낸 참이었다. 여강의 손끝에 닿는 점토의 찰진 감촉과 가을의 흙내가 생생했다. 여강은 천변을 걷다 멈춰선 채 태아의 초음파 사진을 들여다보았다. 산부인과 의사가 코와 발가락을 짚어준 사진이었다. "아가야, 네가 우리에게 온 지 113일째란다." 중얼거리면서.

113? 숫자가 이상했다. 목소리가 알려준 나의 숫자는 109였다. 나는 태고를 회상하듯 태아 이전의 기억을 더듬었다. 목소리로 절대자를 인식했고 숨결처럼 순수한 정령精靈으로 존재하던 때였다. 그랬다. 그 정령은 이제 여강과 탯줄로 연결되었고, 또 다른 현자였다. 태아의 지나온 여러 번의 생애 전부에 대한 기억이 퍼즐이 맞혀지듯 점점 또렷하게 떠올랐다.

여강이 말해준 113. 그제야 나는 109라는 숫자가 지구의 태양시로 헤아리는 잣대가 아니라는 것을 알아차렸다. 소중한 것을 품듯 배를 감싸고 천천히 걷는 여강. 나는 여강의 손바닥에서 전해오는 온기와 느린 걸음걸이 율동, 가까워지던 군중의 웅성거림에 숫자를 부여했다. 산책, 1.

여강이 걸어가는 천변은 가을에 스러지는 것들이 내뿜는 찬란한 색의 향연이었다. 나는 수면에 비친 적동의 가을 산색을 눈여겨봤다. 얼마 뒤 여강은 뒷산 꼭대기에 올라선 채 친구인 수에게 적동의 지형에 대해 이렇게 표현했다. '두루미가 긴 날개를 펼치고 그 끝을 구부렸다고 상상해봐. 한쪽 어깨를 뒷산 쪽으로 기울인 채, 하나의 산을 쪼개며 날아간 것 같잖아, 그치.' 그래서 산이 두 개로 나누어졌고, 펄럭거린 날갯짓의 흔적같이 구불구불한 계곡마을을 남겼다고 했다. 그런 적동의 나지막한 뒷산 자락에는 집들이 들어찼고, 높은 곳일수록 숫자도 커졌다. 이계단, 삼계단 …… 팔계단 등으로. 여강과 만철이 살고 있는 집은 하늘과 가장 가까운 팔계단에 있었다.

나는 수면 거울에 어른거리는 여강의 까무잡잡한 얼굴을 여러 번 새겨보았다. 여강은 내가 아는 누구와도 닮지 않았지만 낯익은 색을 가졌다. 내성적인 색, 보이지 않는 것들과 더 친한 색, 우울한 색. 내 마음을 움직이는 기색이었다.

여강은 태아의 사진을 들고 만철에게 가던 중이었다. 만철의 로또 가게에 가려면 야외수영장 옆의 공터를 지나쳐야 했는데, 그곳에 사람들이 모여 있었다. 여강은 그곳으로 다가가 사람들의 어깨너머를 기웃거렸다. 적동 순환선은 이미 공사가 확정된 국책 사업이었다. 개발구획선 안에 든 사람들은 보상금이 나오기를 기다리는 중이었는데, 뒤늦게 대책위원회가 설립되어 주민의 서명

을 받고 있었다. 대책위원회의 노선은 두 갈래였다. 터널식 방음
벽을 설치하자는 쪽과 보상범위를 확대하자는 측이었다. 여강은
터널식 방음벽을 설치하자는 쪽에 서명을 했다.

두 번째 산책 날엔 만철이 천변에 나와 여강과 같은 편에 서명
했다. 여강과 만철은 도시의 바람골이라는 적동의 청정한 공기를
지키는 환경지킴이로 나섰다. 환경보존과 관련된 유인물을 읽고
구체적인 사례와 자료를 찾아본 뒤 의견을 나눴다. 그즈음 여강
과 만철은 그들이 만난 이후 이야기를 가장 많이 나눴고 자주 산
책을 다녔다. 여강을 포함한 시위대는 시로부터 터널식 방음벽을
설치하겠다는 약속을 받자 해산했다. 백여 명의 사람들은 제각각
의 일상으로 돌아갔다. 56번째 산책 때였다. 하지만 만철은 원래
자리로 돌아오지 않았다.

여강이 하천에 가로놓인 징검다리 앞에서 걸음을 멈췄다. 우
산을 뒤로 젖히고 고개를 든 채 부슬부슬 날리는 비에 싸락눈이
섞여드는 계곡을 바라보았다. 거무스레한 배경 안으로 툭 부러질
듯 서 있는 오십 미터짜리 회색 콘크리트 기둥만이 풍경을 가르
듯 선명했다. 앞뒤 산에 터널을 뚫어 두 산을 잇는 공중 길을 만
든다니, 적동 골짜기를 가로질러 까마득한 기둥이 열 개는 꽂히
겠지. 여강은 그 기둥이 제집 마당에 박힌 듯 눈살을 찌푸렸다.

이젠 공중도로에서 내려앉는다는 자동차의 검은 분진이 문제

가 아니었다. 철근이 삐죽삐죽 치솟은 콘크리트 기둥 꼭대기에 만철이 앉아 있기 때문이었다. 퉁퉁퉁퉁. 굴삭기로 내리찍는 땅에도 만철이 드러누워 있었다. 여강의 눈에는 그렇게 보인다고 했다. 찰흙을 빚다가 하는 혼잣말을 들었다. 나는 그 말을 듣고 여강의 생각이 극단으로 치달아 가는 것이 안타까웠다. 하루 종일 적동만 걸어 다니는 것도.

나는 여강이 뒷산을 훌쩍 넘어 적동을 벗어났으면 싶었다. 그곳 못 가는 적동처럼 고요하지 않고 흥청거린다고 했다. 찻집도 많고 미니콘서트와 번개시장도 자주 열린다고. 적동엔 여강을 우울하게 만드는 만철의 흔적이 너무도 많았다. 그런데도 제자리 맴을 돌듯 이곳의 산과 하천변만 걸어 다니는 여강.

나의 산책력 숫자가 커질수록 걸어 다니는 시간이 길어지는 것과 마찬가지로 밥을 굶는 횟수도 늘었다. 내가 조그마했을 땐 나의 건강을 염려하더니 요즘엔 그러지도 않았다. 산을 오르내리다 만난 사람들은 모두 여강의 배를 힐끔거렸다. 만삭인데 괜찮으냐고 묻거나 대놓고 질책하는 사람도 있었다. 깡말랐는데 배만 볼록해 위태롭게 보이는가 보았다. 여강은 그런 사람들에게 대답 없이 얼굴을 일그러뜨려 억지로 웃어 보이기만 했다. 내가 가장 겁나는 것이 여강이 그렇게 웃을 때였다. 사람살이라는 것은 끊임없이 뭔가에 마음을 걸치는 일이었다. 여강처럼 많은 것을 내려놓은 듯한 제스처는 좋지 않았다. 그런 행동으로 인해 주변 사람들이 여강을 떠나 버렸으니.

잠시 섰던 여강이 다시 걸음을 옮겼다. 느리고 일정한 발걸음
이었다. 나는 여강이 만든 찰흙 인형 '물동이를 진 여인'의 걸음도
여강과 같았을 것이라 짐작한다. 나의 옛이야기 하나에는 여인과
소녀들이 웅덩이에 모여 물동이를 채우는 장면이 있었다. 물기에
젖어 번들거리는 물동이의 표면과 햇빛에 반짝이는 붉고 노란 색
깔, 그리고 찰랑이는 물이 거울처럼 되비쳐주던 여인과 소녀의
얼굴들.

나는 윤회의 바퀴살 하나에서 열대의 냇가에 모아놓은 온갖 모양의 물
동이를 떠올린다. 자루에 담아 등에 지는 호리병 모양의 물동이와 바오바
브나무처럼 허리가 볼록한 물동이, 아이들 용의 작은 물동이. 나는 해가
뜨기 전 물을 길으러 가는 엄마를 따라나섰다. 부족의 여인네들은 물가에
서 아침 인사를 건넸다. 엄마가 집에 있는 큰 항아리를 채우느라 몇 번이
나 물을 나르는 동안 나는 또래의 아이들과 냇가에서 놀았다. 물수제비를
뜨거나 도마뱀을 쫓아다니고 물장구를 치다보면 엄마가 손짓을 했다. 집
으로 돌아갈 시간이었다. 우기가 지나 건기가 되면 수영이나 돌팔매질은
생각지도 못했다. 콸콸 흐르던 내는 바싹 마르고 작은 웅덩이만 남았으니.

여강은 예전의 텃밭 근처에서 길을 잃어 서성거렸다. 순환선
의 나들목 공사를 하느라 근방의 집과 골목이 싹둑 잘려 나갔고,

골목 입구의 좌표 같았던 앞산 배드민턴장도 철거되었다. 쥐색 양철 보호벽이 공중으로 우뚝 서 있어 길의 진행을 막고 있었다. 여강은 기분이 이상했다. 익숙한 장소가 파괴되어, 혼란스럽고 불편한 감정 이외에 다른 뭔가가 마음을 멈칫거리게 했다. 여강의 기억이 새로운 장소를 받아들이지 않았다.

눈에 익은 것이 아니라 몸에 새겨진 멜로디나 리듬 같은 것이었다. 잠시 섰던 여강이 뒤돌아 천변 둑을 내려갔다. 발밑만 보고 되돌아와 다시 보호벽 앞으로 왔다. 여강은 걸음을 멈추지 않고 제자리에서 걸었다. 발끝과 허벅지가 추억하는 율동만큼 걷고 나자 발길에 따라 좌측으로 몸을 틀었다. 일자로 뻗은 쥐색 보호벽 밑을 따라가며 구불구불했던 골목 모양을 떠올렸다. 머릿속 악보가 가리키는 대로, 오른편이나 왼편으로 방향을 바꿔 제자리에서 혹은 앞으로 걸으며, 기억의 연주를 마친 여강이 코앞에서 치솟아 하늘을 가리고 선 보호벽 앞에서 멈춰 섰다. 더 이상 갈 수 없는, 그곳은 어떤 집의 마당이기도 했다.

여강이 뒤돌아보자 텃밭 대신 뼈대만 남은 집이 속을 내보이고 있었다. 집의 반이 깨끗이 잘려 나갔고 일부는 허물어져 있었다. 빗물을 고스란히 뒤집어쓰고 있는 벽돌 기둥의 잔해는 쥐색 보호벽이라는 거인 앞에 쪼그린 어린아이처럼 작고 연약해 보였다.

집과 텃밭은 만철의 이모 것이었다. 요즘 만철은 이모와 여느 모자지간보다 더 친하게 붙어 지냈다. 그들 둘이 친해질수록 여강은 만철과 멀어졌다. 퉁퉁퉁. 적동 계곡을 울리는 굴삭기 소리가 크게 들렸다. 불안한 표정으로 주변을 둘러보던 여강이 발길을 돌렸다. 보지 않으려 했지만, 양철 보호벽에 쓰인 글자를 읽지 않을 수는 없었다. 빨강색 라커로 내갈겨 쓴 구호였다. '지진 같은 땅울림에 나는 못 살겠다! 까마득한 다리 밑에 너나 살아라!' 만철과 이모의 말투였다.

만철이 보상 범위 확대 위원이 되겠다고 했을 때 여강은 말렸다. 몇 번이나 만철이 여강에게 그만두겠다고 약속했지만, 만철은 이모와 함께 보상 범위를 넓히고 점점 목소리를 키웠다. 그렇게 해서 2번이나 보상을 받고도 멈추지 않고 다시 3차위원회를 만들었다. 지독한 약물에 중독된 것 같았다. 그때까지만 해도 여강은 만철과 다투기도 했다. 하지만 만철이 가게에 위원회 사무실을 들이고 위원장직까지 맡자 여강은 작업실로 잠자리를 옮겼고 만철과 말을 섞지 않았다. 72번째 산책 후였다.

수가 이사 가기 전에 여강은 속마음을 나눌 친구가 있었다. 시어머니가 그립다는 그런 말들을. 시어머니가 아직 살아 있었다면 만철이나 이모가 저런 희한한 말을 하며 적동을 누비고 다니도록 그냥 두진 않았을 것이다. 그랬다면 여강은 보통 사람으로, 보통 농도의 고민을 하며 살아갔을 텐데. 여강의 힘으로는 둘을 말릴 수 없었다. 어떻게 해야 할지 모르는 어정쩡한 나날이 이어지고 있었다.

천변에는 여강 혼자였다. 비가 내리는 날 봄바람이 찼다. 내가 만철이라면 여강의 손을 잡아 집으로 데려갈 텐데. 감기라도 걸리면 어쩌려는지. 나의 이런 마음을 아는지 모르는지 여강은 내처 걷기만 했다. 계곡을 울리는 굴삭기 소리만이 여강을 따라왔다. 퉁퉁퉁퉁. 비는 추적추적 여강의 걸음처럼 느리게 내려 온 땅을 검게 적셨다. 물기로 축축한 검은 땅.

건기가 되면 물가에는 하루 종일 물동이가 줄지어 서 있었다. 반나절이나 걸어야 하는 먼 부족의 여인들도 모여들었다. 뜨거운 사막을 걸어와 얼굴이 검붉게 익은 어린아이들도 제 몫의 물동이를 들고 있었다. 물가에 도착한 사람들은 목을 축이고 몸을 식혔다. 잠시 동안 물가에는 행복한 비명이 번졌다. 여인과 아이들의 싱싱한 목소리는 물가를 벗어나면 곧 작열하는 태양 빛에 증발해 버렸고 뜨거운 침묵만이 그들의 뒤를 따랐다. 그리고 그들과 나의 마지막 건기는 지상에서 사라져버렸다.

사막이 탄생하고 이렇게 길고 뜨거운 가뭄은 처음이라고 했다. 부족 회의에서 웅덩이를 폐쇄하기로 결정했다. 웅덩이 근처에는 깨진 물동이가 늘어났다. 가뭄은 멈추지 않았다. 물가에는 웅덩이에 얼굴을 박은 채 죽어간 부족민의 뼈가 물동이의 파편과 층을 이루며 쌓였다. 마을은 폐허가 되었다. 나는 울부짖었다. 대지를 가르는 통곡 소리를 뒤덮고 빗방울이 떨어졌다. 우기였다. 그러나 나는 해갈되지 않는 갈증에 목이 탔다.

여강의 휴대폰에 문자가 왔다. 누군가 인형을 주문하고 싶다고 적었다. 집으로 가려던 발길을 돌려 공방으로 향했다. 공방이 회원들로 가득 차 북새통이었다. 가마에 불을 지핀 날이었다. 여강은 원장과 눈인사를 하고는 안쪽으로 향했다. 원장이 회원들과 접시, 꽃병 같은 작품을 분류하고 있었다.

공방 진열장엔 여강이 이전에 만든 인형이 들어 있었다. 여강은 찰흙으로 인형 만드는 법을 인터넷에서 배워 익혔다. 여강은 주로 웃거나 즐거운 표정의 서양 소녀를 만들었다. 얼굴이 하얀 소녀가 챙이 넓은 모자를 쓰고 드레스 자락을 두툼하고 넓게 펼쳐놓은 채 앉아, 드레스 앞섶 가득히 색색의 꽃잎을 흩트리며 놀고 있는 인형을 원장에게 보여주었다. 찰흙을 사러 온 날이었다. 원장이 인형을 여강에게 돌려주지 않고 진열장에 넣었다. 팔아주겠다고 했다.

여강은 컴퓨터 책상에 앉아 자신의 블로그에 들어갔다. 찰흙 인형의 사진을 찍어 올려놓은 방이었다. 물동이를 진 여인에 댓글이 달려 있었다. 가격을 알려달라고 적혀 있었다. 여강은 몇 번이나 읽었다. 이런 일은 처음이었다. 여강이 원장을 쳐다봤지만, 원장은 여전히 회원들에 둘러싸여 있었다. 인형을 클릭해 컴퓨터 화면에 가득 들어차게 키웠다.

검은 피부의 여인이 제 키만 한 물동이를 지고 사막을 걸어가는 형상이었다. 소녀 인형은 주변 사람들에게 재룻값만 받거나 선물로 줬다. 그래서 물동이 여인의 가격을 얼마로 매겨야 할지 가늠할 수가 없었다.

사막의 먼지와 뜨거운 햇빛, 전갈 같은 독충들, 물이 말라 쩍쩍 갈라진 하천, 목이 타는 갈증, 가까워지지 않는 지평선. 그런 곳을 한 여인이 걸어간다. 책에서 보았을까. 왠지 풍경이 낯설지 않아 새삼 어리둥절했다. 여강은 사람들이 꽃에 둘러싸인 소녀 인형을 좋아한다고 말하곤 했다. 그런데 물동이 여인 인형을 주문받다니. 지난한 생의 슬픔이 온몸에서 묻어나는 여인이었다. 여강은 자신이 저 인형을 왜 만들었는지 알고나 있을까. 나는 여강이 알지 못했다고 확신한다. 심연의 촉수인 본능이 데려간 먼 시간.

나는 물동이 여인 인형을 본 순간 양수를 삼켜 딸꾹질을 할 만큼 깜짝 놀랐다. 그것은 겁파의 시간을 가로질러 부족의 웅덩이를 떠올려 이곳으로 소환했다. 여강은 신과 자연의 대륙에서 언제, 어떤 모습으로 저 여인을 만난 걸까. 물동이 여인은 다큐멘터리 몇 편 보았다고 만들 수 있는 그런 것이 아니었다. 그렇다면 나와 여강은 운명의 심연 어디쯤에서 맞닿아 있었다는 얘기이다. 인형을 처음 봤을 때와 같은 무게의 감동이 다시 밀려왔다.

"그 인형 누구 거야?" 원장과 도자기를 배우는 동네 여자 둘이 여강 뒤에서 화면을 보고 있었다. 여자 하나가 물동이 여인 인형을 보고 뭔가 마음이 아려오는 작품이라고 말했다. 여강은 그 여자의 칭찬을 듣고도 얼굴이 굳은 채였다. 이전에 만철이 동네 양아치라며 여강에게 따졌던 여자기 때문이었다. 다른 여자는 여강에게 만철이 자신의 집에 다시는 찾아오지 못하게 해달라고 말했다. 동장도 안 거두는 회비를 자기가 뭔데 갹출하냐며. 적동을 떠나라고도. 여자는 여강에게 남편 하나 말리지 못하는 등신이라고도 했다.

원장이 여강의 표정을 눈치채고는 여자들을 밖으로 몰아낸 후 다시 돌아와 인형 작가가 누구냐고 대답을 재촉했다. 여강이 머뭇거리며 주문이 들어왔다고 대답했다. 원장은 잠깐의 시간을 둔 뒤 다섯 손가락을 펼쳤다. 오만 원이면 소녀 인형보다 싼 가격이었다.

"그렇게나 많이요?" 여강의 예상을 뛰어넘은 액수였다. 원장은 여강을 멀뚱히 내려다보았고 여강은 원장의 표정이 변하는 모습을 지켜봤다. "너무 이르네. 눈이 없는 예술가라니. 자기 감각을 믿을 수 있어야 하는데, 어쩌지……. 그건 그렇고. 낙관 찍었지? 가격부터 알려줘. 아직 아기 배내옷도 못 샀다며?"

사실 여강은 배내옷을 못 산 게 아니라 사지 않았다. 많은 일들과 함께 그것도 그냥 미루고 있을 뿐이었다. 어느 날부터 여강과 만철 사이에는 현실이라 부를 만한 연결고리가 끊어진 것 같았다. 보이지 않는 막이 둘 사이에 드리워져, 바라보고 있어도 상대가 보이지 않았고, 듣고 있어도 그 말이 머리에 새겨지지 않는 그런 이상한 상태였다. 사이가 멀어졌거나 관심이 적어진 것이 아니라 정말 딴 세상에 살고 있는 듯했다.

원장의 재촉에 여강이 휴대폰을 꺼냈다. 전화번호를 찍고 인형을 만든 사람이라 적었다. 그래놓고도 차마 문자를 보내지 못해 머뭇거렸다.

여강이 일상을 사소하고 하찮게 여기는 일은 갈수록 심해졌다. 여강의 마음과 생각이 멈춘 듯, 이상한 마법의 그물에 말려든 것 같았다. 나는 여강의 마음을 읽으려 노력했다. 만약 물동이 여인이 팔린다면 어떤 변화가 있을까. 여강이 만철과 관계없이 자유로워질 수 있을까. 여강을 외면하고 이모와 속닥거리는 만철, 천방지축 동네를 휘젓고 다니는 만철, 이웃 사람에게 양아치라 손가락질당하는 만철. 여강은 그런 만철을 받아들일 수 없어 나, 즉 자신의 일부분인 태아조차 진짜가 아닌 듯 밀쳐두고 있었다. 그렇지만 그런 일은 형체나 소리가 없다해도 여강을 더욱 옭아매어서 머뭇거리게만 할 뿐이었다. 물동이 여인이 비싼 값에 팔린다면 어떤 현실은 좀 가벼워질 것이다. 그렇다고 여강이 만철과 연결된 마음 끈을 자를 수 있겠는가. 여강이 고개를 저었다. 지금의 여강에게는 뭔가 특별한 일이 필요했다. 그게 충격이든 뭐든 말이다.

여강이 휴대폰을 만지작거리고만 있자, 원장이 낚아채 대신 문자를 보내버렸다. 기다려보자고 했다. 원장의 그 말을 믿지 않을 이유는 없었다.

여강은 원장이 내민 포크를 받았다. "자기 작품이 너무 달라졌다. 무슨 일 있어?" 여강은 떡을 입에 넣고 오물거리며 그 말이 무슨 뜻인지 생각하는 것처럼 원장을 무표정하게 바라봤다. "아니, 저기 소녀 인형 좀 봐봐. 기술자가 만든 것 같잖아. 꽃잎 하나하나 크기랑 모양이 전부 똑같아. 판형에서 찍어낸 것처럼. 그런데 이번 거는 완전히 달라. 추상화처럼. 디테일을 말하는 건 아니야. 물동이를 지고 가는 사람의 무표정이 우리에게 많은 얘기를 건네지. 사람의 감정을 움직이는 그런 인형이야." 원장이 설명해도 여강의 표정은 별 변화가 없었다. 원장은 그런 여강을 향해 손을 내밀어 어깨를 툭 쳤다.

"떡 먹자. 그런데 요즘 차를 몇 시간이나 탈 수 있지? 승용차니까 버스보다는 안전할 거야." 여의도에서 도자기 전시회가 있으니 같이 가자고 했다. 원장은 가끔 회원들과 유명 작가의 작품을 보러 전국을 돌았다. 여강은 한 번도 그 자리에 끼지 못했지만 새삼 그 팀에 어울리고 싶은 마음은 일지 않았다. 둘이 떡 한 팩을 다 비우기 전에 문자가 왔다. 여강과 원장은 동시에 휴대폰으로 머리를 들이밀었다. 스팸 문자였다.

여강은 오계단으로 향했다. 집에 들러 물동이 여인 인형 두 개

를 들고나온 후였다. 하나는 공방에 갖다 둘 것이었고 다른 하나
는 수에게 보낼 것이었다. 오계단에는 예전에 수가 살던 집이 있
었다.

만철과 여강은 아기의 태명을 짓다 자신들의 집 대문 앞이 가
파른 것을 걱정했다. 만철은 로또 가게 근처에 있는 상가를 눈여
겨 봐뒀다고 했다. 돈을 벌어 그곳에 과일상을 차리자고 말했다.
대문 앞이 평평한 곳에 이사를 가자고도. 둘은 팔려고 내놓은 집
을 구경했다. 그중 하나가 수의 옆집이었다. 마당에 잔디가 깔렸
고 벽과 담 등을 흰색으로 리모델링한 작은 단층집이었다. 마당
뿐 아니라 골목이 넓어 그곳에서 아이가 친구들과 공놀이를 하거
나 자전거를 탈 수도 있었다.

만철은 마당 끝에서 내려다보이는 저택의 정원이 내 것 같아
서 좋다고 말했다. 조금만 기다리라며 여강의 봉긋한 배를 쓰다
듬었다. 그렇게 아이와 약속을 한 만철이었다. 여강은 찰나의 약
속이 무슨 만기가 돌아온 어음이라도 되는 듯 만철에게 재촉하고
싶었다. 조금도 기다리기 싫으니 지금 당장 갖으라고. 지금 벌이
고 있는 이상한 일에서 멀어지라고.

여강은 대문이 잠긴 수의 옛집과 그 골목을 서성이다 뒤돌아
섰다. 공방에 들러 인형 하나를 준 후에 우체국으로 갔다. 인형
만 부치려다 엽서를 사 몇 자 적었다. '수, 잘 지내지? 네가 있는
곳은 늘 따스하겠지. 난 좀 춥다. 원장이 그러네. 네게 보내는 이

인형이 잘 만든 거라고. 나는 잘 모르겠어, 내가 어디에 있는지. 오늘은 네가 좀 그립다.' 여강은 수의 남편에게도 안부를 적어 물동이 여인과 함께 부쳤다.

좀 걷다 보니 시장에 있는 건강원 앞이었다. 뭘 달이는지 들큰한 냄새가 났다. 여강은 가게 옆의 좁은 골목을 보지 않으려 고개를 돌렸다. 그래서인지 기억이 더 생생하게 떠올랐다. 골목은 비밀지하실로 통했다. 그곳엔 색과 크기가 다양한 뱀이 똬리를 틀고 있었다. 시어머니는 머리가 세모인 것과 몸집이 굵은 뱀을 가리켰다. 남자가 냉동고를 열어 배를 가른 털 짐승을 보여줬을 때 여강은 구토를 했다. 밖에 나와서도 털 주위에 엉겼던 피얼음이 떠올라 구토가 멈추지 않았다.

시어머니는 얼굴빛이 창백해진 여강에게 꿀물을 타 워줬다. "그렇게 싫어서 어쩌니. 쟤가 어릴 적에 병치레를 많이 했어. 온갖 약을 써도 이것만 못했지. 한 해 한 번이면 돼. 응, 아가야." 여강은 시어머니가 당부한 일들을 지키며 살려고 노력했다. 주인 남자는 여강을 알아보았다. 여강은 주인 남자에게 입금된 것을 확인한 후에 뱀을 달이라고 말했다.

올해는 시어머니의 당부를 어기게 될지도 몰랐다.

여강이 영아용품 가게를 지나치며 고개를 푹 숙였다. 영아용품 가게의 불빛이 흐릿했다. 그곳의 물건을 보고 있지 않아도 진열장에 나란히 놓인 손발싸개가 또렷이 떠올랐다. 여러 번 들여다본 탓에 눈에 찍힌 영상인지도 몰랐다. 오늘도 여강은 아기용품을 사지 않았다. 문자음이 울렸다. 여강의 통장으로 물동이 여인 인형 값이 입금됐다는 알림음이었다.

여강은 몇 번이나 암전된 핸드폰을 다시 켜 숫자에 찍힌 동그라미를 헤아렸다. '핑퐁핑퐁.' 마치 실로폰을 치듯 연달아 울리는 문자음에 여강은 깜짝 놀랐다. '다음에는물동이를진여인곁에아이도함께만들어주세요가격을배로드리겠습니다' 이상한 문자였다. 여강이 두리번거리며 주변을 휘둘러 보았다. 문득 낯설고 깜깜한 곳에서 길을 잃은 것 같은 무섬증에 사로잡혔는가. 밝은 곳으로 나가야 한다는 것을 알지만 몸이 붙박인 듯 가만히 서 있는 여강. 큰길에서 어른거리는 사람의 모습을 보자 겨우 안심했는지 날뛰던 맥박이 조금 가라앉았다. 여강은 문자 두 개를 여러 번 번갈아 보며 내용과 금액 하나하나를 찬찬히 확인했다. 그 인형이 정말 작품이란 말인가.

여강은 인형을 주문한 사람과 문자를 주고받았다. 보름 뒤에 물동이 여인과 함께 아이 인형도 만들어 보내기로 약속을 했다.

여강이 큰길을 걸으면서도 안절부절못했다. 그러더니 문득 멈춰 선 채 만철에게 전화를 걸었다. 기쁘지만 의심스러운 일을 의논할 사람이 만철밖에 없었던가. 요즘 옛 친구나 친정 식구 누구에게도 연락하지 않는 여강이었다. 만철이 전화를 받지 않자, 허등대는 발길을 만철의 가게로 돌렸다. 만철이 위원장이 된 후 한 번도 찾지 않았던 곳인데. 기적 같은 행운이 여강에게 찾아오자 그 이상한 일을 만철과 나누려는 여강이었다.

거세지는 빗발이 걸음을 재촉하는 듯 여강은 곧장 만철에게로 갔다. 로또 가게이자 위원회 사무실의 건너편에 도착했지만 차마 안에 들어가지는 못했다. 가게의 기둥이나 문에는 텃밭의 보호벽에서 본 것과 같은 구호가 시끄럽게 적혀 있었지만 여강은 개의치 않고 만철에게 전화를 걸었다. 전화를 받지 않자 곧바로 문자까지 보냈다. '밖으로 나와 봐.'

이모와 노파 몇이 벌건 불꽃이 널름대는 폐드럼통 주위에 둘러선 것을 자주 보았는데, 비가 와서인지 아무도 없었다. 여강은 흰 연기가 빗줄기에 섞여 흩어지는 공중을 멍하니 보고 있었다. 그러다 문득 정신이 들었는지 뭐라고 중얼거리며 뒤돌아섰다. 나는 돌아선 여강을 응원했다. 하지만 여강이 몇 발자국 만에 되돌아오자, 내 속이 상했다. 아마 여강의 마음은 복잡하고 혼란스러운 감정과 당장 돌아서라고 아우성치는 이성이 치열하게 싸우고 있을 것이었다. 그때였다.

하늘에서 장대 같은 우박이 여강을 포위하듯 마구 쏟아져 내렸다. 순식간이었다. 온 세상이 고요해졌다. 하나의 소리만 남은 적요 속에서 여강은 하늘을 올려다보았다. 얼음 알갱이가 여강의 우산과 몸뚱이를 때리는 소리가 커질수록 여강의 어깨는 움츠러

들었다.

여강이 한참 만에 눈길을 허공에서 땅으로 내리자 거기, 여강의 눈앞에 만철이 서 있었다. 여강과 만철은 서로 마주 보았다. 둘의 눈빛은 무연한 듯 비어 있었다. 내 짐작이 틀렸던가. 만철이 여강에게 한 발 내디디던 참이었다. 여강의 눈빛이 바뀌며 빠르게 돌아섰다. 만철에게서 도망친 여강이 골목을 돌아 담벼락에 기대선 채 웅얼거렸다. "내가 거기 가다니, 바보, 바보." 여강이 배를 때리고 꼬집으며 소리 나지 않는 눈물을 흘렸다.

나는 그 어느 때보다 여강의 움직임을 미세하게 감지하고 있었다. 여강이 배를 쥐어박고 쥐어뜯는다 해도 내게로 전해지는 고통은 없었다. 다만 심장이 졸아드는 여강의 슬픔과 서러움의 일부가 바로 나인 것에 마음이 아팠다. 여강의 속울음은 자궁 안의 양수까지 전해져 북소리처럼 둥둥 울렸다. 여강이 불쌍했다. 여강의 자존심만이라도 지켜줄 수 있다면. 문득 내가 여강에게 해줄 수 있는 일이 무엇인지 어렴풋이 알 것 같았다. 나는 태아인 나의 최후가 더없이 비극적이길 기대한다. 나로 인하여 여강이 나머지 삶을 지탱할 수 있을 만큼 지독하고 처참하기를. 정말 그러기를 바랐다.

여강이 비탈을 올라 집으로 돌아왔다. 작업실에 들어와 이불을 깔고 누웠다. 혼절 같은 잠에 들었던 여강이 한밤중에 일어났다. 가로등 불빛이 작업대에 비쳐 물동이 여인들이 어슴푸레하게 보였다. 여강은 누운 채 한참 동안 작업대에 줄지어 선 인형을 응시했다.

물동이가 무거운지 몸을 구부정하게 웅크리고 발걸음을 옮기는 여인. 어깨뼈가 유달리 불거진 뒷모습을 보고 있으니, 막힌 벽 너머에서 뜨거운 사막의 바람이 불어오는 듯했다. 여강이 한숨을 길게 내쉬었다. 저리 힘겨운 생을 짊어진 여인 곁에 아이라니. 그 아이는 메마른 사막을 적시는 빗줄기 같아야 할 것이다. 우기가 오면 가장 먼저 싹을 틔우는 풀잎보다 더 강인해야 할 것이다. 여강이 작업대에 앉아 찰흙을 꺼냈다. 붉은색과 검정 물감을 섞어 아이의 피부색을 냈다. 물동이 여인보다 밝고 건강한 색이었다. 찰흙이 여강의 손에서 기포하나 없이 매끈하게 반죽 되었을 즈음이었다.

만철이 대문을 여는 소리가 들렸다. 만철이 평소대로 안방으로 갈 것이라고 예상한 것과 달리 작업실 앞으로 다가오는 발소리가 났다. 안 하던 짓이었다. 여강은 작업대에 엎드려 잠든 척했다. 만철이 방문을 열자 술 냄새가 들이쳤다. 술이 버거운지 만철이 숨을 몰아쉬는 소리가 가까이서 들렸다.

"정아 내 마음 모르겠니? 나만 좋자는 일이 아니잖아." 만철이 중얼거리며, 손으로는 여강의 머리를 쓰다듬더니 이불을 끌어와 여강의 어깨에 덮었다. 그러고도 몇 마디 울먹이는 목소리로 중얼거리다가 급기야 콧물을 훌쩍이며 방을 나갔다.

그제야, 가만히 엎드린 줄만 알았던 여강의 어깨가 들썩였다. 만철의 눈물 앞에서 늘 마음이 약해지는 여강이었다. 이제껏 사는 동안 여강 앞에서 우는 남자는 만철 하나뿐이었다. 잠자리를 거부해도 자기의 사랑을 알아달라며 울었고, 직장을 다섯 번이나 그만둘 때도 상사의 말투를 못 참겠다며 울었다. 여강이 아기를 가졌다는 말에도 눈시울을 붉히던 만철이었다. 그러던 만철이 어느 날부터 울지 않았다. 우는 대신 돌아누웠다.

한참이 지나도 여강의 흐느낌이 잦아지지 않았다. 어지러운지 손바닥을 이마에 대고 헛구역질까지 하는 모습이 지난 태풍 때와 비슷했다. 태풍이 지나는 날, 여강은 무슨 마음이 들었는지 비바람이 부는 천변에 나가, 물가에 서 있었다. 검누런 황토물이 큰길까지 쿨렁쿨렁 쏟아 넘치며 빠르고 잔혹하게 흘러갔다. 나는 무서워서 몸을 여강의 등에 최대한 붙이고 웅크렸다. 보이지 않는 거친 손이 물에서 나와 모든 것을 휘리릭 말아서 끌고 가려는 것 같았다. 여강은 그 위협 속으로 뛰어들려는 걸까. 강 쪽으로 몸을 기울였다. 그러다 제풀에 놀란 듯 뒤로 물러났다. 휘청거리고 헛구역질을 하면서. 지금도 그때처럼 주먹을 꼭 쥔 채 볼록한 배에 매달리듯 그렇게 한참을 버티는 여강이었다. 나는 그 주먹이 있는 곳쯤에 손을 갖다 대고 여강의 숨결이 천천히 가라앉는 것을 느꼈다.

홍분이 가라앉자 여강은 곧 점토를 만지는 일에 몰두했다. 촉촉한 흙뭉치를 떼어내 오래 매만졌다. 뭉치고 늘이고 납작하게 누른 찰흙 덩이가 수북해지자 메스와 바늘을 꺼내 들었다. 물동이 여인 다음엔 아이의 몸통과 작은 손발을 빚었다. 뒷짐을 지고 가는 아이, 팔다리를 힘차게 저으며 뛰어가는 아이, 한쪽 입술이 귀에 걸리도록 미소를 짓는 얼굴, 입술이 앞으로 튀어나온 뾰로통한 표정 등. 여강은 상상 속에서 아이가 있는 공간으로 가 아이와 함께 숨을 쉬었다.

나는 나의 초기 상태를 떠올렸다. 우리가 지금처럼 하나가 아니라 세포와 정령으로 나누어져 있던 때였다. 모든 자연의 순리대로 우리는 낯선 서로의 세계를 존중했고 기꺼이 받아들였다. 따스한 몸은 정령인 내게는 놀라운 대지와 같았고, 끊임없이 분열하며 자랐다. 정령인 나와 상관없이 힘차게 생장하는 몸은 매 순간 나를 감동시켰다. 정령이 이전의 생애를 기억한다든가 혹은 노인처럼 지혜롭다거나 하는 것은 살아 숨 쉬는 몸에 비하면 아주 초라한 일이었다. 여강의 심장과 함께 뛰는 이 맹렬한 창조. 나는 이로 인해 여강을 나 자신보다 더욱더 사랑하게 되었다고 확신했다. 여강 또한 자신이 만드는 아이를 그렇게 느끼고 있을 것이었다.

열대의 우기는 힘차고 풍요로웠다. 메말랐던 풀이 다시 자랐고 떠났던 동물과 사람이 돌아왔다. 어떤 이들은 뜨겁고 검은 땅을 떠나 마르지 않는 강인 자이르로 떠났다고 했다. 이미 건기는 지나갔고, 거친 빗줄기는 달콤하고 시원했다. 나는 푸른 풀밭을 달리고 너른 웅덩이에 첨벙첨벙 뛰어들며 나와 몸을 나눠 가진 자연을 만끽했다.

이런 나의 방대한 기억은 내가 자궁을 벗어나는 순간 티끌처럼 흩어져 버릴 것이다. 영원을 이어주는 것은 뭘까. 익숙하다고 착각하는 시간인가. 시간은 기억이 시작되는 때와 끝나는 때의 매듭 같은 어떤 것이 아니라, 그 사이의 얇고 오묘한 겹이지 않을까. 나는 무한한 깊이의 감정에 취해 눈을 질끈 감았다.

인형을 부치기로 한 날 새벽이었다. 일어나 보니 폰에 문자가 와 있었다. 수의 남편이었다. 여강이 보낸 물동이 여인을 수의 납골당에 갖다 놨다며, 분명 수도 좋아할 것이라고 적어놓았다. 수는 이사를 가고 좀 지나 교통사고를 당했다. 여강은 창문을 활짝 열고 차가운 바깥 공기를 한참 들이마신 후에 작업대로 돌아왔다.

그곳에는 아이 인형과 물동이 여인이 빽빽이 줄지어 서 있었다. 새로 만든 물동이 여인은 주문받은 인형과 비슷하게 만들었지만 풍기는 분위기가 조금씩 달랐다. 여강은 물동이 여인 중에 끌리는 것을 먼저 골라 그것에 어울리는 아이를 골라 짝을 지었다. 몇 번이나 짝을 바꿔보며 어떤 것이 더 나은지 가늠했다. 아

이의 표정이나 몸짓이 전부 달랐지만 묘하게 둘이 있는 게 혼자
보다 나았다. 그중에 가장 좋은 것들을 골라 포장했다. 소녀 인형
을 덤으로 챙겼더니 종이팩에 넣으면 찢어질 것 같아 작은 캐리
어에 넣었다.

캐리어를 들고 조심스럽게 움직였다. 만철이 자고 있었다. 어
제도 술을 마시고 늦게 들어온 만철이었다. 여강이 막 마당에 내
려선 참이었다. 누군가 벨을 눌렀다. 이모였다. "만철아!" 여강은
난감한 표정으로 가만히 서 있었다. 벨 소리에 나온 만철이 여강
을 보자, 덩달아 멈춰 섰다. "만철아, 대문 열어라. 당장 시청으
로 가야겠다, 나오너라." 만철은 찌푸린 얼굴에 마른세수하며 여
강을 쳐다보았다.

"얼른 나가 봐. 난 우체국 가야해." 여강은 애원하듯이 속삭이
며 대문을 가리켰다. 만철은 여강의 말을 믿지 못하는 얼굴이었
다. 여강에게 일어난 일을 만철은 상상할 수 없었고, 여강이 캐리
어를 들고 있어서 더욱 의아해 했다.

주문자는 오늘까지 인형을 꼭 받고 싶다고 했다. 시간이 없었다.
이모가 소리를 질렀지만, 만철은 꼼짝하지 않고 여강만 바라
보았다. 하는 수없이 여강이 대문을 열었다. 잔뜩 찌푸린 얼굴로
여강 뒤를 따라 나온 만철이 이모에게 짜증을 냈다. 이모는 만철
의 짜증에 눈만 끔벅이다 여강의 가방을 보고 입술을 씰룩댔다.
"위원장 말하는 꼬라지라니. 너 때문이렸다. 네년이 뭐가 잘나서

남편을 들볶아! 나랏일을 망쳐!" 이모는 성질을 이기지 못해 대문을 발로 찼다.

거기까지였다. 나는 그들에게 무슨 일이 일어났는지 다 알 수 없었다. 다만 셋은 가파른 내리막길에서 몸싸움했고 여강은 빠져나가려 노력했지만 마음대로 되지 않았다. 더 운이 나빴던 건 그때 내 목에 탯줄이 감긴 것이었다. 마음먹었던 마지막 순간이 다가왔다고 나는 생각했다. 바로 그 순간, 결심을 이행하기로 했다. 나는 목이 졸려 아득해지는 의식을 붙잡은 채 몸을 뒤틀며 두 발을 오므렸다. 그런 후 숨을 멈추고 온 힘을 다해 시위에서 튕겨나가는 화살처럼 두 다리를 내질렀다.

여강이 길바닥에 쓰러지며 둔탁한 소리를 냈다. 곧 여강의 치맛자락 주변으로 붉은 피가 번졌다. 가방도 여강과 함께 내리막을 구르며 열어젖혀졌고, 인형들이 튕겨져 나와 깨져서 흩어졌다. 모두 놀라서 어찌할 바를 몰랐다. 나조차도. 난 중얼거렸다. '이게 아니야…… 이렇게는 아닌데.' 여강은 마지막 힘을 짜내 손가락으로 어딘가를 가리켰다. "저기, 저기에, 가야 해요……." 그 말을 다 마치기도 전에 여강의 손이 아래로 툭 떨어졌다.

자꾸만 내리 덮이는 여강의 눈에 물동이를 진 여인이 보였다. 아이와 함께였다. 우기가 갓 지난 초원을 걸어가는 여인 곁에는 눈이 예쁜 사내아이가 있었다. 아이는 물동이에서 넘쳐흐르는 물을 받아 얼굴과 몸에 묻히고 있었다. '시원하겠구나.' 여강이 속

말을 하며 빙긋 웃었다. 나는 여강의 말을 들으며 고개를 끄덕였다. 그렇게 여강과 나는 구급차 사이렌 소리를 아스라이 듣고 있었다.

　병원에 입원해 있는 동안 만철은 여강에게 많은 약속을 했다. 여강은 약속 전부를 10으로 쳐서 3정도, 그 정도로 조금만 지켜지면 된다고 중얼거렸다. 만철은 여강의 의견에 귀를 기울였고 여강은 충분하다고 생각했다. 어차피 결핍이나 쓸쓸한 느낌은 혼자 감당해야 할 몫이라는 것을 분명히 알게 되었다. 시간이 그냥 흐르지는 않았다.

　삼 주 후, 집으로 가는 길에 여강은 만철과 천변에 들렀다. 만철이 아기를 품에 안은 채였다. 햇볕이 따스했고 봄빛으로 대지가 뒤덮인 날이었다. 아기는 적동을 비추는 찬란한 빛이 부신지 눈을 찡그렸다. 여강이 아기의 얼굴에 손을 드리워 들이치는 볕을 가렸다. 아기가 눈을 깜빡이고 입을 오물거리는 모습이 꼭 제가 냄새 맡고 보는 것들에 대해 추억이라도 되새기는 듯했다. 만철이 아기의 얼굴에 코를 갖다 댔다. 여강이 아기의 볼을 만졌다. 그때였다. 아기가 여강의 손바닥 냄새와 퉁퉁 울려대는 굴삭기 소리, 아니면 만철의 콧김이나 적동 골짜기에 휘도는 바람에 화답이라도 하듯, 힘차게 울음을 터뜨렸다.

저기 소수가 있다

저기 소수가 있다

*

금요일 오후, 양수는 대리모 요양원인 굿케어 진료실에서 창밖을 내려다보고 있었다. 마당엔 현지인 임부와 그 가족들로 북적이고 있었다. 가족이라야 근처 마을에서 온 아이들이 다였다. 임부들은 유칼립투스나무 근처나 바위, 평상과 벤치 등에 앉거나 기대선 채 무리 지어 모여 있었다. 이와 달리 아이들은 온 마당과 건물 안에까지 뛰어다녔다. 어른 마흔일곱보다 아이들 십여 명이 더 많아 보였다. 그들의 활동성이 공간을 크게 보이게 만들었으리라. 아이들은 금요일에만 개방하는 이곳에 와서 놀다가 해가 지기 전, 발자국마다 솜사탕 같은 먼지를 일으키며 엄마와 함께 집으로 돌아갔다. 굿케어에 소속된 임부 중에 반은 주말을 집에서 보내고 왔다.

아이들이 강아지 제타 주변에 앉아 검은 털을 쓰다듬고 있었다. 제타는 늘어져 누운 채 가끔 머리만 들어 아이들과 회색 바위 산을 번갈아 쳐다봤다. 또 다른 아이 몇은 일인용 그네에 한꺼번에 매달려 흔들렸다. 그중 한 아이가 곧 동생이 생긴다고 좋아하던 모습이 떠올랐다. 자기 엄마가 아기를 가졌으니 동생이 맞긴 했다.

마당 가 한곳에는 국경 너머에 집이 있는 임부들이 모여 있었다. 조금 있으면 그들은 앙푸르산을 휘돌아 가 국경을 넘을 것이었다. 양수가 퇴근하면 함께. 양수는 인솔자로 반드시 그들과 동행하도록 규정돼 있었다. 현지인 운전기사의 좌석 아래에 총이 실린 승합차를 타고서였다. 이 일은 양수가 굿케어에서 맡은 중요한 일과 중 하나였고, 지난 삼 년간 매주 해온 일이기도 했다. 국경을 넘는 것이 자유로운 사람은 양수뿐인데.

눌아가 국경을 넘나드는 임부들 틈에 끼어 있었다. 양수가 반대를 했는데도 눌아는 백팩을 단단히 매고 있었다. 원피스가 백팩의 어깨끈에 눌려서 볼록한 배가 도드라졌다. 임부 중에 가장 마르고 키가 큰 몸매라 배만 곤드라지게 튀어나온 모습이 위태로워 보였다. 눌아는 수리안의 집에 가 주말을 보내고 오겠다고 했다. 양수는 수리안이라서 더욱 안 된다고 말렸다. 눌아는 수리안이기에 꼭 나가야겠다고 우겼다. 수리안이 한동안 아이들을 보지 못해 속상해한다고 툴툴거리면서.

임신 칠 개월에 접어든 수리안은 질에 염증이 생겨 치료하느라 한동안 집에 가지 못했다. 양수는 집에 가고 싶다고 말하는 수리안에게 조건을 달았다. 수리안의 남편이 오늘까지 굿케어에 와 상담을 받아야 한다고. 수리안은 자신의 남편이 오지 못 할지도 모른다고 대꾸했다. 도시에 일하러 갔다가 다쳐서 돌아온 후 요양 중이라면서. 양수는 눌아를 떠올려 양보하지 않았다. 현지인 간호사를 시켜 수리안의 마을에 전화를 걸었다. 하지만 수리안의 남편은 진료 마감 시간이 지나도록 나타나지 않고 있었다.

임부들의 모습이, 먼 하늘로 눈길을 향하고 앉은 솟대를 생각나게 했다. 고개를 꼿꼿이 들었거나 비스듬히 앉았거나 어딘가에 기대선 솟대들. 양수는 바닷가에서 경량철골로 만든 솟대를 본 적이 있었다. 연필 굵기의 은색 철골을 그물처럼 얼기설기 엮은 원통형인데, 아래로 갈수록 폭이 넓어졌다. 바닥에서 무릎 높이까지는 크고 작은 자갈로 채웠고 위쪽은 비어 있었다. 그리고 꼭대기에 얹어놓은 돌멩이 하나. 검정색 그것은 새의 머리인지 사람 얼굴인지 분간 가지 않았지만, 얼굴 면이 바다를 향하고 있었다. 하늘과 바다, 그 무한한 허공을 향하던 아득한 눈길. 그 솟대가 왜 임부의 이미지와 겹쳐 보였을까.

이 주일 전이었다. 수리안은 성폭행을 당한 듯 다쳐서 돌아왔다. 수리안이 주말 동안 집에만 머물렀다니, 그녀 남편의 짓이었다. 질의 상태는 태아의 안전이 염려될 정도였지만 초음파로 봐서는 이상이 없었다. 수리안이 출산할 때까지 굿케어에 붙잡아두고 싶었다. 하지만 수리안은 아이들이 기다린다며 주말에 외출을 나가게 해달라고 애원했다.

현지인 간호사가 전한 소문에 의하면, 수리안의 남편은 아내가 대리모가 되는 걸 반대한 듯했다. 가난에서 벗어나기 위해 자진해서 대리모가 된 수리안과 그에 자존심이 상해 심술을 부리는 남편. 슬프지만 뻔한 현실이었다.

눌아는 자신이 그 집에 가면 수리안의 안전이 보장될 거라고 말했다. 수리안의 남편이 아무리 난폭하다 해도 손님이 있는 데서 아내를 덮치지는 않을 거라면서. 그렇게 말해도 양수가 반대하자 눌아가 눈물을 비쳤다. 양수는 화가 나는 대신 수많은 질문이 와글거리며 몰려오는 것을 느끼자, 말문을 닫았다. 대답을 방기하는 비겁한 짓이었다. 양수에겐 익숙한 일이기도 했다. 특히 눌아와 엮이는 일에서는 더했다. 별거를 결정하면서 그랬고, 굿케어에서 다시 만났을 때도 그랬다.

양수는 기다렸다. 수리안의 남편이 지금이라도 상담하러 오기를. 눌아가 국경을 넘어가지 않겠다고 말하기를.

양수는 데스크로 고개를 돌려 두 대의 컴퓨터 화면에서 깜빡이는 것들을 바라보았다. 그중 한 화면에서는 태아의 심장이 뛰고 있었다. 이번 주에 진료한 태아의 초음파에서 이상한 점이 있는지 다시 살펴보던 참이었다. 양수는 인간 아이의 세포분열이 병아리의 그것과 같다는 것에서 묘한 안도감을 느끼곤 했다. 그건 세상과 물질의 질료가 범우주적인 원형과 다르지 않으리라는 막연하고 달콤한 상상으로 이어졌다.

다른 화면에서는 1500만여 개의 숫자들이 1씩 커지면서 빠르게 깜빡이고 있었다. 거대소수를 찾는 프로그램이었다. 숫자를 하나 둘 셋으로 헤아린 게 1500만 개라니. 숫자를 하나씩 종이에 적어 쌓으면 육삼빌딩 다섯 배 높이라고 했다. 양수가 종이 맨 위에 올라앉는다면 구름 위로 머리를 들이밀 수도 있겠다 싶었다. 공허한 상상이었다. 양수는 감당할 수 없는 어떤 감정에 휩쓸릴 때면 거대소수로 마음을 돌렸다. 숫자의 발명과 함께 인간 세상에 던져졌던 소수, 1과 자신을 제외한 다른 어떤 수로도 나뉘지 않은 소수, 불규칙성으로 인해 인간의 해석을 허용하지 않은 소수, 숫자 세계의 원자라 불리는, 소수를 보고 있으면 안도감보다는 게임처럼 몰입이 잘 돼 성가신 일을 잊을 수 있었다.

거대소수를 알게 된 건 늦아 엄마가 소개한 과외선생 한을 통해서였다. 한은 리만 가설을 이해하는 게 목표라고 했다. 양수에겐 그 말이 한심하게 들렸다. 이미 답이 제시된 수학 문제를 증명하는 것도 아니고 이해가 목표라니. 그 말을 들은 후 양수는 한보다 수학을 잘해야겠다고 생각했다. 양수가 한을 고집하는 이유를 엄마는 이해하지 못했지만, 양수의 수학 성적은 일등급까지 올라갔다. 수능을 마치고 한과 술을 마시는 자리에서였다. "천재들에게 맡겨야지." 양수가 리만 가설을 증명하는 게 어떠냐고 묻자 한이 너털웃음과 함께 한 대답이었다. 그때 양수는 원주율로 변환되는 모호한 다면성의 얼굴을 가진 소수가 진심으로 좋아졌고, 자신의 수학 실력이 결코 한을 뛰어넘지 못하리라는 것을 깨달았던 때이기도 했다.

한은 양수의 선생이기도 했지만, 여동생과 눌아도 가르쳤다. 셋이 모이면 둘은 양수가 소수에 대해 품고 있는 열망을 비웃곤 했다.

자동차 경적이 들렸다. 모두 제 자리를 찾아간 듯 마당이 비었다. 승합차만 시동을 켠 채 유칼립투스나무 너머의 길가에 서 있었다. 양수가 나가자 제타가 꼬리를 흔들며 따라왔다. 조수석에 오른 후 제타를 다리 사이에 태우자 차가 출발했다. 양수는 뒤를 돌아보지 않은 채 귀를 기울였다. 국경 너머에 사는 임부들이 재잘대는 말소리 사이에 한국말이 간간이 들렸다. 차는 꼬불꼬불한 산길을 천천히 달렸다. 양수가 꾸물대느라 벌써 해가 저물고 있었다. 보통은 돌아오는 길에 노을을 보곤 했는데. 오늘 좀 늦었구나, 생각하는 동안 산꼭대기 근처 국경 표식이 있는 공터를 지나쳤다. 공터가 비어 있었다. 문득 오늘이 국경수비대를 만나는 날이라는 게 기억났다. 약속 시간에 늦을까? 마음이 조급했지만 수리안과 소곤대는 눌아의 목소리에 귀가 쏠리는 건 어쩔 수 없었다. 현재 양수에게 가장 큰 걱정거리는 눌아였다.

양수는 눌아를 앞에 앉혀놓고 오래도록 많은 대답을 듣고 싶었다. 속에서 들끓는 의심과 의문이 해소될 때까지.

여섯 달 전이었다. 어쩌다 발견되는 거대소수처럼, 오 년의 시간을 거슬러, 눌아가 양수 앞에 아니 이곳 굿케어에 등장했다. 전 세계에서 6천여 명의 사람들이 찾고 있다는 거대소수를, 먼 나라의 누군가가 아닌 양수가 발견한 것 같았다. 기쁘거나 아찔한 감정을 제외하고 기적처럼 여겨진다는 의미에서 말이다. 양수가 이혼 서류에 도장을 찍지 않았으니 그녀는 아직 양수의 마누라였다.

사실 세계 어느 곳이어도 눌아와 마주치는 건 이상한 일이 아니었다. 눌아는 오래전부터 여행가였고 인기 유튜버이기도 했으니까. 그녀 영상의 포커스는 고급하게 놀고먹을 수 있는 장소와 특별식을 소개하는 럭셔리 체험기였다.

결혼을 앞두고 눌아는 양수에게 아기를 갖지 않겠다는 다짐을 받았다. 몇 번이고. 그랬던 눌아가 굿케어에 케어를 받으러 오다니. 시간이 사람을 변하게 한다지만 아기를 가진 눌아는 양수에게 놀라움을 넘어 기이하게 여겨졌다. 양수는 눌아와 관련한 그간의 이야기를 떠올렸다.

여동생의 마지막 소식에서 박제돼 있는 눌아는 양수와 별거한 후 두 번째 동거남과 캘리포니아에서 살고 있었다.

선배 말은 달랐다. 선배는 이곳에서 자동차로 한 시간쯤 떨어진 도시에서 굿케어 본원을 운영하고 있었다. 여자가 먼저 의뢰를 해왔다고 했다. 모든 비용은 선불로 지급됐으며, 여자가 직접 가져온 냉동 정자와 난자였고, 그것을 수정하여 이식하는 일이 실패로 돌아간다 해도 환불받지 않겠다는 약속까지 받았단다. 굿케어 기존의 중개와 수술, 케어가 아닌 방식이었다. 양수와 함께 군무원으로 근무한 기간이 짧았던 선배는 눌아를 알지 못했다.

눌아가 양수의 아기를 가졌다고 했다. '왜? 어떻게?' 처음에 양수는 간단한 질문조차 할 수 없을 만큼 머릿속이 복잡했다. 그런 일은 지구인인 자신에게가 아니라 먼 데, 모호한 숫자로 불리는 은하의 어느 별에서 일어난 일 같았다. 하지만 조금 생각해보니 그럴 수도 있었다. 양수는 정자를 냉동 보관한 적이 있었다. 그렇다면 난자는? 눌아가 대답했다. 세상에 존재를 뚜렷이 남기고 싶은 사람 거라고. 양수 추측에 그 사람은 늘 자기애가 넘치는 눌아였다. 자신도 난자를 보관한 적이 있다고 말했다. 그게 공평하지 않으냐고 되물었다. 양수는 헷갈렸다. 젊고 팔팔한 정자와 난자인지, 혹은 오래 묵어 썩어가던 씨앗들이었는지. 눌아의 이야기는 정말 기괴했지만, 방법에 대한 의문은 풀렸다.

감정이라는 건 정말로 이상했다. 이젠 눌아를 미워하는 마음조차 남지 않았다고 생각했는데, 왜 양수의 아기를 가졌는지에 대한 의문이 역겨운 악취를 풍기며 마음을 헤집고 마구 돌아다녔다. 그럼에도 눌아가 자신의 자식을 가졌다는 말에 양수는 조금 감동했다.

하지만 그다음 말은 양수에게 배신감을 한 무더기 안겨줬다. "섹스 없이 아기를 낳은 적이 있어." 딱 한 번이었다고 했다. 그러니 지금은 두 번째란 얘기였다. 눌아가 남자와 동거한다는 말을 들었을 때보다 기분이 더 나빴다. 양수는 왜 그랬냐고 물었다.

"내가 캘리포니아에 살았잖아. 어쩌다가 그렇게 됐어. 뻔한 얘기지 뭐……." 눌아가 심플하게 대답했다. 양수는 그 말을 들으며 전혀 심플하지 않았다.

캘리포니아는 대리모가 합법적인 주였다. 그것이 이것과 어떻게 연결되는가. 눌아가 법이 허용하는 장소에 살았던 것과 그 일에 몸을 담그는 것은, 진화한 인간의 시신경이 원시 물고기의 눈으로 퇴보하는 것보다 더 요원한 일이 아니던가. 굿케어에 있는 대부분의 임부는 가난에서 벗어나기 위해 자신의 자궁을 빌려줬다. 인종이나 종교적 신념 같은 것을 묻지도 않고, 공예품과 피를 팔듯이. 그것이 삶이었고, 뻔한 이야기였다.

양수는 아무리 생각해도 눌아가 뻔하다는 그 그림이 떠오르지 않았다. 한마디로 눌아에겐 이유가 없었다. 하지만 그게 다가 아니었다. 도저히 이해할 수 없고 경악할만한 일은, 다음 임신도 이미 예약돼 있다는 것이었다.

"독일인 부부인데 부인이 난임이더라고. 부인은 자주 울고 있었어. 누군가에게 아기가 그렇게 중요하다니, 정말 선물로라도 주고 싶었어. 나 착한 거 같지 않아?" 양수는 아무 대답도 할 수 없었다. 이미 결론을 전제해 놓고 동의를 강요하는 말투였다. 변함없는 눌아의 이야기 톤이었다. 내용의 전개 방식도 메스꺼울 만큼 익숙했다.

그런데, 생각해보니 알코올이나 마약처럼 임신에도 중독될 수 있을 것 같았다. 인간의 호르몬은 마약보다 훨씬 강력한 중독 물질이었으니. 굿케어에 사례가 있었다. 그 여자는 임부 중 나이가 가장 많았고, 자신의 아이를 포함해 열일곱 번째 임신 중이었다. 돈이 필요한 것도 아니었다. 막내가 가정경제를 책임지는 이 나라의 관습으로 봐도 여자는 성공한 축에 속했다. 결국, 여자는 가족에게 버림받았다. 주름투성이 얼굴로 불룩한 배를 안고 웃는 모습은 어떤 괴물을 보는 것보다 섬뜩했다. 양수는 그 여자를 볼 때마다 인간이라는 동물군이 속한 위치를 생각하지 않을 수 없었다.

눌아가 그런 종에 속할지도 모른다는 생각만으로 양수는 불쾌했다. 눌아가 두 번이나 서류를 들이밀었을 때 이혼하지 않은 걸 처음으로 후회했다. 눌아가 양수의 속마음을 눈치챈 걸까. 양수가 말만 하면 언제든지 굿케어를 떠나겠다고 말했다. 양수는 갈등했다. 지금이 토네이도처럼 사람을 몰아가는 눌아의 변덕스러운 에너지에 다시 휩쓸리지 않을 좋은 기회라고 생각하면서도, 선뜻 아니라는 대답을 할 수 없었다.

굿케어에서 가장 좋은 방을 눌아에게 내줬다. 그러고도 한동안 눌아를 다른 임부와 똑같이 대했다. 이 주일에 한 번 초음파로 태아의 발육상태를 확인하고, 하루 세 번씩 식당에서 마주쳤으며 (까무잡잡한 피부의 현지인 사이에서 백인처럼 하얀 눌아), 수리 안이나 다른 임부들과 주변을 산책하는 그녀의 뒷모습, 즉 상체를 뒤로 조금 기운 채 노랑과 검정색(금발로 염색한 머리카락이 길어)이 섞인 투 톤의 머리카락을 찰랑이며 긴 다리로 천천히 걸어가는 우아한 모습을 지켜봤다. 눌아가 굿케어에 머무는 기간이 최소 몇 달은 될 것이니, 그동안 둘의 관계를 생각하고 정리할 시간이 충분할 것이었다.

단지 습관의 문제였다. 양수가 이곳에 와서 자기 소유물이라 정한 것은 제타와 소수뿐이었다. 그러다 보니 이방인이 느끼는 비현실적인 자유를 누렸고, 그것이 몸에 배었다. 일이 주는 책임감은 낯선 언어로 익힌 역사와 문화만큼이나 거리가 멀었고, 무중력의 공간에 있는 듯 객관적으로 사무를 처리할 수 있었다. 그렇게 살았던 양수는 눌아로 인해 자신의 고요한 일상이 깨진 것이 불쾌하면서도 설렜다.

마음이 불편할 때는 특이한 것에 관대한 아버지 생각을 했다. 아버지는 가족들에게 특별한 사람이 되라고 말하곤 했다. 특이하거나 기이한 행위를 할 수 있고 또한 받아들일 수 있는 사람이라야 피라미드의 꼭대기에 앉을 자격이 있다며. 사소하고 일반적인 일에 너무 얽매이지 말고 다른 이의 예상을 앞서가라고 했다. 아버지는 양수가 평범하다는 이유로 늘 못마땅해했다.

예과에 다니던 중, 정관수술을 받고 온 양수에게 아버지는 혀를 찼다. 엄마 손에 이끌려가서 한 수술이었다. 아버지와 달리 엄마는 성공한 삶에 훨씬 관대했다. "요즘은 사내애가 조심하는 시대란다, 얘야." 엄마는 여동생에겐 다르게 말했다. "그놈 하나 어떻게 못 하는 널, 내가 널 그렇게 키웠니?" 본과에 올라와 보니 과 남학생 절반이 정관수술을 받았다고 했다. 다들 엄마에게 끌려갔다나 뭐라나. 공대 다니는 친구에게 말했더니, 그 수술 받으면 나도 부자가 되려나, 대꾸하고는 양수를 한심한 눈길로 봤다.

양수가 결혼하겠다고 하자 아버지는 복원 수술을 하러 자신의 병원에 오라고 했다. 아이를 낳지 않겠다고 전하자 아버지는 깨끗이 포기했다. 하지만 엄마는 그렇지 않았다. 양수는 엄마를 이기려 하지 않았다. 대신 친구의 형이 하는 외과에 기록을 남겼다. 친구는 그런 사소한 짓도는 직접 하겠다고 자기 형에게 말했다. 그렇게 양수는 복원하지 않고도 부모님의 잔소리로부터 자유로워졌다.

어머니와 달리 눌아와의 결혼을 찬성했던 아버지가 지금의 눌아를 알고서도 특이하다며 결혼을 권할까, 궁금했다. 양수는 살면서 눌아가 아버지의 지대에 속한 사람이라고 생각했다. 하지만 지금 눌아의 상태는 양수가 판단할 수 있는 범위를 넘어섰다. 성질의 바탕이 되는 규칙을 해석하기 힘들다는 의미에서 눌아는 정말로 소수 같았다.

양수가 갈등하는 만큼이나 고불고불한 길을 지나 자동차가 마을 한 곳에 섰다. 임부 몇이 내렸다. 양수는 뒤를 돌아보았다. 수리안과 눌아가 창문 밖을 향해 손을 흔들고 있었다. 차가 출발하자 양수는 마을에 집이 새로 들어선 곳을 눈여겨봤다. 굿케어 여파였다. 몇 달 새 국경을 넘는 임부가 다섯 명 더 늘었고, 그들이 국경을 넘는 일 또한 명백한 불법이니, 굿케어가 위험에 더 많이 노출되었다는 의미였다. 눌아와 관련된 걱정거리도 좀 있었다. 물론 도움이 되기도 했지만.

눌아가 수리안과 속삭이는 목소리가 들렸다. 눌아가 아무리 언어 습득이 빠르다지만 벌써 수리안과 대화만으로 의사소통을 할 수 있는지 의아했다. 겨우 여섯 달이었다. 눌아는 굿케어에 오자마자 현지어를 배웠고, 한국어 교실을 열었다. 요즘 임부들은 남아도는 시간을 메우려 TV를 보는 게 아니라 자막에 나오는 한국어를 복습하기 위해 특정 프로그램이 방영되는 시간을 기다렸다. 국경 마을 오지에 한류열풍이 불어 임부들이 더 정겹고 활기차게 지내는 건 눌아 덕이었다. 양수에게 인사를 건네는 그들의 한국어가 이전보다 능숙했다.

둘은 조금 더듬거렸지만, 무리 없이 소통하고 있었다. 수리안은 현지어와 한국어로, 눌아는 현지어를 더 많이 쓰면서. 요즘 굿케어에서 임부들이 양수를 제치고 눌아를 중심으로 모이는 게 당연하겠다는 생각이 들었다.

양수가 알던 눌아, 유랑의 기질이 혈관에 출렁거려 발길이 이끄는 데로 떠돌던 여행자는 어디로 갔을까. 굿케어에서 임부들과 어울리고 그들을 챙기는 것이 여행지에서 사람을 만나 놀듯이 해서 되는 걸까. 요즘 눌아는 굿케어에서 영원히 살 것처럼 굴었다.

임부 가족이 모기에 물리고 이가 들끓어 고생하자 살충제를 사들여 나눠주고는, 직접 그들의 마을에 들러 공동화장실의 소독을 지시 감독했다. 그뿐이 아니었다. 상비약을 챙겨두었다가 누가 아프면 수시로 국경을 넘으려 했다. 눌아가 국경을 넘는 것이 양수는 무척 불안했다. 특히 아이가 아프다는 전화를 받으면 제 몸이 아픈 것처럼 사색이 되는 눌아를 보기 힘들어, 하는 수 없이 양수가 대신 약 배달을 가곤 했다.

왜 페스탈로치 코스프레를 하느냐는 양수의 말에 눌아는 웃기만 했다. 사람들에게 둘러싸였거나 그들 중심에 있는 눌아. 그 모습을 보고 있으면 눌아의 본심이나 그녀가 원하는 큰 그림이 이게 아닐 거라는 의심이 들기도 했지만 사는 맛이 나기도 했다. 그런 소소한 만족감이 드는 날이면, 양수는 행복한 엔딩으로 둘이 함께 늙어가자며 눌아에게 다시 프러포즈라도 하고 싶었다.

아무리 생각해도 양수는 눌아에게 기울던 제 마음의 각도와 속도를 이해할 수 없었다. 양수에게 눌아는 호르몬만큼이나 강렬한 마약이 분명했다. 처음 한동안 양수는 그녀가 만드는 감정의 회오리에 휩쓸리는 자신의 마음을 남의 것처럼 지켜봤다. 당혹스러웠다. 한편 양수는 그런 자신을 변호하는 마음도 지켜봤다. 그러니까 변호인 양수는, 눌아가 독일인의 대리모가 되는 것을 말릴 수 있다고, 설득하고야 말겠다는 단호한 결의를 품었다. 그러나 제정신의 그, 즉 사람은 열네 살에 가치관이 완성되고 그것이 변하기 어렵다고 생각하는 양수는 눌아를 떠나보내라고, 또다시 상처받을 게 뻔하다고 이죽댔다. 얼마 지나지 않아 양수는 고민을 끝냈다. 눌아에 대한 감정이 유전자에 새겨진 채 타고났다고밖에 생각할 수 없는, 자신의 운명 같은 끌림을 깨끗이 수긍했다.

굿케어에서의 눌아는 이전에 양수가 알던 사람이 아니었다. 오히려 양수보다 담담하면서 바르고 착하게 굴었다. 겉모습이 닮은 쌍둥이의 다른 쪽처럼 여겨질 정도로. 이국이라는 환경 탓일까. 한국의 시댁 문화를 받아들이기 힘들어했던 눌아와 이곳에서 오래오래 살면서 늙어가는 것도 나쁘지 않겠다는 생각을 했다. 그렇게 마음을 정리하던 중이었다.

불쾌하기 그지없는 새로운 사실을 알게 되지 않았더라면 양수와 눌아의 관계는 다시 시작됐을지도 몰랐다. 독일인 부부가 굿케어에 다녀간 것도 한 원인이었다. 봉인했다고 생각한 마음의 돌무더기는 언제든 무너질 수 있었고, 참을 수 없는 눌아의 단점은 커다란 바위에 잠시 가려졌다가 새로 드러났다. 양수는 자신이 눌아를 떠나는 것에 대해 정말로 진지하게 생각했다. 눌아가 양수의 아기라고 순전하게 믿고 있는 태아. 그 아기가 태어나는 것을 보고 싶은 마음은 별도로 제외하고서 말이다.

수리안의 마을에 도착했다. 운전기사가 시계를 가리켜 보였다. 국경수비대와의 약속을 알리는 신호였다. 양수는 고개를 끄덕여 곧 돌아오겠다고 대답하면서, 수리안과 눌아 뒤를 따라갔다. 수리안의 남편을 만나야 했다. 수리안의 집은 마당이나 자투리땅 없이 얇은 흙벽이 안팎을 구분하고 있었다. 낮에는 햇빛을 피하고 밤이면 바람을 막아주는 작고 소박하면서 허술한 집이었다. 그들 가족 여섯에 양수와 눌아까지 들어가자 방 두 칸짜리 집이 그득 찼다. 수리안의 시어머니로 보이는 사람이 양수에게 유달리 굽실거리며 차를 대접했다. 수리안의 남편 대신 가족 면담에서 만난 부인이었다. 집 안에는 향신료와 다른 냄새들이 섞여 악취라 부를 수밖에 없는 냄새가 코를 자극했다.

수리안의 남편은 아이 셋에 둘러싸인 아내를 부루퉁한 얼굴로 바라보았다. 몸이 불편하다더니 멀쩡하게 앉아 있었다. 그는 현지인 중에서도 얼굴 윤곽이 뚜렷한 축에 속했다. 전두부와 광대뼈가 솟았고 눈은 움푹 들어갔으며 코가 크고 입술은 두툼했다. 키는 작았지만, 상체가 발달해서 거칠고 용감한 전사처럼 보였다. 그런 그가 누구를 보든 성이 난 것처럼 사나운 눈길을 보냈다.

굿케어에 아내의 자궁을 위탁한 남편들 대부분의 표정과 달랐다. 그가 내보이는 적의가 너무 커서 꼭 무슨 사고라도 칠 것 같았다. 양수는 주말에 수리안이 집에 가는 대신 그녀의 아이들을 굿케어에 데려오는 방법이 뭐가 있을지, 생각했다. 저쪽 나라에서는 국경을 넘어오는 사람에 대한 절차가 복잡했다. 그리고 이런 일에서 중요한 점은 다른 임부가 차별을 느끼지 않아야 했다. 어떻게 하면 좋을까.

형평성에 관한 문제는 양수를 자주 메스껍게 했고, 어쩔 수 없이 가족 간에 있었던 안 좋은 장면이 떠올랐다. 여동생은 엄마가 알려준 기지를 발휘해 결국 의사가 된 그놈과 결혼했다. 그리고 공평하게 대우해 달라는 말을 소리 높여 외쳤다. 눌아는 시댁에서 물질의 분배와 일의 배분이 공평하지 않다고 대들었다. 엄마는 딸과 며느리를 다르게 대했다. 또한 세대 차가 나는 책임의 의미와 한계도 가족의 논란거리였다. 눌아가 자유롭게 여행 다니는 것이 양수는 아무렇지 않았다. 차라리 반갑기도 했다. 아버지의 병원에 근무하면서 가족과 사람에 부대끼느라 양수는 소수와 친하게 지내며 혼자 있는 시간이 꼭 필요했다. 하지만 모두의 생각이 같지는 않았다. 가족 간에 한 번 삐걱거리기 시작한 관계는 속도를 높여 내달리기만 하는 레이스의 내리막처럼 뻔한 끝을 향했다.

꼭 형평성 문제만이 아니었다. 양수는 국경 너머 마을에서는 늘 속이 좀 메스꺼웠다. 마을에는 마주 보고 일렬로 나란히 지은 집들만 있는 게 아니었다. 탑 같은 구조물도 나란히 서 있었다. 작은 탑 그것은, 묘지라고 했다. 묘지가 그렇게나 가까이 있다니. 주검을 탑에 넣어두면 천천히 수분이 제거되어 뼈만 남는다고 했다. 가족이 죽는 순서대로 이전의 뼈 위에 새로운 주검을 올려두는 그곳. 건조한 기후라 가능한 일이었다. 그러니까 그곳은 뼈들이 겹겹이 쌓인 미라의 탑이었다. 선조들의 영혼이 산 자를 지켜줄 거라는 믿음에서 유래한 풍습이었다. 생각이 더 키운 건지는 몰라도 이 마을에선 시취가 공기 중에 떠돌았다. 양수는 빨리 마을을 떠나고 싶었다.

눌아더러 되돌아가자고 말했지만 거절당했다. 수리안의 남편에게 으름장을 섞어 다시 당부했다. 그는 의학지식이 섞인 양수의 말을 들으면서도 굳은 얼굴을 풀지 않았다.

양수는 수리안의 남편을 단번에 설득할 수 있는 비장의 답을 알고 있었다. 하지만 그 한마디를 차마 뱉어내지 못했다. 자신도 대리모의 남편이라고, 당신과 처지가 다르지 않다고 솔직하게 말하고 싶은 것을 참느라 애를 먹었다. 양수는 지난주에 눌아의 뱃속에 든 아기의 유전자 검사 결과를 받아본 후부터 분 단위로 화가 났다. 자신과 처지가 같은 수리안의 남편이 가진 분노를 이해하기에, 그곳에 눌아를 두고 나오는 게 더더욱 불안하기만 했다.

차로 돌아오자 운전기사는 약속 시간에 늦었다고 투덜댔다. 현지인이 느끼는 공안에 대한 두려움은 이국인인 양수가 느끼는 것보다 컸다. 하지만 운전기사의 염려와 달리 국경수비대는 평온한 얼굴로 양수를 기다려주었다. 2주에 한 번, 국경을 넘어갔다 돌아오는 길목에서 국경수비대와 만났다. 양수는 그들이 자신을 만나기 위해 일부러 차를 타고 그곳까지 온다는 것을 알고 있었다. 바위에 쓰인 글씨와 돌무더기만 남은 초소 터가 국경임을 알렸다. 그 허술하기 짝이 없는 표식 앞에서 양수는 수비대장에게 봉투를 건넸고, 위스키를 나눠 마셨다. 곧 당국에서 단속이 나올 예정인데 날짜가 정해지면 미리 알려주겠다고 했다. 대리모 요양원이 아직 합법적이었지만 불법으로 규정하는 주변 나라가 늘고 있었고 이곳도 분위기가 심상치 않았다. 수비대장이 준 정보는 선배에게서 이미 전해 들은 내용이었지만 양수는 내색하지 않았다.

　운전기사가 굿케어에 양수를 내려주고 퇴근했다. 양수는 곧바로 자기 방으로 올라가지 않았다. 불안했고 화도 났다. 눌아에게 직접 할 수 없었던 질문이 송곳처럼 솟구쳐 머리를 찌르는 것 같았다. 네 뱃속 아기는 누구 씨냐고, 대체 네 거짓말은 어디까지인거냐고 묻고 싶었다. 대신 양수는 눌아의 방을 기웃거렸다. 일기장을 찾을까, 혹시 휘갈긴 낙서엔 진실이 적혔지 않을까, 책꽂이와 메모를 뒤적이다, 그만두었다. 진료실에 갔지만 제대로 앉아 있을 수도 없어 굿케어 삼 층 계단을 몇 번이나 오르내렸다. 그래도 화가 가라앉지 않았다.
　급기야는 건물 밖으로 나가 유칼립투스 울타리를 벗어났다. 양수의 발길은 도시 쪽으로 가는 마을의 한쪽에 놓인 커다란 석상 앞으로 향했다. 그곳에 눌아가 혼자 혹은 여럿이서 섰던 걸 몇 번 보아서였다. 고대 문자가 새겨진 석상은 메마른 땅에 저 홀로 높이 선 채 희미한 달빛을 받아 투박하고 원시적인 결을 드러내고 있었다. 가까이서 보니 짐승인지 사람인지 분간 가지 않는 그림도 몇 점 새겨져 있었다. 차로 지나다녀 이제껏 한 번도 자세히 보지 않은 것이었다. 양수는 석상에 손을 댄 채 빙빙 돌았다. 우둘투둘한 표면이 손바닥을 긁어 화끈거렸지만 한참을 그대로 걸었다. 그래도 마음은 꼭 캄캄하고 답답한 지하세계에 갇힌 듯했다. 이럴 때 양수는 자신이 양의 값이 아니라 마이너스 값인 음수가 된 기분이었다. 눌아가 소수라면 음수는 처음부터 그 바탕에 낄 수 없었다. 우울했다.

그러고도 마을 길을 한참 걸어 다녔다. 답이 나올 리 없는 짓이었다. 겨우 건진 답이라고 해봐야 눌아를 잃지 않으려면 지금까지처럼 눌아를 견디는 것만이 그녀와 함께 있을 수 있는 유일한 길이라는, 씁쓰레한 결말이었다.

몸살이 난 것처럼 찌뿌듯했고 기분이 나빴다. 따뜻한 물로 샤워를 하고 침대에 올랐지만 잠이 오지 않았다. 얼마 전에 굿케어를 다녀간 독일인 부부가 생각났다. 둘 다 서른 중반으로 양수네와 비슷한 나이였다. 그 부인은 난임이 아니라 난치병 환자였다. 그녀의 남편은 정성을 다해 휠체어에 앉은 아내를 돌봤다. 그러니까 그는 부인의 건강을 염려해 눌아에게 '그것'을 의뢰한 것이었다. 눌아가 양수에게 인사하러 나오라고 했지만, 양수는 바쁘다는 핑계를 댔다. 그들의 방문 이유가 구역질이 났다. 아기의 또 다른 엄마와 정서적인 유대감을 돈독하게 쌓고 싶다나 뭐라나. 독일에서 이곳까지 눌아를 만날 겸 차를 몰고 여행은 올 수 있었으면서 아기를 갖지 않는다는 것은, 아무리 해도 악의적으로 해석되었다.

양수는 눌아에게 그 역할을 다른 사람에게 미루라고 말했다가 욕만 얻어먹었다.

"날더러 약속을 무시하란 말이야? 약속은 신성한 거라고." 양수는 눌아가 말하는 신성한 약속이라는 그 말이 세상에서 가장 이해하기 어려웠다. 빌어먹을.

양수는 욕이 섞인 더 큰 질문만 가슴에 품고 끙끙댔다. 돌이켜 보면 양수가 뱉어내지 못해 안달하는 하나이자 모든 질문은 눌아를 다시 만났던 그때 시작된 것들이었다. 지난 여섯 달 동안 양수는 처음과 끝이 뒤섞인 질문을 하나씩 풀어서 늘이고 다시 압축하여, 단 하나의 질문을 만들었다. 그랬는데⋯⋯. 그 질문을 할 기회는 우뚝 선 석상을 만지던 감촉과 함께 이미 흘러가 버린 시간의 강물처럼 여겨졌다.

양수는 연습장을 펼쳤다. 백억 단위의 숫자로 소수를 구한 흔적이 빼곡했다. 연습장을 새로 넘겨 이전 숫자보다 큰 홀수를 적었다. 소수를 구하는 데 있어 엄청나게 큰 단위의 숫자라도 2를 제외한 나머지 짝수는 단숨에 배제됐다. 짝수 2.

그것은 고대사람 에라토스테네스에겐 마법의 수였을 것이고, 양수에겐 가슴 아픈 숫자였다. 소수를 찾으려 대입하는 첫 번째 수가 2였고, 그때 세상에 존재하는 양수 중에 반이 걸러졌다. 눌아가 당장 헤어져야겠다고 말했을 때와 마지막으로 한 번만 더 대리모를 하겠다고 통보했을 때, 양수는 그중에서도 아주 작은 부분인 짝수가 된 기분이었다. 아무리 크고 소중한 수라고 해도 단번에 버려지는 2의 배수들. 양수는 눌아에게 그렇게 쉽게 미루어질 수 있는 존재라는 것이, 믿기지 않았다. 양수가 소수를 이해할 수 없다고 해도 마음에 품고 있는 숫자인데. 자신이 진짜 양수처럼 품이 넓었다면 2로 나누어서 버리고 남은 수를 다시 3으로 나누고 다음엔 5로 나누고 나눠도, 결국 눌아의 그물에 남았을 텐데.

요즘 양수는 소수에 몰두하는 시간이 다시 늘었다. 헛생각에 빠지는, 혹은 버려도 아쉬울 것 없는 그런 시간을 여러 겹 여러 날로 접어서 후딱 넘겨버리려고, 그래서 빨리 늙은이가 돼 지난 시간과 끝없이 마주하고 싶었다.

어차피 잠들기는 글렀다. 양수는 차를 몰고 국경을 넘어갔다. 깜깜한 한밤이었다. 액셀러레이터와 브레이크를 번갈아 밟는 소리가 너무 컸다. 진정하려 했지만 수리안의 남편, 그의 사나운 표정이 꼭 태아나 눌아를 겨냥하고 있을 것만 같았다. 디젤 엔진소리가 조용한 산골에 크게 울려 퍼질 것 같아 수리안의 마을에서 조금 떨어져 주차했다.

마을엔 불빛 하나 보이지 않았다. 양수는 달빛에 의지하여 걸음을 옮겼다. 한밤이 되어 기온이 낮아져서인지 시취 같던 냄새도 별로 나지 않았다. 누군가 기침을 하는 소리가 아득히 들렸다. 막 마을 입구에 들어서려던 참이었다. 개 짖는 소리가 들렸다.

그것이 신호라도 되는 듯 여러 마리의 개가 동시에 짖었다. 험악한 그 소리가 양수 쪽을 향해 다가왔다. 문득 제타를 데려올걸, 하고 후회하면서 양수는 뒤돌아서 달렸다. 개 짖는 소리가 점점 커지고 가까워져 발뒤꿈치에 닿을 것 같았다. 길조차 보이지 않았다. 그냥 무작정 달렸다. 길이 파인 곳에서는 휘청거리면서도 뛰는 걸 멈추지 않았다. 죽자고 달리다 보니 어느 순간 자신의 숨소리만 크게 들리고 있었다. 마을뿐 아니라 개에게서도 벗어난 듯했다. 양수는 둔덕 같은 곳에 풀썩 주저앉자마자 뒤로 드러누웠다. 이제는 개가 아니라 사자가 자신을 포위하고 있다고 해도 더 뛸 수 없을 것 같았다.

누운 곳은 생각보다 편했다. 밤하늘에 별이 가득했다. 별 하나가 포물선을 그리며 하늘을 가로질러 사라졌다. 이게 뭔가. 허탈했다. 시간이 지날수록 작은 돌멩이가 등을 파고들어 통증이 또렷했지만 일어나고 싶지는 않았다. 그러다 어느 순간 잠이 들었던가. 양수는 한기와 이상한 느낌에 놀라 퍼뜩 눈을 떴다. 뭔가가 배를 밟았는데, 손으로 더듬어보니 잡히는 게 없었다. 하늘이 별빛으로 훤한 것을 보니 아직 한밤이 분명했다. 참으로 고요하다고 생각하는데, 가까이에서 탁, 탁, 하는 소리가 들렸다. 양수는 몸을 웅크리고 조심스럽게 주위를 둘러보았다.

소리가 나는 곳은 키 작은 나무가 무더기로 군데군데 서 있는 언덕이었다. 양수는 본능적으로 몸을 최대한 납작 엎드린 채 천천히 고개를 돌려 주변을 살폈다. 그건, 사람이었다. 좀비처럼 허적허적 걸어 다니기만 해도 소리가 나는 사람. 누군가 막대기 같은 뭔가로 허공을 가르고 있었다. 발걸음을 옮길 때마다 돌과 쇠가 부딪치는 소리도 들렸다. 상체가 다부진 체격이었고 걸음이 좀 비정상적이었다.

남자가 들고 있는 것은 물고기를 낚아채는 뜰채보다 작고 곤충채집용보다는 큰 그물채였다. 그는 채 끝으로 나무를 슬쩍 건드린 후에 잽싸게 채를 휘둘렀다. 그건 신중한 일처럼 보이기도 했지만 시시한 애들 장난 같기도 했다. 쇠가 돌에 부딪히는 소리는 그가 왼발을 움직여 돌멩이를 밟으면 들리는 소리였다. 의족이었다.

의족을 차고 있는 남자가 한밤에 허공으로 뜰채를 던지고 있었다. 채를 휘두르는 폼이 누군가를 때리는 것처럼 난폭해 보였다. 뭔가의 숨소리를 듣는 듯 나무로 귀를 기울이던 그가 양수와 마주 보이도록 몸을 돌렸다. 수리안의 남편이었다. 양수의 머릿

밑이 쪼그라들며 소름이 돋았다. 그가 뭘 하는 걸까. 혹시 미친 것인가, 생각하는 중에 뭔가의 비명소리가 들렸다. 새였다.

회색빛 허공에서 뜰채에 잡힌 새는 밀도 높은 검정 덩어리처럼 보였다. 그 덩어리가 거세게 버둥거렸다. 날개가 버둥거릴 때마다 그물이 새의 몸에 더 짙게 뭉쳐져 세상의 검은 빛과 한과 슬픔 같은 것이 점점 커지면서 어두운 허공을 출렁 흔들었다. 까악 까악깍깍! 새의 비명이 세상과 어둠을 그리고 양수의 심장을 찢어발길 듯이 날카롭게 울렸다.

*

"그럼 수리안의 남편이 엄마에게 총을 쏜 건가요?" 아들이 물었다. 양수는 아들을 바라보며 말했다.

"아니야. 그는 아니란다. 그는 메마르고 헐벗은 그 산의 새를 다 잡기 전에 절벽으로 몸을 던졌어. 그는 견딜 수 없었던 거지." 아들은 되묻지 않았다.

수리안의 남편과 양수가 무엇을 견딜 수 없었는지를. 다만 뭔가를 곱씹는 표정으로 창밖을 바라보다가 빈 술병을 들고 서재를 나갔다. 술을 더 가져오겠다고 했다.

스무 살 생일을 맞은 아들이었다. 아들이 한밤에 양수의 서재를 노크해 눌아 이야기를 해줄 수 있느냐고 물었다. 그때 양수는 두 가지 소수와 함께 있었다. 컴퓨터에서는 거대소수 찾기 프로그램이 가동 중이었고, 연습장엔 암호로 쓰이는 소수의 해독 순서를 패턴별로 적어놓은 글씨가 빼곡했다.

양수는 아들을 키우면서 스무 살이 되면 뭐든 마음대로 하라고 했다. 스무 살에 하는 첫 질문은 눌아에 대한 것이리라 짐작했다. 그동안 제 엄마 이야기를 피했으니. 그래서 양수는 자신과 눌아에게 있었던 일을 어떻게 들려줄까, 오랫동안 정리할 시간이 있었다. 코믹하고 가볍거나 혹은 비극적으로 아니면 양수의 짐작이나 감정을 빼고 온전히 사실만을 시간 순서대로 나열하는 식으로 등등. 눌아의 이야기를 정리하는 시간이 양수에겐 천국 같았으면서 또한 지옥 같았다.

제자리걸음으로 시간을 허비했던 11개월. 양수는 그때를 떠올리면 왜 눌아를 있는 그대로 받아들이지 못했는지, 후회하곤 했다. 자신의 마음이 중독된 것을 이해하고 인정했으면서 어떻게 그렇게 고집스럽게 거부했을까. 수리안의 남편처럼 양수도 헐벗은 나뭇가지에 앉은 새를 잡는 것 같은 그런 퇴행을 멈출 수 없었다. 양수는 몰랐다. 눌아에게 남은 시간이 그리 짧을 줄.

아들은 제 생일날에 맞춰 양수를 찾아왔다. 스무 살에 하고 싶은 다른 일들은 이미 해치웠음에도 불구하고 '오피스텔을 얻어 독립하고 그곳에 커다란 개를 들였고(기관지가 좋지 않아 금지당한 일 중에 하나), 산티아고 순례길을 다녀오거나 여자애와 하우스 셰어를 하는 등.' 또한, 조심스럽지만 당당하게 경제적 지원은 어디까지 해줄 수 있느냐고 물어 차까지 얻어 갔으면서.

양수는 다른 아비들과 마찬가지로 쓰고 남은 재산을(그래봤자 섬에 있는 작은 의원이 딸린 집 한 채뿐이지만) 아들에게 남겨줄 생각이었다. 그래서 그 질문이 양수와 아들의 생물학적 거리를 의미하는 깊은 골이라는 것을 알아차리고는, 섭섭했다. 진짜 아비라야 할 수 있었던 많은 꾸중과 체벌들은 어린 아들에게 닿지 않고 어디로 흘러갔던가. 유전자가 바뀐 건 눌아 잘못이 아니었다. 그러니 눌아가 선택한 씨앗의 주인이 바로 자신이었다고 설명했던 진실을, 아들은 알아듣지 못했단 말인가. 다만 양수가 자신의 생물학적 아비가 아니라는 사실만 가슴에 새긴 아들이었다. 양수는 오해의 강둑 건너편에 선 아들을 향해 어떻게 다가가야 할지 몰라 말문이 막혔다. 양수는 많은 것을 잃은 후에야 특이하게 살라는 아버지의 말이 넓은 품을 가지라는 의미라는 걸 알게 되었다.

"그럼 제가 세 살까지 국경 마을에 살았나요?" 아들의 질문에 양수는 그렇다고 대답했다.

양수가 수리안의 남편을 만나고 좀 지나, 그 나라에서 대리모가 불법으로 규정됐다. 양수는 눌아와 아들과 함께 굿케어에 남았다. 눌아가 독일인 부부의 아이를 임신해 갈 데가 없었고 굿케어에서 기거하던 임부 몇도 집으로 돌려보낼 형편이 아니었다.

국경 너머 마을로 굿케어를 옮겼다. 선배는 본원을 철수해 귀국한 후였다. 양수는 수리안의 동네에도 집을 빌렸다. 그렇게 넉 달을 확보했고, 대리모 전부가 출산하여, 그곳 일을 마무리할 수 있는 시간이었다. 놀아를 잃어버린 것만 빼고.

"그럼 누가 엄마를…… 그랬나요?" 양수는 그 질문에는 대답이 필요 없다고 생각했다.

"아들아, 깨진 유리창 법칙이란 게 있어. 너도 알 거야. 유리창이 깨진 자동차를 거리에 방치하면, 그것은 사회의 법과 질서 바깥에 버려졌다는 메시지로 읽히지. 그래서 그 자동차는 누구나 함부로 훼손하게 된단다. 가끔 더 큰 범죄가 그곳에서 일어나도 전혀 이상하지 않다는 이론이지. 그와 같았단다. 우린 유리창이 깨진 자동차 안에 있었던 것과 같았어. 곧 모두의 표적이 됐으니까."

양수는 국경에서 수비대와 만났던 날의 일을 아들에게 들려줬다. 위스키를 마시고 헤어지려던 참이었다. 제타가 작은 짐승이라도 봤는지 크게 짖자, 수비대장이 장난치듯 어깨에 멘 총을 들어 숲을 겨눴다. 수비대장의 짓궂은 제스처에서 무엇을 감지했을까. 제타가 수비대장을 향해 맹렬히 짖었다. 수비대장이 총구를 제타 쪽으로 정조준하자 양수의 심장이 마구 뛰었다. 하지만 양수는 불안을 꾹 누르며 제타와 수비대장 사이에 끼어들어 제타의 등을 쓰다듬는 척 산으로 밀었다. 제타는 평소와 달리 내달리지 않았다. 양수는 수비대장이 제타에게 총을 겨눈 채 웃으며 차에 올라타는 장면을 똑바로 지켜봤다. 자동차의 꽁무니에서 먼지와 매연이 거무스름하게 일어 별빛을 흐렸다. 제타는 먼지가 가라앉을 즈음에야 짖는 것을 멈췄다.

"그럼 언제 제가 아버지 아들이 아닌 걸 알았나요?"

양수의 말 돌리기는 실패했다. 아들도 양수처럼 쓸데없는 질문으로 시간을 낭비하는 중이었다. 양수는 아들에게 보여줄 참으로 눌아의 사진을 하나씩 나열했다. 여행지에서 찍은 사진들이었고, 과거부터 시간 순서로 늘어놓았다. 사진에서 눌아의 옷차림이 차츰 소박해졌고 점점 아이들과 같이 등장하는 횟수가 늘었다. 그러다 굿케어에 와서는 현지인만큼이나 가난해 보였다.

눌아의 생애 변화에 아들은 별 관심이 없었다. 제 어미의 가장 화려하고 가장 젊은 시절의 사진 한 장만을 가져갔을 뿐이었다. 이미 눌아의 유튜브를 봤다고 말하면서. 아들은 이미 자신이 상상하고 규정 지은 자신만의 엄마를 가지고 있었다. 양수가 아는 눌아와 아들이 좋아하는 눌아가 같은 사람이기는 할까. 양수는 눌아에 대해 아들과 이야기를 나누고 공유할 수 없다는 게 좀 쓸쓸하게 여겨졌다.

양수는 귀국하고 얼마 지나지 않아 정자보관소에 가봤다. 그곳엔 '양수'라는 이름의 정자가 몇 개나 보관돼 있었다. 세상에 얼마나 많은 양수들이 존재하고 있는가. 어떤 착오는 따지고 바로

잡을 필요가 없는 일이라는 걸, 양수는 나이가 들면서 더욱 깊이 느꼈다. 늙아가 먼 그곳까지 자신을 찾아오지 않았던가. 어리석고 어리석었던 자신. 다만 잃은 것에 대한 회한만이 양수의 깊은 곳에 오래도록 남았다.

양수는 늙아가 거짓말을 했다고 생각해 오랫동안 미뤄뒀던 이야기 하나를 복기해 곱씹곤 했다.

"베를린의 도심 한가운데에 있는 유대인 묘지에 간 적이 있었지. 비가 오는 날이라 흐렸어. 직육면체로 만든 회색 콘크리트 덩어리 수백 개가 놓였더라고. 그 묘비 사이를 걷고 있으니 세상이 온통 칙칙했고 기분도 엉망이었지. 사는 게 재미없었거든. 근데 그곳에 조그마한 여자아이가, 회색빛의 묘석과 빗방울 사이로 꽃처럼 걸어오는 거야. 흰 원피스를 입고 빨간 모자를 쓴 채. 움직이는 꽃이 내게로 걸어왔지. 정말 반짝이는 순간이었어.

그보다 전에, 언제 적이었는지 잘 기억나지 않아. 높은 산에 있는 바위틈에서 자라는 귀한 재료로 만든 음식을 먹으러 간 적이 있었지. 현지에서 민박을 구했어. 그 집 아이와 개가 얼마나 이뻤는지 몰라. 나중에 알게 됐지. 우리가 먹은 재료는 작은 손으로만 가져올 수 있는 것이었지. 그러니까 조그만 아이들만 바위 사이로 올려보냈대. 바위는 무척 미끄러웠다더군. 입이 커서 웃는 모습이 무척 귀여웠던 그 아이를 다시 볼 수는 없었어. 수도 없는 아이들이 바위에서 떨어졌다고 하더라. 그런 거였더라고…… 내가 먹은 게."

그 말을 하는 눌아는 임부들과 함께 모여앉아 있었다. 그때 양수는 눌아가 아이를 열일곱이나 낳은 여자의 팔짱을 끼고 있었던 것이 기분 나빴고, 그곳에 둘러앉은 임부들 중 눌아의 한국말을 알아들을 수 있는 사람이 거의 없을 거라는 사실에 좀 우스웠으며, 감정 과잉인 그 이야기 자체가 거짓말이라 짐작해 잊어버렸다. 끝없이 양수 자신의 혼란스러운 마음과 눌아의 진심을 재던 때였다. 눌아는 용감한 만큼 솔직했다. 왜 양수는 용기 있던 눌아의 말을 믿지 않았을까. 그래서 쓸데없는 질문에 시간을 뺏겼을까.

생명의 역동성. 변덕처럼 보이던 눌아의 역동성을 양수는 다 짚어 헤아릴 수 없었다. 지금 생각해보면 삶이란 에너지의 크기와 그것을 다루는 정성이 전부일 터였다. 양수의 정성과 눌아의 힘찬 추진력을 통합할 수 없었던 그때의 상황은 양수와 눌아 둘 다의 불운이었다. 어긋나고 비껴간 그들의 시간 층위들.

양수는 리만 가설이나 원주율처럼 소수를 연구하여 도출할 수 있는 극도로 미시적인 어떤 것이 눌아가 아닐까 생각한 적이 있었다. 아니면 인간 세포 내의 게놈에 있는 구조적인 결함이거나. 자연계에서 누적되는 이런 결함을 해소하는 유일한 방법은 유전자 교환이라고 했다. 이를 다른 말로 표현하면 사랑이었다. 20억 년 전, 하나의 세포에 함께 존재했던 양수와 눌아가 쪼개졌다가 다시 합해지고 출렁이면서 시간의 물결을 타고 지금에 이르렀듯이, 둘의 관계도 단순히 배열의 규칙성을 밝히는 것으로 설명할 수는 없을 것이었다. 사람 둘은 그 결이 어긋나고 복잡할수록 모호하고 신비한 공간을 확보했을 것이고 그리하여 그것은 더 근원적인 조합일 것이다. 소수가 우주의 성립부터 미세한 세계까지 모든 현상을 설명하는 궁극의 물리법칙과 맞닿아 있듯이 눌아와 자신이 그렇게 닿아 있었을지 모르는데.

양수는 오래된 피로가 다시 몰려오는 것을 느끼며 창밖을 바라보았다. 바다가, 달빛에 뒤척이는 검은 바다가 그 형체를 희미한 빛살로 드러내고 있었다.

참고: 다큐멘터리 〈소수〉

기유 이야기

기유 이야기

잠이 오는데, 도저히 눈을 뜰 수가 없는데, 누군가 자꾸 말을 걸었다. '아가야, 물가에…… 수성못이야…… 왜 누워있니?' 시끄러웠다. 자동차가 도로를 내달리는 소음과 또 다른 소리들이 섞여 목소리가 잘 들리지 않았다. '곧 호수에…… 태풍이 거센데…… 빠질 것 같구나. 대체…… 넌, 이름이 뭐니?' 다른 건 몰라도 이름을 묻는 말은 분명하게 알아들었다. 나도 대답하고 싶었다.

하지만 물줄기가 얼굴과 온몸으로 마구 내리꽂혀 정신을 차릴 수가 없었다. 아빠가 나와 강아지를 유모차에 앉혀놓고 샤워기로 물을 뿌릴 때와 같았다. 아니 달랐다. 그때는 시원하고 간지러웠는데. 지금, 나를 아프게 때리는 이 물줄기는 대체 뭘까. 기분이 나빴다.

'추추해.' 나는 겨우 입을 뗐다. '축축한 건 곧 괜찮아질 거야. 내 말이 들리나 보네. 벌써 온전치 않아.' 무슨 말인가, 중얼거리는 할아버지의 목소리가 낯설었다.

그에 반해 사방에서 와글대는 소리는 익숙했다. 내가 아는 곳이었다. 수성못에 비가 내리고 있었다. 굵은 빗방울이 못물과 못가의 풀잎을 때리는 소리가 분명했다. 비가 오면 엄마는 내게 노란색 비옷을 입히고 파란 장화를 신겼다. 물웅덩이에서 놀다 지치면 엄마는 나를 유모차에 태웠다. 유모차 덮개로 투닥투닥 떨어지던 빗소리를 들으며 잠이 들곤 했는데. 지금은 뭔가 달랐다.

내가 어디에 있는지, 무슨 일인지 알고 싶었다. 왜 고개를 돌릴 수 없고, 손과 다리를 굽힐 수도 없으며, 눈을 감을 수 없는 건지도. 더 큰 문제도 있었다. 통증. 쉬지 않고 내리꽂히는 빗방울로 살갗과 눈알에 구멍이 날 지경이었다. 강렬한 통증 사이로 참을 수 없이 잠이 몰려왔다. 어떤 기억과 함께.

나는 자주 수성못 주위에서 뛰어놀곤 했다. 아빠가 일주일에 두세 번, 못가의 간이무대에서 기타를 치며 노래를 불렀다. 엄마는 우리와 못 둑을 걷기도 했고 나와 강아지가 노는 것을 바라보며 벤치에 앉아 있기도 했다.

어느 날 엄마가 나와 강아지를 향해 낮게 소리쳤다. "하지 마, 기유."

버스킹하러 가기 전, 아빠가 내 손에 수북이 얹어준 배롱나무

꽃잎이었다. 분홍색 이파리가 흔들려 손바닥이 간지러웠다. 나는 양손을 움켜쥐고 푸득푸득 웃다가 엎어졌다. 흙바닥엔 손자국이 붉게 찍혔다. 나와 이름이 같은 강아지 기유가 다가와 꽃잎을 먹고 손자국을 뭉개며 얼굴을 핥았다. 나는 비릿한 냄새가 싫어 기유의 주둥이를 밀었다. 기유가 이빨을 드러내며 내 어깨와 머리를 마구 짚으며 뛰어올랐다. 나는 강아지를 잡아 내동댕이치려 팔을 버둥거렸다.

"기유, 그만!" 엄마가 다시 소리쳤다. 모자챙이 넓고 구불구불한 캐플린을 쓴 채였다. 청색 모자의 그늘이 내려와 얼굴이 빛과 어둠으로 반씩 나뉘어 있어, 엄마의 표정이 무서웠다. 강아지와 나는 동시에 움찔 멈췄다. 잠시 후 엄마가 시키는 대로 우리는 얼굴을 맞대고 비볐다. 기유가 할퀸 뺨에 눈물이 흘러 쓰렸지만 나는 빙긋 웃었다. 엄마가 가족끼리는 그렇게 화해하는 거라며 우리 둘의 머리를 쓰다듬었다.

'아가야.' 할아버지가 불러 또 잠이 깼다. '아파…… 아빠엄마, 아파.' 내가 칭얼거리자 할아버지가 나를 달랬다. '아픈 것 같지만 그건 네 기억일 뿐이란다. 아가야, 앞에 보이는 게 뭔지 말할 수 있겠니?' 눈앞은 여전히 흐렸다.

할아버지가 우리 가족의 이름을 물었다. 내가 대답하자 할아버지는 강아지 이름이 나와 똑같이 기유라는 게 이상하다고 했다. 그게 왜 이상할까. 우리 둘은 처음부터 기유였다. 사실 강아지는 나보다 나이가 많았다. 가끔 내가 말을 안 들으면 아빠엄마는 내게 강아지를 형이라 부르라고 시켰다. 나는 기유를 마구 때려주고 싶었지만, 기유는 나보다 더 빨리 뛰어 도망을 쳤다. 약이 올랐다. 안 그래도 기유 생각만 하면 기분이 안 좋은데 할아버지가 또 말을 걸었다. '기유야, 무슨 일이 있었는지 말해줄 수 있겠니?'

"싫어, 싫어. 싫다고!" 싫다는 말을 생각하면 엄마가 떠올랐다. 엄마가 집을 나가면서 한 말이었다. 그날 나는 평소 아빠엄마가 다툴 때 그랬듯 기타를 끌어다 아빠의 무릎에 눕혔다. 그리고 엄마의 플로피햇을 내밀었다. "노래해." 아빠가 엄마의 모자를 자기 머리에 얹었다. 코로롱. 아빠가 기타로 세레나데의 첫 음을 튕겼다. "꽃보다 어여쁜 그대에게……." 그쯤이면 엄마가 내게 귀여워 혹은 사랑한다고 말하면서 껴안고 뒹굴어야 했다. 그러나 엄마는 벌떡 일어서더니 모든 게 다 싫다고 소리쳤다.

엄마가 집을 나가며 문을 닫는 소리가 피아노 건반을 한꺼번에 누르듯 원룸을 크게 흔들었다. 아빠는 그 소리를 무시했다. 떠나려는 사람이 나인 듯 내 눈만 간절하게 바라보며 허밍을 계속했다. 나도 아빠와 두 눈을 맞추고 그 눈이 얼마나 맑은지, 눈썹이 얼마나 짙은지, 눈동자가 얼마나 비었는지를 바라보았다. 나지막이 읊조리는 아빠의 목소리가 나를 가득 채우는 동안 어떤 일들은 희미해졌다.

음악은 귀로 듣는 게 아니야 바람과 햇볕의 온기를 타고 온단다 네
마음에 음과 선율이 스며들게 해 사람 사이의 냉혹한 절규를 리듬과
하모니로 녹이는 거야 들리지 않아도 존재하는 그것을

  세상에 아빠와 음악뿐이었다. 나는 기타를 치며 노래 부르는
아빠 옆에 엎드렸다. 잠에 끄달려 가면서도 한 장면이 잊히지 않
았다. 엄마 다리에 찰싹 달라붙던 기유, 엄마 품에 안긴 기유, 엄
마와 함께 나를 떠나간 기유, 털이 북슬북슬하고 부드러워 베개
같던 기유. 나는 딱딱한 베개가 싫었지만, 아빠한테 그 말을 할
순 없었다.
  아빠가 방에 틀어박혔다. 모차르트의 오페라와 쇼팽의 녹턴,
재즈와 뮤지컬과 종교악과 로큰롤을 한꺼번에 틀어놓은 채, 아빠
는 음과 악의 홍수에 빠져 살았다. 서로 다른 음을 내는 악기와
목소리 들이 천장에 부딪히고 벽을 기어다녔다. 나는 방의 네 구
석으로 달려가 귀를 댔다. 벽에서 뮤지컬 캣츠의 악당 고양이가
'야옹' 하며 내지르는 거친 음색까지 골라내는 것도 색달랐다. 싫
은 건 아니었다.
  하지만 나는 기유의 따스한 발바닥과 냄새나는 혀가 그리웠
다. 아빠의 표정이 너무 심각해 투정을 부릴 수도 없었던, 그 생
활이 오래가진 않았다. 엄마가 돌아왔다. 그런데 집이 아니었다.
  수성 못가에서 엄마와 다시 만났다. 엄마는 내가 보고 싶어 죽

을 뻔했다며 나를 꽉 껴안았다. 숨이 막히는 게 너무 좋았다. 나는 기유의 뺨을 때렸다. 기유가 달려들어 팔과 목을 할퀴자 우리가 다시 만났다는 게 실감 났다. 엄마의 부탁으로 아빠는 다시 버스킹 준비를 했다. 두 달 만이었다. 막 해가 진 여름 저녁이었고 길쭉한 수성못이 한눈에 내려다보이는 곳에서였다. 못가엔 무대가 될 만한 공터가 곳곳에 있었다. 물 위로 길을 내 만든 데크에도 무대가 차려졌다. 나는 방부목으로 만든 데크 위를 뛰어다녔다. 텅텅 울리는 그 소리가 좋았다. 달리다 넘어지면 벌떡 일어나 엄마가 따라오는지 뒤를 돌아보았다.

'기유야.' 할아버지였다. '너 모자 썼구나. 엄마가 사줬니?' 나는 대답하기 싫었다. 모자를 사준 사람은 아빠였다. 아빠는 모자를 모으는 취미가 있었다. 모자를 좋아하는 엄마에게 선물하는 게 버릇이 돼 자꾸 모자를 사게 된다고 말했다. 아빠는 내가 모자 이름을 많이 알고 있으면 엄마가 좋아할 거라며 가르쳐줬다.

할아버지는 내가 아는 모자 이름을 전부 알려달라고 했다. '패도라, 파나마, 보넷, 버킷햇, 보터, 비니, 헌팅캡, 티롤, 플로피햇 그리고…… 티롤은 피터팬 모자예요. 피터팬이라는 유명한 아이가 쓰고 다녀서 이름을 그렇게 붙였어요.' 나는 떠오르는 대로 얘기했지만 잊어버린 게 없는지 생각했다. 그런데 신기했다. 할아버지에게 말을 하는 동안 아픈 게 사라졌다. 어떻게 된 일일까.

내가 쓴 모자가 뭔지 할아버지가 물었다. '비니요. 털모자처럼 머리에 딱 붙었죠. 그래도 직사광선을 쬐는 것보단 시원해요. 색깔도 민트잖아요. 민트는 여름 색이에요.' 내가 대답했다. '넌 정말 모르는 게 없구나.' 할아버지가 나를 칭찬하는 말을 듣고 보니 희한했다. 내가 하는 말이 전보다 유창했다. 사람들이 가르쳐준 얘기나 어른에게 들어도 뜻을 몰랐던 것이 많았는데. 절규와 직사광선 등은 내가 알지 못하던 단어였다. 단어라는 말도 그랬다. '할아버지 어휘가 뭐예요?' 단어를 다르게 말할 수도 있었다. '신기하지? 넌 지금보다 훨씬 똑똑해질 거야.'

나는 똑똑해지는 것보다 눈앞에서 흔들리는 초록색 이파리를 치우고 싶었다. 그것이 시야를 가리고 있었다. 나는 할아버지를 불렀다. '기유 잠깐만.' 이제 막 친해지려는데 할아버지가 갑자기 어딘가로 가버렸다. 멀어지는 목소리를 눈으로 따라 가봤다. 내 눈길이 닿는 곳엔 사람이 없었고 와삭거리는 소리만 들렸다. 바람길처럼 갈대와 꽃잎들이 양쪽으로 갈라졌다가 서로 몸을 비비며 합쳐졌다. 이상해서 보고 있는 동안 내 쪽으로 다가오는 똑같은 바람길이 생겨났다. '저쪽에 일이 좀 있었어.' 할아버지의 목소리였다. 나는 깜짝 놀랐다. 바늘꽃에서 분홍과 흰빛의 경계를 찾던 중이라 할아버지가 바람길로 돌아오리라는 생각을 못 해서였다. 뭔가 이상했다.

'비가 그쳤네요, 할아버지.' 이상한 것투성이였다. '그래. 열흘 동안 쉬지 않고 장대비가 쏟아졌지. 장마 끝에 태풍도 연이어 두 개나 지나갔어. 네가 여기 온 날은 밤새 태풍이 불었단다. 올핸 봄부터 맑은 날이 별로 없었어. 사람들 말대로 우기가 맞나봐.'

나는 할아버지에게 묻고 싶은 말이 있었다. 아빠는 내가 날쌔고 운동신경이 좋아서 기지 않고 바로 일어나 걸었다고 사람들에게 말하곤 했다. 그런 내가 왜 누워만 있는 건가. 할아버지는 왜 보이지 않는 걸까. '뭐가 보이니?' 할아버지는 내가 질문할 틈을 주지 않았다.

'초록색 갈대 이파리를 봐.' 뭐부터 질문할까 생각하고 있는데 할아버지가 말을 걸어 질문을 잊어버렸다. '이파리 끝을 자세히 보렴. 반짝이는 작은 방울이 매달려 있지. 물방울이 아니야. 유리란다. 만져보면 딱딱해. 풀이 땅속에 있는 규사라는 광물을 빨아 마시고 뱉은 게 이파리에 맺혔단다. 풀을 만지면 손이 긁히고 아프니 함부로 꺾지 않겠지. 풀이 살아남으려고 애쓴 거지.'

갈대가 그렇구나. 나는 고개를 끄덕이며 갈댓잎에 매달린 유리 방울을 쳐다봤다. 그러고 보니 할아버지가 나를 아가가 아니라 기유라고 부르고 있었다. '기유야, 넌 유리로 만든 물건 중에 아는 게 있니?' 민아 누나. 누나가 유리컵이 깨지면 다치니까 조심하라고 말했다.

내가 민아 누나의 발등을 겨냥해 컵을 테이블 가로 밀어냈다. 술만 마시면 아빠 얼굴에 뺨을 비비는 누나가 싫었다. 하지만 내게 맛있는 포테이토 피자를 만들어 주었고 노래에 화음을 넣는 목소리가 예뻤다. 가장 좋았던 것은 스타킹을 신은 다리 감촉이 었다.

'엄마는요.' 내가 얘기하자 할아버지가 그래, 하고 대답했다. 나는 보이지도 않는 할아버지가 갑자기 떠날까 봐 조바심이 일었다. '아빠가 버스킹하는 날 엄마가 와요.' 나는 엄마가 매번 오지 않는다는 것을 할아버지에게 말하지는 않았다.

아빠가 버스킹을 하는 동안 나는 기유와 못 둑에서 놀았다. 엄마가 좋아해서 나는 기유와 친하게 지내려 노력했지만 싸울 때도 있었다. 어떤 날엔 엄마가 우리를 못 근처 애견카페에 데려가 빙수나 빵을 먹고 놀았다. 갯벌 체험에서 조개를 캤고 딸기밭에도 갔다. 가끔 아침부터 엄마를 만나 하루 종일 함께 지낸 적도 있었다. 엄마와 둘이서만 영화를 보고 찜질방에서 낮잠을 자기도 했다. 엄마가 강아지를 우리에게 맡기고 외국에 다녀온 적도 있었다. 그러다 어느 날엔 엄마와 기유가 오지 않기도 했다. 만나기로 약속한 날이었는데도.

그런 날 중 하루였다. 아빠가 버스킹을 하는 모습이 텔레비전 방송에 나갔다. 아빠와 나는 둘 다 모자를 쓰고 있었다. 아빠는 패도라를 쓰고 기타를 치며 노래했고 나는 헌팅캡을 머리에 얹은 채 유모차에 앉아 고개를 흔들며 리듬을 타는 장면이었다. 사실 수성못을 소개하는 다큐 프로그램에 '기유'를 부르는 우리가 잠깐 비친 거였다. '기유'는 아빠의 자작곡이었다. 노래를 조금밖에 안 불렀는데 그 영상이 순식간에 퍼졌고 아빠와 나의 인기가 치솟았다. '기유' 혹은 '모자 가수'라고 검색하면 우리 모습을 볼 수 있었다. 노래 장르별로 모자를 바꿔 쓴다더라, 모자에 따라 곡 해석이 달라지더라는 등 사람들은 노래가 아니라 아빠와 나를 해석하고 싶어 했다.

'기유'가 알려지자 아빠에게 음악을 하는 친구들이 많아졌다. 그때 밴드 소울이 아빠를 찾아 수성못에 왔다. 민아 누나도 함께. 아빠는 소울과 협연을 하고 몇몇 가수와 콜라보레이션도 했다. 대학교의 축제나 행사에도 초대됐다. 나도 아빠를 따라 어디든 불려갔고 많은 사람과 어울렸다. 아빠는 나를 자신의 무사이(신화 속 예술의 신)라고 소개했다.

'할아버지!' 나는 할아버지를 큰 소리로 불렀다. 잊어버렸던 말이 이제 생각났다. '제가요, 움직일 수가 없어요. 저 좀 일으켜주세요.' 내 부탁에 할아버지는 대답하지 않았다. 나는 할아버지가 또 어디로 가버렸나 해서 다시 소리쳐 불렀다. 그제야 할아버지는 기어들어 가는 목소리로 미안하다고 말했다. '나는 그럴 힘이 없단다…….'

어른이면서 힘이 없다니, 믿을 수 없었다. 할아버지는 내가 왜 하필 물가에 누워있는지 기억을 더듬어 보라고 했다. 나도 할아버지에게 묻고 싶은 게 있었다. 내가 왜 못 둑으로 기어오를 수 없는지, 가만히 누워만 있는지. 못 기슭의 경사는 미끄럼틀보다 낮았고 나는 여기서 집까지 혼자 걸어갈 수도 있었다. 그리고 못 둑길은 내가 가장 많이 온 데가 아닌가. 이럴 수는 없었다.

'할아버지!' 나는 아빠엄마에게 쓴 떼를 할아버지에게도 쓸 참이었다. 할아버지가 움직일 때 나를 어디로든 데려가라는 말이 첫 번째였다. 아니면 나를 아빠엄마 중 아무에게나 데려다주든지. 그런데 할아버지는 내 말을 다 듣지도 않고 가버렸다. 저쪽 어딘가에 바쁜 일이 있다나. 풀잎이 버석거렸다. 대체 저쪽이 어디인가.

갈대와 꽃잎들이 멋대로 일렁이고 흔들렸다. 못 둑엔 산책객이 너무 많이 몰려다녀 아무도 없는 것처럼 여겨졌다. 해가 지고 있었다. '할아버지! 기유 말 좀 들어봐요.' 대답하는 사람이 아무도 없었다. '할아버지……' 울고 싶었다.

기억을 하라니. 아빠는 큰 무대에서 내가 쓸 모자를 사러 가자고 말했고, 엄마는 외국 여행에 나를 데려간다고 했다. 이제 와 생각하니 아빠엄마의 그 말이 저 하늘에 있는 별만치 멀고 아득하게 느껴졌다. 무서웠다. '할아버지 기유에게 돌아와요…… 할아버지 기유아빠는요, 제우스클럽에서 노래 불러요. 주말 밤 열 시예요. 집은 블루밍 오피스텔 1004호예요. 엄마는 서울에, 이름이 긴 아파트에 살고 있다고요. 할아버지, 저를 데려갈 수 없으면 아빠엄마에게 이것만 알려주세요. 제가 여기 있다고요. 기유가요 깜깜한 데는 무서워한다고요……'

왜 못가에 누워있는지, 나는 계속 생각했다. 마지막 기억을 곱씹어도 기유와 뛰어놀았던 것만 생각났다. 못 둑엔 사람들이 엄청나게 많았다. 나는 기유에게 공을 찼다. 사람들의 다리 사이로 비치볼이 굴러갔다. 기유가 공을 잡으러 뛰어가다 철책을 넘었다. 나는 소리를 질렀다. 사람들이 기유를 데려와 내 품에 안겨줬다. 그리고…… 그리고 할아버지를 만났다.

어떻게 하면 못가에서 벗어날 수 있을까. 나는 움직일 수 없고 할아버지는 힘이 없다고 했다. 바람길로 오가는 할아버지니 힘이 없다는 말이 사실일지 몰랐다. 왜라는 똑같은 생각에서 맴을 돌아 머리가 아팠다. 나는 마음을 바꿔먹었다. 수성못엔 할아버지 말고도 사람들이 많았다. 분명 이 중에서 나를 도와줄 사람이 있을 거였다. 착하고 힘센 사람을 찾아야 했다. 눈을 부릅떴지만 잠이 쏟아졌다.

하나 둘 하나 둘. 우렁찬 구령 소리에 눈을 떴다. 이른 아침이었다. 검정색 셔츠와 반바지를 입은 삼촌들이었다. 등에 119란 숫자가 찍힌 셔츠를 입은 그들이 못 가를 둥그렇게 뛰고 있었다. 나는 그들이 나를 지나친 후 멀어져가 나와 반대편 둑길의 배경 같은 놀이기구 앞을 뛰어가는 것을 보았고, 하나 둘 하나 둘, 배롱나무가 줄지어서 꽃을 피운 둑길을 따라 다시 내게로 다가오는 것을 보고 있었다. 한 바퀴 다시 한 바퀴. 직사각형 못 둘레를 네 바퀴나 돌아온 그들이 내 머리 위 데크에 멈춰선 채 체조를 했다.

구령 소리에 맞춰 데크가 텅텅 울렸고 삐걱삐걱 소리가 났다. 피티 체조와 스트레칭을 끝낸 소방대원들은 데크가에 둘러서 잡담을 했다.

나는 눈을 크게 치뜨고 누군가가 나를 알아볼 거라 기대했다. 내가 여기 있다는 것을 알리기 위해 소리도 크게 질렀다. 키 큰 대원이 내 쪽을 봤다. 분명 그의 눈은 나를 향했다. 하지만 그의 고개는 차츰 옆으로 돌아가 핫팬츠를 입고 조깅 하는 아가씨를 따라갔다. 그 하나만이 아니라 소방대원 전체가 군무를 추듯 고개를 돌렸다. 아가씨가 샛길로 내려가 보이지 않을 때까지. 모두 최면에 걸린 것 같았다. 그들은 누군가 구령을 붙이고서야 후다닥 대열을 맞췄다. 일제히 못을 향해 "야!" 하고 함성을 내지른 뒤 제자리 뛰기를 하다가 올 때와 마찬가지로 우렁차게 가버렸다.

혹시 내 목소리가 작아서 듣지 못했을까. 그럴 가능성이 있었다. 나는 로큰롤 창법으로 노래하는 형을 떠올렸다. 그로울링과 스크리밍을 다 할 줄 아는 형이었다. 나는 목을 조이고 짐승이 포효하는 듯한 그로울링을 질러봤다. 기유가 화를 낼 때보다 소리가 작았다. 나는 목 근육을 좀 더 조이고 소리를 질렀다.

몇 번 연습하다가 생각하니 그로울링보다 고음인 스크리밍이 사람들에게 더 잘 들리겠다는 생각이 들었다. 가성으로 음을 잡아 비명 같은 소리를 질렀다. 생각보다 잘 됐다. 무딘 저음은 날카로운 고음보다 소리통이 훨씬 커야 한다던 말이 무슨 뜻인지 알 것 같았다. 내가 떼를 쓰는 것과 비슷했다. 내 스크리밍에 기유가 놀라 도망가는 모습을 상상하자 기분이 좋아 절로 웃음이 나왔다. 다음에 형을 만나면 스크리밍 창법을 제대로 배워야겠다고 생각했다.

형은 아빠와 협연을 한 많은 가수와 연주자 중 한 사람이었다. 그들은 전부 삼촌이나 이모로 보였는데 내게 형이나 누나라 부르라고 시켰다. 그중 몇이 강아지를 데려와 내게 맡겼다. 나는 불독이나 시츄, 치와와 들과 놀아줬다. 귀여운 강아지들이었다. 하지만 기유와 달랐다. 재미없는 놈들이었다. 걔들에게 새로운 놀이를 가르쳐주며 놀았다. 털 뽑기와 나를 태우고 달리기 등이었다. 나는 곧 강아지 시터에서 해방돼 느긋하게 아빠의 노래를 들으며 쉬었다.

누군가 나를 엄마에게 맡기라고 했다. 아이는 엄마가 키워야 한다나, 그런 이상한 말을 하면서. 아빠는 고개를 저었다. 내가 자신의 무사이라서 절대 헤어질 수 없다고 말했다. 무사이, 멋진 말이었다. 나는 눈썹을 치켜뜨곤 아빠의 허벅지를 툭툭 두드렸다. 기분이 좋은 날이면 아빠는 나를 목마 태우고 수성못을 걸었다. 내가 아빠 무사이야. 무사이. 나는 아빠의 머리를 잡고 끄덕끄덕 몸을 흔들고 헤드뱅잉을 했다.

아빠가 연습하던 모습을 떠올리며 따라 하자 스크리밍이 잘됐다. 목이 칼칼했지만 쉴 수는 없었다. 나는 목소리를 열심히 가다

듣었다. 내 목소리에 집중하느라 뭔가 부딪치는 소리를 못 들을 뻔할 정도로.

오리배였다. 배 한 척이 근처에 있는 둥지섬 둑을 들이받았다. 그 배는 기우뚱거리며 둥지섬을 한 바퀴 돌더니 내가 있는 쪽으로 다가왔다. 오리배가 가까이 오자 스크루가 물을 차는 소리가 선명했다. 남자와 여자가 손잡은 것까지 보일 정도로 다가왔다.

"자기야 저게 뭐지? 갈대 밑동 사이에 있는 저거."

문득 여자가 내 눈을 똑바로 손가락질했다. "테니스볼인가. 다 헤져서 너덜너덜하네."

남자의 대답에 여자가 아니라고 말하며 남자의 머리를 잡고 요리조리 돌렸다. 남자가 나와 눈이 마주쳤다. 모자? 헤진 테니스볼? 둘은 또 맞다 아니야, 하며 옥신각신했다. 여자가 보채자 남자가 화를 냈다. 지금 자기더러 더럽고 이상한 걸 만지라는 거냐며. 여자는 고개를 돌리고 가만히 있었다. 남자는 쿠룩 대며 제자리에서 들썩이고만 있는 오리배의 핸들을 거칠게 꺾었다.

나는 싸움을 구경하느라 그들이 떠나려는 걸 뒤늦게 알아차리고 소리쳤다. 내가 일어서기만 한다면, 손을 뻗어 뱃머리의 오리 주둥이를 잡을 수 있을 것 같았다. '형, 나 데리고 가야지!' 여자가 고개를 돌려 나를 봤다. 나는 소리를 지르며 일어나려 애썼다. 머리가 들리는 것 같았다. 그러는 동안 오리배가 꽁무니를 보이고 달아났다.

속이 상했다. 실컷 연습해놓고 이게 뭐란 말인가. 바보 멍충이
천치. 오리배가 둥지 섬을 지나 멀어지는 동안 나는 그것만 쳐다
봤다. 그 배는 나와 멀어지며 다른 배들과 섞여버렸다. 찾을 수도
없게. 나는 내 쪽으로 오는 배가 있는지 눈도 깜빡하지 않고 물
위를 바라보았다. 둥지 섬에 옆구리를 대고 잠시 섰거나 섬 둘레
를 도는 배가 많았지만 내게로 오는 배는 없었다. 하지만 나는 눈
을 뗄 수가 없었다.

오리배를 보고 있는 동안 못 주변의 산과 도시가 천천히 어둠
에 묻혔다. 가로등과 네온 불빛이 하나씩 켜지고 레스토랑으로
사용하는 비행기의 테두리와 수성랜드의 놀이기구들과 주변 카
페의 간판, 빗방울이 흘러내리는 모양의 벽 장식인 네온까지. 점
점이 켜진 불빛은 날이 어두워지는 것에 반해 점점 또렷해졌다.
못물 색도 새까맣게 검어졌다. 이제 못에는 오리배가 하나도 보
이지 않았다. 나는 오리배가 무더기로 정박한 선착장을 흘깃거렸
다. 내가 배를 이처럼 애타게 바라보다니.

나는 오리배를 한 번밖에 타지 않았다. 그것도 잠깐이었다. 못
가에서 노는 건 괜찮았지만 물 위에서는 몸을 가눌 수 없었다. 아
빠는 내가 데크의 가장자리로 가지 않는 것을 알아차리고 일부러
나를 그곳에 데려갔다. 속이 울렁이고 머리가 물속으로 고꾸라지
는 듯했다. 아빠 다리에 매달려 안간힘을 쓰자 아빠가 나를 안은
채 데크에 누웠다. 내가 눈물을 멈출 때까지 등을 쓰다듬고 볼을

비볐다. 그리고 아빠는 하늘을 가리키며 속삭였다. 기유야, 야생의 신호에 겁을 먹으면 안 돼. 우리는 수많은 야생의 암호가 별처럼 쏟아지는 그곳으로 마음을 열어놔야 한단다. 열정적으로. 그러지 않으면 음악은 선율과 음계에 갇혀버리지. 모든 게 닫힌단다. 나는 그 말뜻을 알지 못했지만, 아빠의 품을 파고들며 머리를 끄덕였다. 다시 아빠를 만나면 꼭 그곳에 가봐야겠다는 생각이 들었다. 물가에 오래 누워있었더니, 이젠 데크가에서 제자리 뛰기를 할 수도 있을 것 같았다.

해가 지자 못가가 더 북적였다. 더위를 피해 운동 나온 사람이 많았다. 아빠 노래를 들으러 온 사람도 많았는데. 버스킹이 시작될 시간이었다. 나는 혹시 아빠가 왔을까 봐 귀를 기울였다. 아빠가 즐겨 부르는 노랫소리가 들렸다. 다른 사람이었다. 하지만 나는 정신을 바짝 차렸다. 여름 내내 못가에는 여러 군데서 동시에 미니콘서트가 열렸다. 아빠가 버스킹을 하던 데크에서 오늘은 남자 둘이 재즈를 부르고 있었다. 머리카락이 꼬불꼬불한 흑인은 오카리나를 연주하며 틈틈이 화음을 넣었다. 연꽃이 핀 못가에는 민아 누나와 목소리 톤이 비슷한 여자가 포크송을 부르고 있었고, 오리배 선착장 근처에서 들려오는 색소폰 연주는 트로트였다.

아빠와 다니면서 나는 온갖 장르의 음악을 들었다. 아빠와 클럽이나 행사에 가는 시간이 늘어나자 못 둑에서 뜀박질하던 기억은 희미해졌다. 나는 카페와 클럽에서 숨바꼭질하기라는 새로운 놀이에 적응했다. 나는 그곳에 있는 갖가지 모양의 의자 사이를 요리조리 걷고 매달렸다. 아빠가 무대에서 공연하는 동안 나는 클럽 이 층과 비어 있는 룸까지 돌아보았다. 한 번은 폭탄주 거품을 구경하다 공연이 끝나는 시간을 놓쳤다. 아빠는 보터 챙을 만지작거리며 나를 어린이집에 맡겨야 하는지 심각하게 고민했다. 그다음부터 나는 악기실과 주방같이 먼 데서 놀다가도 아빠의 마지막 노래 '기유'가 시작되면 대기실로 돌아왔다.

못가의 산책객을 구경하던 나는 눈이 번쩍 뜨였다. 엄마 같았다. 엄마는 나와 같은 비니를 썼고 여신처럼 하늘하늘한 시스루 원피스를 입고 있었다. 나는 스크리밍으로 할아버지를 불렀다. '무슨 일이니?' 헐떡이는 할아버지의 목소리가 다급했다. 나는 매달리고 싶은 마음과 달리 말을 더듬었다. 나는 데크에서 멀어지는 엄마를 가리켰다. 당장 데려오라고 소리쳤다. '알았으니 울지 마라, 기유야.' 할아버지가 떠났다. 나는 내가 우는지도 몰랐는데 할아버지 말에 눈물이 더 났다. 그렇지만 울음을 그치려고 노력했다. 엄마는 내가 우는 걸 싫어했다. 눈물을 멈췄는데도 할아버지와 엄마가 오지 않았다. 풀잎만 이리저리 누우며 버석거렸다. 한참 만에 할아버지가 돌아왔다. 엄마가 아니라고 했다.

다시 눈물이 나지는 않았다. 다만 힘이 좀 없었다. 할아버지가 말했다. '내가 어렸을 때는 말이다……. 기유야 듣고 있니?' 나는 고개만 끄덕였다. '애야, 이곳 수성못 근처가 전부 논밭이었어. 농부들은 물을 얻으러 이곳에 드나들었단다. 물을 가둬 놓았거든. 볏논에 대는 물은 수성지가 아니라 고배이에서 난다는 말까지 있었어. 기유야, 고배이는 무릎이란다. 일본말이지. 물 한 동이를 얻기 위해 농부가 관리자에게 수없이 무릎을 꿇었다는 거야. 우리 아버지 말씀이 그때는 못을 관리하는 사람이 물을 대주지 않으면 논농사를 망쳤고 그 가족들은 꼬박 굶어야 했단다.'

나는 할아버지가 나를 달래듯 하는 얘기에 귀를 기울이려 노력했다. 내가 정말 한심했고 화가 났지만 그게 할아버지 탓은 아니었다. 웅성대는 소음이나 마이크 소리를 전부 뚫을 만큼 스크리밍 연습을 해야겠다는 생각만 굳어졌다.

나는 문득 할아버지가 궁금해졌다. 할아버지는 여기서 뭘 하고 있을까. '나? 내가 뭘 하냐면 음 뭘까.' 할아버지는 자신이 사람들의 이야기를 모은다고 했다. '사실 그림이나 책, 동전 같은 물건을 모은단다. 저기 카페 사이에 낀 양초 가게 보이지. 지금은 아니지만, 옛날에 난 저곳에서 고물상을 했어. 골동품도 모았지. 넌 골동품이 뭔지 아니?' 나는 대답하기 싫어 할아버지가 혼잣말하게 뒀다. '옛날 물건이란다. 사람들이 필요 없어져서 버리거나 잃어버린 물건도 많았지.'

나는 어찌됐건 버린 물건인데 그런 걸 왜 줍는지 물어보지 않았다. '사람들은 가끔 자신이 버린 게 뭔지 모를 때가 많아. 오랫동안 엉뚱한 것을 모으기만 하는 사람도 있지. 잠깐 딴 데 정신을 팔았다가 아주 소중한 것을 잃어버리기도 해. 그래서 평생 후회하는 사람도 있단다. 나는 사람들이 버리거나 놓친 물건과 이야기를 다른 사람에게 들려주기도 하고 간직하고 있단다.' 나는 뭔지 모르지만, 할아버지 얘기가 끔찍하게 들렸다. 할아버지가 불러도 잠이 든 척 대답하지 않았다. 할아버지가 가버리자 나는 산책객을 살펴보고 스크리밍 연습도 했다.

한밤중이 되자 못가가 조용했다. 밤 산책객 몇 명뿐이었다. 나중엔 두 사람만 남아 데크에 기대서 얘기를 나눴다. 선생님이라 불린 아저씨가 현상학이란 말을 반복했다. 같이 걷던 아가씨가 알아듣지 못하자 색깔을 예로 들었다. "색은 우리에게 현상으로 인식될 뿐인 거야. 보라색이 있다고 쳐. 무슨 생각이 들어?" 대답이 없자 아저씨가 혼자서 말을 계속했다.

"보라색으로 만든 물건이 떠오르지? 누구나 그래. 물질이 보라색의 본질은 아니잖아. 그러니까 보라색이라는 것의 실재는 파장 420~425nm 범위에 있는 전자기파인 거야. 빨강과 파랑을 섞어 만들 수 있는 색이기도 하지. 난 어머니가 돌아가셨어. 그래서 어머니는 내게 기억이라는 현상으로만 존재하는 거야. 누구나 어머니가 그립지는 않잖아." 무슨 말인지 알 수 없었다. 나는 색이나 엄마가 현상으로 남는다는 말이 무슨 의미인지 한참 생각했다. 엄마가 멀게 느껴지면서 무척 쓸쓸한 기분이 들었다.

현상, 의식, 현상학. 나는 그 단어들을 읊조리다 고개를 저었다. 도저히 이해할 수 없는 것을 생각하는 대신 우리 가족이 즐겨 썼던 모자 이름을 외웠다. 몇 번 되풀이해 외워도 쓸쓸한 마음이 그대로였다. 소울의 누나와 삼촌들이 노래하며 흔들던 몸짓을 떠올렸다. 헤드뱅잉을 하고 마이크를 위로 던졌다 낚아채며 다리를 흔들고 팔을 절도 있게 옆으로 펼쳤다 접어 앞으로 뻗는 동작들이었다. 그들의 빨갛고 노란 머리카락 색깔이나, 술을 삼키면 꿀렁이던 형들의 목울대와 언제나 매끄러웠던 스타킹의 감촉. 거기에서 생각이 멈췄다. 민아 누나는 내가 스타킹을 쓰다듬다 잠이 드는 것을 알아차리고 다리를 유모차에 걸쳐줬다. 나는 시끄러운 클럽의 구석이나 차 안에서 잠이 들곤 했다. 깨어보면 술집의 소파거나 여관방이기도 했다.

　어느 날이었다. 자다가 깨어나니 아빠와 소울이 술자리에 둘러앉아 있었다. 배가 무지 고팠다. 나는 삼겹살을 집어 먹었고 메밀국수를 입에 넣었다가 매워서 물을 마셨다. 그런데 그건 물이 아니라 소주였다. 내 얼굴이 빨갛게 변했고 침이 입가로 흘렀다. 아빠가 버둥거리는 나를 일으켜 세웠지만 나는 자꾸 넘어졌다. 머리가 아팠다. 울다가 웃기도 했다. 아빠가 나를 응급실에 데려갔다. 링거를 맞고 실컷 잤더니 웃음이 멈췄다.

　응급실에 다녀오고 난 며칠 뒤 엄마와 기유를 만나기로 했다. 아빠는 내가 소주 마신 일을 비밀로 하자며 나와 손가락을 걸었다. 하지만 엄마와 기유는 그날도 나를 만나러 오지 않았다.

뭔가 작은 것들이 떼로 움직이는 소리가 났다. 나는 주변을 살폈다. 청둥오리였다. 엄마 오리를 선두로 새끼들이 줄을 지어 못가를 헤엄쳐 지나갔다. 오리의 옆구리가 씰룩대는 걸로 봐 물속에서 다리가 움직이는 게 보이는 듯했다. 회색 머리를 물속에 담갔다 쳐들자 그들 주위로 잔물결이 일었다. 오리가 둥지 섬으로 가는 걸 지켜보는데 엄마가 실재하는 게 아니라 현상이란 말을 들었을 때처럼 마음이 아팠다. 연습하느라 아무리 크게 스크리밍을 내질러도 아무도 나를 내려다보지 않았다. 아무래도 아빠엄마가 와야지 내가 못 가를 떠날 수 있을 것 같았다.

주말이라서 낮부터 못가가 북적였다. 오리배가 못물에 그득 떠 있었다. 미니콘서트를 준비하느라 데크도 분주했다. 아빠가 수시로 노래를 부른 데크에는 공연을 준비하는 팀이 아무도 없었다. 왜인지 가슴이 뛰었다. 텅 빈 데크가 꼭 아빠의 자리로 비워둔 것 같아서였다. 오늘은 아빠엄마를 만날 것 같았지만 또다시 실망하지 않으려 들뜬 마음을 진정시켰다.

둥지 섬 조명이 다른 날보다 밝았다. 못물에 둥지 섬이 환하게 비쳤다. 섬의 나무들이 하늘로 뻗었고 또 아래로도 향했다. 키 큰 나무로 인해 하늘이 높아 보이듯 못물 또한 아득히 깊어 보였다. 물에 비친 섬이 너무 선명하게 보여 실재하는 하나의 구조물처럼 보였다. 신비했다.

　데크를 오가는 사람들의 모습도 물에 비쳐 어른거렸다. 주변의 온갖 소리가 뒤섞여 왕왕 울렸다. 눈이 아리고 귀가 아팠다. 그때였다. 뭔가 볼에 떨어졌다. 톡! 그건 뜨겁고 간지러웠다. 겨우 나뭇잎 하나였는데, 아빠엄마가 손가락으로 볼을 만지거나 기유가 뜨거운 혀로 핥은 것 같았다. 저리고 터질 것 같은 감촉이 볼에서 온몸으로 번져갔다. 반대편 못가에서 색소폰을 부는 소리가 여기까지 들렸다. 민아 누나와 목소리가 비슷한 가수도 팝송을 부르고 있었다. 오늘도 아빠가 오지 않을까 봐 걱정이 돼 죽을 지경이었다. 그때였다.

　코로롱. 아빠 소리였다! 아빠가 음을 맞추느라 기타 줄을 튕겼다. 곧 익숙한 멜로디와 아빠의 목소리가 들렸다. 장단을 맞추는 소리가 여느 때보다 컸다. 데크를 가득 채운 관객이 발장단을 맞췄고 끊임없이 환호를 질렀다. 가슴이 벅차 울고 싶었다. 아빠가 '기유'를 불렀다. 나도 노래를 따라 불렀다. '기유'를 부르는 목소리에 엄마도 끼어 있었다. 작았지만 나는 엄마 목소리를 단번에 알아들었다.

　이럴 줄 알았다. 아빠엄마가 나를 찾을 줄 알았다. 그래야지. 그러나 나를 먼저 알아본 건 기유였다. 기유가 내 팔을 잡고 볼을 핥았다. 아빠엄마도 기유처럼 곧 나를 데리러 못가로 내려올 것이었다. 공연이 끝나고 사람들이 흩어졌다.

엄마가 아빠에게 물었다. "기유는 어디 있어?" 아빠가 대답했다. "응? 당신이 외국에 데려갔잖아." 엄마가 대답했다. "당신 큰 공연이 있다고 했잖아. 그 공연에 기유가 꼭 필요하다며." "……"

아빠엄마는 서로를 멀뚱하게 바라보았다. 그러곤 둘이 옥신각신 한참을 얘기하더니, 각자 못 둑 어딘가를 가리켰고 서로 등을 돌렸다가 다시 마주 보았다. 하늘을 가리키기도 했다. 지금 아빠엄마가 무슨 말을 하는 걸까? 나는 정신을 똑바로 차렸다.

그러자, 그날 일이 뚜렷이 떠올랐다. 나는 기유가 뒤따라오는 것을 보고 눈앞의 강아지를 따라갔다. 기유에게 호감을 보이던 놈이었다. 어떤 아저씨가 공을 던졌다. 비치볼이 둑 아래로 굴러갔다. 기유가 공을 따라 철책을 넘었다. 물에 빠질 것 같았다. 사람들이 못 둑을 가득 메워 서로 다리가 부딪혔다. "기유, 안녕!" 아빠가 손을 흔들었다.

갑자기 하늘과 땅이 밤처럼 어두워졌고 큰 소리로 으르렁댔다. "기유야!" 엄마가 나를 보며 손을 흔들었다. 그런 후에 돌아섰다. 나는 기유를 따라 철책을 넘다 아래로 미끄러졌다. 그새 못 둑을 올라간 기유가 엄마에게 뛰어가 냉큼 품에 뛰어올랐다. 멀쩡했던 하늘에서 장대비가 마구 쏟아지기 시작했다. 사람들이 이리저리 뛰어갔고 순식간에 흩어졌다. 금세 못가엔 아무도 남지 않았다. 굵은 빗줄기만 못물과 풀숲과 천지를 뒤덮었다.

하지만 나는 아무런 걱정을 하지 않았다. 전에도 나는 경사진

못 둑에 머리부터 거꾸로 처박혔던 적이 있었다. 그러자 아빠가 놀라며 둑 아래로 구르듯이 내려와 나를 번쩍 들어 올렸으며, 엄마와 서로 번갈아 나를 꼭 안아줬다. 숨바꼭질할 때도 마찬가지였다. 일부러 숨어도 아빠엄마는 꼭 나를 찾아냈다. 대부분 기유가 나를 먼저 찾았지만 말이다.

이번에도 그랬다. 귓가에 기유가 내뿜는 가쁜 숨소리가 들렸지만, 기유는 나를 끌어올릴 힘이 없었다. 나는 아빠엄마를 향해 둑 아래에 내가 있다고 소리쳤다. 하지만 아빠엄마가 서로를 멀뚱하게 쳐다보고 있는 건 여전했다. 나는 갈대 줄기라도 잡아 흔들고 싶었지만 움직일 수 없는 건 여전했다. 기유를 믿을 수밖에 없었다. 내 마음을 아는지 기유가 옷을 물고 나를 끌어올리려 도리질을 했다.

그때였다. 기유의 입과 내 몸 사이에서 딸그락거리는 이상한 소리가 났다. 기유는 나를 일으키는 게 아니라 옷을 벗기고 있었다. 내 것처럼 보이는 두 손과 정강이와 갈비뼈가 첨벙거리며 물속으로 가라앉았다. '이게 뭐지?' 기유가 머리에서 비니를 벗기고 있었다. 헤져서 너덜너덜한 비니 조각이 기유의 입에 물려 있었다. 내 머리가 데구르르 굴러 물에 퐁당 빠졌다.

기유가 입을 벌리고 못물에 빠진 나를 보며 짖다가 엄마에게 달려갔다. 엄마는 기유의 앞발과 입에 묻은 천 조각을 떼어내며 힘없이 말했다. "쓰레기 뒤지지 말랬지. 더럽잖아." 나는 엄마가 안고 있는 기유와 눈이 마주쳤다. 기유가 치를 떨 듯 도리질을 했다.

문득 아빠엄마가 경찰서에 가야 한다며 손을 잡고 뒤돌아섰다. 둘은 서로 몸을 엇갈리며 이리저리로 허둥댔지만, 곧 한 방향으로 달렸다. 기타를 맨 아빠와 기유를 안은 엄마가 내게서 멀어졌다. 기유가 낑낑댔던가. 엄마가 강아지를 바닥에 내동댕이치고 달려갔다.

나는 온 힘을 다해 소리쳤다. '엄마! 나 여기 있어. 아빠! 기유가 물속으로 가라앉아요! 나 여기 있다니까!' 이게 뭐야, 이게 무슨 일이지? 물이 눈으로 귀로 술술 지나갔다. 난 알 수가 없었다. 내가 알아야 하는 게 뭘까……. 아무것도 알 수가 없었다. 이젠 아빠엄마가 보이지도 않았다. 다만 내가 어둡고 축축한 물속으로 가라앉으며 뻐끔뻐끔 물거품을 일으키는 것만이 뚜렷이 느껴졌다. 대체, 대체 이게 무슨 일인 걸까.

대기맨

대기맨

아버지를 생각하면 초등 육 학년 때의 어느 봄날이 떠오른다. 학교에서 돌아오는 길이었다. 지영은 옥상 난간에 어른거리던 빛과 먼지가 어우러져 만든 도형과 명암은 물론 황사가 뺨을 후려치던 강도도 또렷이 기억한다. 그 옥상에 아버지가 꼿꼿이 앉아 있었기에.

새로운 동네로 이사 온 직후여서 많은 것이 낯설었는데 아버지마저 평소와 다른 모습이었다. 뭐랄까. 잠시 바람을 쐰다거나 주변 풍경을 둘러보러 올라가는 옥상에서, 아버지는 달라 보였다. 지영과 눈이 마주쳐도 알은체하지 않았다. 그런 일도 처음이었다. 지영은 문득 뒤를 돌아보았다. 아버지가 몰두해서 노려보는 것이 뭘까, 하고. 놀랍고 이상한 일이 더해져 아주 인상적이었던 그날, 아버지는 몇 시간이 지나서야 내려왔다. 지영이 다음 날부터 며칠간 옥상을 흘깃댔지만, 그 같은 모습을 다시 보지는 못했다.

열세 평 땅에 지은 열세 평의 이 층짜리 주택. 낡고 작지만, 지영은 이사 온 집에 옥상이 있고 주변에서 가장 높은 곳이라는 게 무척 좋았다. 작은 옥상 전체가 자신의 방을 덮은 지붕이자 천장이라는 것도. 방이든 옥상이든 남는 공간이 없었고 그래서 그 집은 물론 지영 자신조차 온전히 하늘에 속해 있는 기분이었다. 지영네 세 식구는 옥상에서 자주 시간을 보냈다. 별자리를 짚어 보았고 고기나 조개를 구워 먹었으며 모기장 안에서 잠을 청하기도 했다. 그렇게 두 계절쯤 지났던가.

아버지가 다시 옥상에 앉아 있었다. 낯설었던 그 모습으로. 아버지는 곧 무너질 것 같은 허술한 시멘트 난간에 무릎이 닿을 듯이 앉은 채, 맞은편 저택과 그 앞 도로를 오가는 사람들을 살펴보았다. 집이 골목 안에 있지만, 좌우에 면한 부잣집의 정원이 넓어, 옥상에서 도로가 훤히 내려다보였다. 그런 만큼 아버지의 모습 또한 무방비로 노출돼 있었다.

그러니까 아버지가 이후 십 년을 옥상에서 보내게 된 건 딱 한 번, 비명을 누구보다 크고 끔찍하게 내지른 결과였다. 그때의 일은 몇 마디로 요약돼 뉴스에 나왔다. 아버지가 모시는 사장 할머니의 외아들인 황 회장이 사건의 주인공이었다. '경찰은 마약 밀매업자 황 씨를 검거하기 위해 황 씨의 어머니인 이 씨의 저택을 급습했다. 이 씨는 재계에서 이름난 제3금융업자이다. 황 씨가 이곳 저택에 다량의 마약을 은닉한 정황이 포착됐다. 황 씨를 체포하는 과정에서…….' 경찰과 황 회장의 직원 한 명이 다쳤다고 했다.

정확히 말해 다친 사람 즉 아버지는 황 회장이 아니라 이 씨인 사장 할머니의 운전기사였다. 지영은 이후 오랫동안 그 밤을 떠올렸다.

그 사건에서 다리를 다친 아버지는 사실 수줍음이 많은 사람이었다. 그런 그가 입을 커다랗게 벌리고 소리를 질렀다니, 상상하기 어려웠다. 평소 크게 웃지도 않고 자기 의견을 내세우지 않으며 목소리 톤도 낮은 아버지였다. 지영도 말이 많지 않았기에 집에서는 저녁 내내 엄마의 말소리만 들리는 날도 있었다.

엄마는 친척과 이웃의 은밀한 소식을 빨리 알아내고 그것을 다른 사람에게 전하는 것도 즐겨 했다. 늘 사람들에 둘러싸여 있는 엄마. 손을 부드럽게 내밀었다 거두며 작은 목소리로 쉬지 않고 말을 하는 엄마는, 아버지와 지영에게 잔소리 비슷한 말도 했지만 그건 강요가 아니어서 상대가 제 말을 들어주지 않아도 그만이었다. 자신의 딸에게도 애교를 부리며 친구처럼 대하는 엄마는 혼자 있는 것을 싫어했다. 그래서 누군가 가구나 줄자처럼 한 공간에 있어 주기를 바랐다. 아버지는 그런 엄마에게 잘 어울리는 사람이었다. 엄마가 여러 면에서 활동적이고 색이 선명하다면 아버지는 무채색 같았다.

무채색의 비명은, 아무래도 좀 이상한 구석이 있었다. 사람들은 아버지가 마약견에 다리를 물리는 순간, 바로 그 순간에 비명을 질렀다고 말했다. 의식은 참고 싶었지만, 세포의 메신저가 살갗이 찢기는 고통에 굴복해 본능적으로 신음을 크게 터트렸다고. 하지만 아버지는 다르게 말했다. 굳건한 의도를 가지고 마약견에게 호통을 쳐서 싸움을 걸었다, 라고. 아버지의 그 말은 사람들의 비웃음을 샀다.

그들의 비웃음이 지영의 마음을 아프게 했다. 지영은 여러모로 아버지를 닮았다는 말을 들으며 자라서였다. 얼굴이 예쁜데 왜 그렇게 공부를 열심히 하느냐는 질투 어린 농담을 들으면, 제 속에 울분이 차오르는 것을 느꼈다. 지영이 신경 쓰는 건 얼굴이 아니었다. 열심히 공부하는 데도 왜 성적이 나쁜 걸까. 지영은 유전자나 부모님의 가난을 핑계 대고 싶지 않았다. 비싼 과외를 받지 않고도 성적을 올리고 싶었다. 누구에게도 이런 말을 하지는 않았다. 아버지와 마찬가지로 지영도 목소리가 제 안에서 메아리로 울리는 것에 익숙한 사람이었다.

아버지는 부모님을 일찍 잃고 고독하게 자라서 그렇다고 하자. 자신은 왜? 지영은 아버지와 다르게 살겠다는 의지를 품고 아버지를 관찰했다. 아버지는 이번 일에서도 사람들의 말을 정정하지 않았고, 사람들은 제멋대로 지어낸 이야기를 믿고 싶어 했다.

엄마도 마찬가지였다. 어느 날 지영은 엄마가 누군가와 통화
하는 것을 들었다. "진실은 이거잖아. 소심한 남자가 고용주에게
과잉 충성을 바친 거지. 거칠게 욱하고. 이상한 생존 방식이야.
아니…… 숭고해. 물론 그의 아내는 무척 감동스러웠지." 지영은
아버지가 불쌍하게만 생각되었는데 엄마는 아버지에 대한 감정
이 여러 갈래인가 보았다.

비명에 대한 해석이 어떠하건 아버지가 마약견에 다리를 물어
뜯긴 건 사실이었고 그로 인해 아버지는 수술을 세 번이나 받았
다. 황 회장을 위해 아버지가 견과 힘겨루기를 하며 벌어 준 시간
에 대한 보상이었을까. 아버지는 저택의 맞은편 골목에 있는, 사
장 할머니 소유의 비어 있던 낡은 집을 공짜로 빌렸고 새로운 일
자리도 예정돼 있었다.

운전기사이자 경호원이었던 아버지는 더 이상 사장 할머니에
게 다가오는 낯선 이를 막기 위해 긴장하지 않아도 되었다. 대신
저택 앞 골목과 주변을 비추는 CCTV의 녹화 테이프를 다시 돌려
보고 얻은 정보 즉, 저택을 주시하는 잠복 경찰이나 수상한 사람
의 동태를 살핀 후에 보고하는 것. 아버지 말에 의하면 세상을 구
경하는 일이었다.

아버지는 직업을 잃지 않고 가족을 부양할 수 있어서 안도했
고 엄마는 부촌이자 대단한 동네(전직 대통령이나 무슨 재벌 회
장의 이름이 언급될 때마다 거론되는)로 이사 와서 신이 났으며

지영은 아이가 그렇듯 그 상황을 그냥 받아들였다.

시간이 좀 지난 후 지영은 마약견이 사람을 공격하지 않도록 훈련받는다는 것을 알게 되었고, 그제야 아버지가 견에게 호통을 쳤다는 말이 진짜일까, 짚어 봤다. 마약견이 초짜였을까, 훈련이라는 봉인을 해제할 정도의 호통이란 대체 어떤 걸까. 지영은 아버지에 대해 이런저런 상상의 나래를 펼치는 것이 즐거웠다. 아버지가 저택의 어두운 정원에서 견과 대치하는 동안 다른 사람들에겐 무슨 일이 일어났을까. 황 회장은 나중에 외국의 한 슬럼가에서 주검으로 발견되었고, 그 일 또한 지영이 상상한 세계에선 비슷한 각본이 있었다.

아버지가 두 계절을 쉬었다가 다시 옥상에 올랐을 적에 지영은 직감했다. 체크메이트였다. 다른 선택지가 없었고 피할 수 없는 외길. 지영의 짐작대로였다. 초기에는 주말에만, 그 후엔 주중의 며칠을 정해서, 그러다가 거의 매일 옥상에 앉아 있던 아버지. 거기다 큰 변화도 몇 가지 있었다. 지영은 옥상에 아버지를 붙박았던 사건들과 하굣길에서 봤던 아버지의 처음을 떠올리곤 했다.

그때 아버지가 옥상에 올라간 것은 놀라운 일에 속했다. 아버지는 세 번째 수술 후에 재활 치료를 막 시작한 시점이었다. 매일 병원에 물리치료를 받으러 가는 것은 물론 집에서도 열심히 운동

했다. 다리를 끌면서도 기어이 걷던 아버지는 땀을 폭포수처럼 흘렸고 지영은 수건을 들고 그 곁을 따라다녔다. 목발 짚은 팔을 떨었고 발이 어긋나 넘어지기도 하던 날들에. 아버지의 모습을 보며 아슬아슬했던 기억이 아직도 지영의 명치를 간질였다.

지영은 책가방을 내려놓으며 엄마에게 아버지가 옥상에 있더라고 말했다. 그러자 엄마는 그럴 리가 없다고 말했다. 엄마는 그때 시커먼 물이 우러나는 약초를 삶고 있어서 무척 바빠 보였다. "저택 다녀온다고 나갔어. 평지라면 몰라도 아직 옥상은 무리야." 그 말에 지영은 자신이 본 장면이 사실인지 뛰어나가 다시 확인하고 싶었지만 차마 그러지 못했다. 어떻게, 왜, 아버지는 옥상에 올라갔을까.

사실 아버지가 새로 할 일은 눈에 띌 필요나 당장에 이익을 내는 일이 아니었다. 사장 할머니의 불안과 맞물린, 보이지 않는 원소로 된 바퀴를 움직이는 일과 비슷했다. 그러니까 있어도 없어도 그만인 일을 하게 될 아버지. 그즈음 아버지에게선 모호하지만 강렬한 에너지가 뿜어져 나왔고, 그것은 주위에 안개처럼 퍼져 일렁댔다. 지영은 그게 무엇이건 인력引力과 척력斥力을 동시에 지녔다는 걸 느꼈다. 그 불분명하고 불안정한 힘들이 서로 충돌하고 뒤틀려 아버지를 옥상으로 내몰았을 터였다.

아버지를 이해하려 깊이 생각할수록 지영은 슬펐다. 오랫동안 차를 몰고 빠르게 내달리던 아버지인데, 갑작스레 삶 전부가 정지신호에 걸린 것처럼 보였다. 옥상에서 아래 도로를 내려다보면 답답한 속이 좀 풀렸을까. 그렇지는 않았을 것이다. 세상 구경을 한다는 아버지의 말이 마음에 날아와 박히던 날 지영은 옥상에 가 아버지와 나란히 앉았다.

아버지는 운전병이었다가 제대한 후에도 그 기술로 돈을 벌었다고 했다. "여기저기 돌아다니는 게 참 좋았다." 운전하는 게 왜 좋은지 묻자 아버지가 한 대답이었다. 너무 평범한 말이라 지영은 그 말을 오래 생각했고 아버지가 말과 글이 짧다는 것을 알아차렸다. 지영이 공부를 더욱 열심히 하겠다고 결심한 이유. 그걸 아버지는 모를 것이다. 무식한 아버지에 대한 실망감을 숨겨야 했으므로 지영은 더욱 말이 없어졌다.

떠올려보면 지영은 아버지가 운전하는 차를 타는 게 참 좋았고 편안했다. 아버지는 도시에 새길이 뚫리거나 뉴타운이 들어서면 평일 밤에라도 차를 몰고 나갔다. 지영이 외출하기 싫어 숙제한다는 핑계를 대고 집에 남으면, 엄마와 둘이서라도 드라이브를 나가곤 했다.

그래서 어린 지영은 운전기사가 세상을 구경하며 훌훌 다니는 사람이라고 생각했다. 하지만 한참이 지난 후 〈그린 북〉이란 영화를 보고 나선 그 생각도 바뀌었다. 영화에서 보여주는 운전기사라는 직업은 주인공이 중요한 스케줄을 마치는 시간까지 다만 기다리는 사람이 분명했다. 허름한 분식점이나 더러운 물이 질척이는 뒷골목에서.

아버지가 안쓰러우면 지영은 견에게 호통을 치던 날 밤의 아버지를 떠올렸다. 아무리 자주 떠올려 각색해도 통쾌한 마음이 옅어지지 않았다. 지영은 상상의 세계에 오래 머물고 싶었다. 그 즈음부터 사람들은 지영을 애늙은이 같다고 말했다. 차분한 아이에서 애늙은이로 건너뛰는 데에 일 년이 채 걸리지 않았다. 그러거나 말거나 지영은 달콤한 세계를 단단하고 크게 만들려는 꿈을 꾸었다. 방법의 문제라고 생각했다.

아버지가 애쓰는 만큼 엄마와 지영도 아버지를 중심으로 뭉쳤다. 엄마에게 아버지는 더 이상 줄자나 장식장 같은 사람이 아니었다. 한참 동안 지영네 골목에서는 약재와 사골이 익는 냄새를 맡을 수 있었다. 병원에서 더 이상 재활 치료를 할 게 없다고 말하자 엄마는 경락 마사지를 익혔다. 엄마는 아버지의 다리를 주무르다 갑자기 아버지를 이끌고 방에 들어가 문을 잠그기도 했다. 그러면 지영은 이 층 방이나 옥상으로 가 어슬렁거리다 문득 제 동생이 생길지도 모른다는 생각에 몰래 얼굴을 붉히기도 했다. 자기 가족의 세계가 더 확고해지겠다는 추측을 하면서.

그러나 껍질이 단단한 것들이 그렇듯, 밖의 소식에 무관심했다. 지영은 아버지가 '대기 씨'로 불린다는 것을 누구보다 늦게 알게 되었다. 그 말을 듣자 지영이 그은 경계에 마구 실금이 갔다. 아버지가 주말에만 옥상에 올라가던 어느 밤이었다.

지영은 잠결에 누군가 아버지를 부르는 소리를 들었다. 아마 시작은 이랬을 것이다.

"그걸 본 사람이 누구야? 사장님 저택에서 일어난 일이야. 그 맥락을 아는 사람이 있을 거 아니야. 저기, 그 사람 있잖아. 대기맨 불러와. 아니, 건너편 옥상에서 이곳을 내려다보고 있는 그 남자 말이야." 그러다 누군가 소방도로를 건너 지영네 집이 있는 좁은 골목으로 뛰어왔을 것이다.

어떤 남자가 대문 밖에서 소리치는 것을 지영은 들었다. "저기, 회장님이…… 급해요. 여기요, 대기 씨, 대기 씨!"

지영은 비몽사몽 중에 몇 개의 문이 차례로 여닫히는 소리를 들었다. 그 후 다시 잠에 빠져들면서 두 가지의 상반된 생각을 했다. 아버지가 대기 씨로 불리는구나, 그리고 누군가에게 꼭 필요한 사람이 아버지구나, 하는. 지영은 두 가지에서 달콤한 쪽을 취했고 그래서 편안하게 잠들 수 있었다.

하지만 지영을 불편하게 만든 일이 또 일어났다. 같은 학년의 아이가 아버지를 대기맨이라고 콕 집어 부른 것이다. 저택의 연회장에서였다. 사장 할머니가 회갑이 되던 해에, 직원 가족들은 생일잔치에 초대받았다. 음식을 먹다가 또래 아이 중 하나가 그 말을 했다. 틴트가 붉게 번진 입술을 삐죽이는 그 애의 큰 목소리를 중심으로 아이들은 서로 곁의 아이에게 귓속말을 속삭였고, 그 말은 물결처럼 번지고 번져 지영에게 정직하게 전달되었다.

아이들이 곁의 아이에게 고개를 기울이는 그 동작은 전혀 폭력적이지 않았음에도 지영의 몸 어딘가에 와 콩콩 부딪히는 느낌이었고, 아팠다. 분명 아버지를 욕하는 말. 크나큰 장점을 빼버려, 가시같이 뾰족한 몸통만 남은 그 말. 지영은 누구에게 화를 내야 할지 몰라 아이들의 어깨너머를 노려보았다.

그 일이 있고 좀 지나서였다. 지영은 용돈을 쪼개 아버지가 좋아하는 아이스크림을 사서 옥상에 올라갔다. 지영은 생전 처음으로 아빠 대신 아버지라고 불렀다.

"아버지, 아이스크림 먹어." 뭔가 말의 앞뒤가 매끄럽지 않았지만 개의치 않았다. 아버지가 희미하게 미소를 지었던가. 길거리를 내려다보며 아이스크림을 한입 베어 물고는 맛있구나, 하고 말했다. 평소 그런 반응도 하지 않았으니, 지영은 호칭에 존경심을 담은 자신의 의도를 아버지가 알아차려 대꾸한 것으로 받아들였다. 지영은 가족이란 이래야 한다고 생각했고 그러자 자신이 좀 어른스러워진 것 같았다.

아마 그런 기분은 옥상이라서 더 좋았을 것이다. 옥상은 사방으로 다섯 발짝만 걸으면 난간에 허벅지가 닿을 만큼 좁았다. 오르막 위에 지영네 집이 있다 쳐도 시내에서 이만큼 시야가 트인 곳은 드물었다. 산세가 좋다는 바위산이 북쪽에 버티고 있었고, 곁의 산에는 군락지를 이루고 있는 낙엽송의 붉은 갈색이 바위와 잘 어울렸으며 그 아래로는 도시의 야경이 현란했다. 하늘도 무척 크고 깊어 보였다.

엄마가 한 말이 생각났다. "우린 이 동네에 있는 가장 작은 집에서 가장 큰 혜택을 누리는 거야." 맞는 말이었다. "사장님이 가난을 기억하기 위해 이 집을 헐지 않았대." 시간이 흘러 아무도 거들떠보지 않았던 가난한 산촌이 개발되면서 조망을 중시하는 부자들이 저택을 지었고, 그즈음에 사장 할머니는 이미 집을 팔지 않아도 될 만큼 배짱이 생겼다는 소문과 풍수지리가 좋다는 말도 있었다. 엄마는 동네의 수많은 가십도 전했다. 학교에서 보는 아이들의 불편한 가정사도 있었다. 엄마가 전하는 소식은 늘 좀 찜찜했다. 어떤 것들은 너무 가까웠고, 어떤 것들은 잔혹했다. 지영은 그런 소문을 잊어버리려 애썼다.

그게 잘 안될 때 지영은 고개를 돌려 주변의 저택이나 정원 같은 곳을 둘러봤다. (나중에 지영은 옆의 두 저택 중 한 곳에 사는 애와 친해져 그 집에 놀러 간 적이 있었다. 그 애는 지영네 집이 작은 정자처럼 보인다고 말했는데, 사실이었다. 더 나중에 지영 방에 놀러 온 그 애가 지영의 방이 예상보다 크다고 말했다.) 어찌 됐든 옥상은 아버지가 망루로 사용하기에는 충분히 높았다. 풍경을 그리기에도. 아버지는 가끔 공책이나 스케치북에 뭔가를 그렸다. 지영이 볼라치면 아버지는 슬그머니 스케치북을 덮었다. 이후로 지영도 못 본 척했다.

지영의 사고는 균열의 한가운데에 있는 게 분명했다. 늦은 사춘기인가. 아무리 생각해도 문제는 집이 아니었다. 그러니까 지영이 각색했던 환상을 깨트린 것은 사물이 아니었다. 사람인데, 바로 아버지인 듯했다. 아니 이 집과 지영의 방 안 깊이 드리워진 하늘이었다.

저택에서 일하는 사람 누군가 지영네 집이 고깔모자 같다더라고 엄마가 전했다. 지영은 저택의 대문 앞에 서서 집을 바라봤지만, 고깔모자 모양을 찾을 수 없었다. 차라리 네모 모양의 이단 케이크에서, 윗부분의 한쪽을 뜯어 먹다가 남긴 것에 초콜릿 스틱을 비스듬히 꽂아둔 것 같았다. 옥상 계단이 초콜릿 스틱으로 보였다. 집 전체 컷에서 가장 예쁜 건 감나무 가지 끝에 달린 홍시였다. 허공에 매달린 방울 장식 같은 홍시는 흔들면 종소리가 날 것처럼 영롱하게 붉었다. 고깔모자는 없었다.

하지만 얼마 후, 아버지가 옥상에 올라가는 느리고 힘든 과정을 끝까지 지켜본 지영은 저택 사람의 말을 이해할 수 있었다. 아버지였다. 아버지가 고깔모자의 뾰족한 꼭대기를 완성한 것이었다. 파란 하늘만이 드넓게 드리워진 옥상에 아버지가 앉아 있었고, 1층과 2층을 지나 아버지의 머리로 좁아지던 사물들의 형체. 그렇게 아버지의 머리에서 고깔모자의 꼭대기가 완성된 것이었다. 생각해보면 집의 크기가 워낙 작았기에 옥상에 앉은 남자의 실루엣이 집의 연장선으로 보일 수 있었을 것이다.

한참 바라보자 지영의 상상이 그 공간에 섞여들었다. 아버지에게 늘어뜨려진 시간이 빠르게 지나가 지영은 노인이 되었다. 노인의 시선은 비약돼, 시간을 거스르거나 구겨서 접혔고 또 압축되었다. 그러자 고깔모자 지붕은 파랑에서 회노을 색으로 물들었다가, 눈이 하얗게 쌓이고, 검고 후줄근하게 젖었다가 다시 하얗게 빛나기도 했다. 하늘과 허공을 당기고 밀어서, 멀어지고 가까워지는 것을 반복했다. 몇 번 그렇게 하자 색연필로 그은 것 같은 선 몇 줄 혹은 작은 점이 남았다. 그게 전부였다.

아버지는 그렇게 선이나 점일 뿐이었다. 하늘의 일부이기도 했다. 우주보다 거대한 시간의 품에서 세상은 공평했다. 지영은 그제야 아버지가 다리를 다치기 전으로 돌아갈 수 없다는 것을 분명하게 받아들였다. 그러자 한 번씩 발작하듯이 치솟던 화도 잦아들었다. 설명할 수는 없었지만, 마음이 말랑해진 것 같았다.

그건 체념에 가까운 마음이기도 했다. 아버지는 대기 씨에 잘 적응하는 듯이 보였고 엄마도 마찬가지였다. 그러니 모든 문제는 지영에게 있었다. 지영은 자신이 품은 양가감정의 실체를 분석할 줄 알게 되었다. 아버지가 무척 안쓰러웠으며 그에 비례해서 또한, 엄청 미웠다. 그 마음은 점점 커졌는데, 절룩거리며 걷는 다리 때문은 결코 아니었다. 지영은 아버지를 향한 부끄러운 마음을 숨기느라 고개를 숙이고 걸어야 했다.

부끄러움은 시간문제였다. 아니 자신이 어리석은 탓에 너무 늦게 현실을 직시했거나 혹은 사장 할머니의 안방에 들어간 때문이었다. 다르게 말하면 지영이 사장 할머니 앞에서 운 일과 관련이 있었다. 그랬다. 사장 할머니의 저택 코앞에서 지영은 눈물을 터트렸다. 사장 할머니는 자신 앞에서 지영이 눈물을 펑펑 쏟은 이유가, 아버지가 불쌍해서인 걸로 이해했다. "계단이 전부 녹슬었어요." 지영은 그 말밖에 할 수 없었다.

사실 지영도 자신의 눈물에 놀랐다. 물이 가득 찬 댐 같은 각막을 바늘로 터트린 것처럼 눈물이 끊임없이 흘러내렸다. 사장 할머니가 무슨 일이냐고 물어도 대답할 수 없었다. 그냥 서러운 마음이 차고 넘쳐흘렀다. 지영 내면에서는 질문이 들끓을 뿐이었다. 왜 경찰에 쫓기는 나쁜 일을 하느냐고. 사장 할머니에게 절대로 할 수 없는 질문이었다. 그렇다고 남에게 알려달라고 할 수도 없었다. 아버지에게는 더욱 더. 지영은 그 질문이 자신의 가슴에 영원히 묻혀야 하는 것임을 본능적으로 알아차렸다.

평소 자신의 감정을 잘 통제한다고 생각했는데. 저택에서는 예외였다. 지영은 사장 할머니가 안방의 한쪽 벽면을 차지하고 있는 작은 제단에 촛불을 붙이고 향을 피우는 것을 잠시 숨을 멈추고 지켜봤다. 사장 할머니가 두 손을 모으고 깊이 고개를 숙이는 것도. 그러다 문득 다시 울음을 터트렸다. 간헐적이었지만 멈추지 못했고, 사장 할머니는 그런 지영에게 저녁까지 먹였다. 이상한 일은 저녁 식탁에서 사장 할머니도 눈물을 보인 것이었다.

사장 할머니의 흐느끼는 소리에 지영도 다시 눈물을 터트렸다. 사장 할머니는 지영에게 자신이 운 것을 비밀로 해 달라고 말했다. 지영은 고개를 끄덕이고 킥킥거리면서도 울었다.

열다섯, 지영 평생에 처음 겪는 난감한 상황이었다. 너무 침착해서 늘 다른 사람을 놀라게 했던 지영이었는데. 결과는 나쁘지 않았다. 지영이 저택에 다녀온 후 지영네의 난간이 전부 새것으로 교체되었다. 특히 옥상 계단은 번쩍이는 스테인리스로 바뀌었다. 그래서 아버지는 더 자주 옥상에 올랐고 엄마는 짜증을 냈다. 옥상에 아버지를 뺏겼다고.

지영은 사장 할머니의 삶을 가까이에서 들여다본 것을 오랫동안 후회했다. 사장 할머니의 거처만 본 것은 아니었기 때문이었다. 아버지의 치부를 정면에서 낱낱이 그리고 분명하게 보게 되었다. 저택을 총괄하는 키가 큰 집사. 창고 입구에서 아버지는 집사에게 고개를 조아리고 있었다. 집사가 했던 말이 옳은지 틀린지는 중요하지 않았다. 그들 둘의 체격과 몸의 기울기 차이와 허술한 창고. 지영의 마음에 그 장면이 박제돼버렸다.

지영의 마음은 아주 차갑고 딱딱해졌다. 많은 일 특히 부모님에 대한 감정이 얼음땡 놀이에서 얼음이라는 주문에 걸린 듯 나쁜 위치에서 멈추었고 얼음처럼 식었으며 세상일에 무척 시니컬했다. 주변 사람들은 그런 지영을 이기적이라고 말했다. 다른 사람이 그렇게 말하면 아버지는 어느 때보다 큰 목소리로 부정하면서 자신의 색깔을 드러냈다. 단호하게. 하지만 지영은 고맙지 않았다. 그런 상태는 지영이 스무 살이 넘도록 지속되었다. 아이러니하게도 그래서 공부에 집중할 수 있었다.

지영이 어떤 마음을 먹었든 아버지 주변에서 일어나는 일을 알아차릴 수밖에 없었다. 그러니까 대기 씨인 아버지의 삶을 가장 크게 뒤흔들고 헝클어 놓은 사람은 황 회장이었다. 아니 엄마 혹은 경찰이었다.

그 일이 일어나는 며칠 동안 아버지가 옥상을 이용한 전부는 이랬다. 아버지는 꼬박 하루 동안 낮에는 집에서 숨죽여 지내다, 밤이 되자 여느 날과 다름없이 옥상에 올라가 시간을 보내야 했다. 이후 사흘간은 집에서 인기척조차 내면 안 되었다. 창문 밖에서 보일까, 기어 다니며 끼니를 챙겨 먹고 캄캄한 욕실에서 더듬거리며 볼일을 봐야 했던 아버지. 대신 지영이 계단을 오르내리며 온 집을 쿵쾅거리면서 뛰어다녔고 음악 소리를 크게, 집 바깥까지 들리게 틀었다.

이전까지 아버지가 황 회장과 얽힌 건 마약견 사건이 거의 유일했다. 아버지가 사장 할머니의 운전기사로 취직했을 때 황 회장은 (아버지보다 몇 살 어렸지만) 이미 중견 사업가로 왕성하게 활동하고 있었다. 몇 번 사업에 실패한 후 마약견 사건이 일어났고 그 일로 조사를 받았지만 은닉한 마약 즉 증거물을 찾지 못해 풀려났다. 그 후 황 회장은 주로 해외에서 활동하며 숨어 살았다.

아버지가 황 회장과 다시 엮인 건 둘의 체격과 뒤통수가 비슷해서였다. 사장 할머니 집에서 일하는 사람 중에 체격이 황 회장처럼 작고 다부진 사람은 여럿이었다. 굳이 아버지일 이유가 없었다. 그렇다면 뒤통수였다. 점퍼 모자를 당겨 쓰면 보이지 않을 그깟 하찮은 뒤통수. 누가 봐도 특별해 보이지 않는 뒤통수를 가졌다는 이유로 아버지는 007영화에서처럼 위장 극의 주인공이 되었다. 먼저 사장 할머니가 몇몇 외출에 아버지를 동행했다. 운전기사로 어디든 따라다녔던 이전과 달랐다. 단순한 동행이 아닌 참여였다. 아버지가 출장이라 불렀던 그 일, 일종의 위장술은 몇 달이나 시간을 들여 준비했다.

그동안 아버지는 물론이고 엄마도 들떠 있었다. 지영이 고등학교 입학을 앞두고 독서실에서 밤늦게 집에 돌아온 후 잠들기 전 잠깐만 지켜봐도 알 수 있을 정도였다. 큰일을 앞두고 아버지가 이상하게 구는 건 당연해 보였다. 하지만 거꾸로 황 회장이 아버지처럼 보이기 위해 애쓴다는 말을 듣자 지영은 기분이 무척 나빴다. 황 회장이 아버지의 걸음걸이 동영상을 보면서 다리를 저는 연습을 한다니.

아버지는 출장을 앞두고 소파건 옥상이건 앉기만 하면 휴대폰으로 황 회장과 관련된 자료를 검색했고 동영상을 봤다. 아버지가 황 회장을 닮으려 노력하다니. 그럴 필요가 전혀 없었는데 말이다. 그 일에서 아버지는 드러나는 사람이 아니었다. 그냥 아버지 본래의 모습으로 정해진 시간에만 남의 눈에 띄는 것, 그것이 아버지의 역할이었다. 그러니 아버지가 황 회장을 따라 한 건 혼자서 하는 역할놀이였던 셈이었다.

이런 저택의 동향을 아버지와 주변 사람만 알고 있었던 것은 아닌 듯했다. 그즈음 골목엔 형광색 조끼를 입은 순찰경관 여러 명이 번갈아 골목을 어슬렁거렸고 잠복 경찰은 인원을 늘렸다. 어느 오후에 지영은 집 바로 앞에서 순경들과 마주쳤다. 그들은 지영네 집을 가리켜 손가락질하며 낄낄댔다. 지영은 집과 그들을 지나쳤다. 한참 걸으며 궁리해도 달리 갈 데가 없어 다시 그 골목을 지나쳐 집에 들어오는데, 뒤통수가 따가웠다.

그 상황극에는 황 회장이 지영네 집에서 나와 저택으로 걸어가는 장면이 있었다. 예행연습을 하는 그의 뒷모습을 보면서 지영은 어떻게 경찰이 속았는지 이해할 수 없었다. 황 회장은 연기에 소질이 없었다. 아버지의 허름한 점퍼를 걸친 것과 하루라는 짧은 시간, 그리고 경찰이 아버지의 습성을 세밀하게 파악하지 못한 것. 그 위장 극이 들키지 않은 이유였다. 황 회장은 아버지의 모습을 한 채로 중요한 볼일을 처리했다. 무슨 작전이라 불러도 될 만큼 거래 액수가 큰 그 일은 표면적으로는 그렇게 처리되었다.

하지만 지영과 부모님에게 그 일은 또 다른 사건의 시작이었다. 그 극의 클라이맥스는 엄마가 홍콩에 다녀온 일이었다. 황 회장은 볼일을 마친 후 아버지의 여권을 들고 절룩이며 엄마와 함께 홍콩에 들어갔다. 황 회장이 이곳에 다녀간 적이 없는 것처럼. 홍콩에서는 황 회장이 또 다른 알리바이를 만들었고, 그러는 동안 엄마는 그곳에 며칠 머물렀다. 그다음에 황 회장이 어디로 갔는지 지영은 영원히 알지 못한다. 다만 그가 홍콩에 머물렀던 흔적은 아버지의 여권에 찍힌 푸른 스탬프 하나로 남았을 뿐이었다.

겨우 사흘이었다. 사흘이 바꾸어 놓은 변화의 중심 키는 엄마였다. 엄마는 홍콩의 백화점이 얼마나 매혹적이었는지 지영에게 들려주었다.

"천국이었어. 산 사람이 가는 천국. 그곳 공기에 떠돌던 향기와 스치는 감촉. 그리스 신화에서 본 미로처럼 출구가 없었으면 좋았을 텐데." 엄마가 홍콩에서 산 옷과 가방은 명품이었다. 몇 개 되지 않았지만 그건 마술처럼 엄마를 변하게 했다. 미노스의 번쩍이는 궁전을 꿈꾸는 엄마는 이제까지 지영이 알던 사람이 아니었다. 그 일이 엄마의 마음속에 숨겨져 있던 욕망의 어떤 단추를 켜게 되었는지도 지영이 질문할 수 없는 비밀이 되었다.

엄마는 세상일이 뜻대로 되지 않는다는 말을 자주 했다. 모든 것이 어떤 방향으로 길을 꺾든 그것이 필연이라는 말도. 신기한 건 지영도 엄마와 비슷하게 생각했다는 것이다. "세상 모든 것은 변하기 마련이지. 그게 이치야." 엄마의 말을 몇 번 듣고 지영은 그 말을 재해석했다.

똑같은 강에 발을 담갔더라도 매번 발목을 휘감는 물이 같은 강물은 아니다, 라는 말이나 제행무상과 같은 커다란 개념들. 그러니까 지구를 둘러싼 대기의 산소농도에 따라 동식물의 세포가 크거나 작아지고, 수많은 전쟁을 겪으며 지도에서 나라 간의 경계선이 달라지는 것을 포함하여, 엄마의 마음이나 역할도 고정돼 있지 않다는 의미였다. 사랑의 열기는 식는 게 당연했고 기대는 배반당하기 일쑤라는 말. 지영은 제 마음이 변했다는 엄마를 언어로만이 아니라 바로 곁에서 현장 체험하듯 겪었다.

엄마는 더 이상 동네의 가십을 모으지 않았고 자신의 욕망에 충실했다. 예전 동네에서 사귄 아줌마들과 홍콩에 다녀왔고 실망했으며 절망도 했다. "카드, 카드가 없네……." 그런 말에도 아버지가 대꾸를 하지 않자 한동안 짜증을 내던 엄마가 어느 날 사장 할머니를 찾아갔다고 했다. 그 말을 듣는 순간 지영은 엄마가 가십 그 자체가 되려는가 생각했다.

지영의 예상은 맞았고, 사장 할머니는 엄마에게 일거리를 맡겼다. 사장 할머니의 일을 하는 동안 엄마가 인도나 동남아 등에 출장을 다녀왔고 그때마다 사장 할머니가 준 카드를 들고서였다. 엄마의 옷차림은 점점 화려하고 대담해졌다. 사장 할머니가 엄마에게 사람들 눈에 띄지 않게 입으라 했지만, 엄마는 그 말을 듣지 않았다. 꼭 옷차림 때문은 아니었을 거다. 하지만 얼마 지나지 않아 엄마도 경찰의 주목을 받게 되었고 사장 할머니에게 엄마는 체스판에서 폰 그러니까 가장 약한 수단인 말일 뿐이었다. 말은 보스를 지키지 못하면 아주 쉽게 버려지기 마련이었다.

엄마는 다양한 색과 에너지를 지닌 사람답게 그쯤에서 멈출 수가 없었다. 결국, 엄마가 좋아하는 가십 옮기기에서 사장 할머니의 심기를 거슬러 아버지와 함께 저택에 불려 갔다. 아버지는 엄마와 고용주 사이에 끼여 곤란했다. 아버지가 온전히 엄마 편을 들지 않자 엄마는 길길이 날뛰었고, 그런 여러 날 중 밤에 교통사고가 났다. 크게 다치진 않았지만, 엄마가 병원에 입원했고 그 일주일 동안 아버지가 엄마를 간호했다. 사장 할머니는 간병사에게 엄마를 맡기라고 했다. 경찰의 집중적인 감시가 쏠린 시기라서 이제야 정말로 대기 씨가 꼭 필요한 때였다. 아버지는 지금까지는 그게 뭐든 고용주가 하라는 대로 전부 따랐지만, 엄마 간호에 있어서만은 아버지 뜻대로 했다. 하지만 엄마에게 아버지의 간호는 고마운 일이 아니었다.

그 일로 아버지가 사장 할머니에게서 어떤 곤혹스러운 일을 겪었는지 지영은 모른다. 부모님에게 힘든 시기였던 것만 어렴풋이 알 뿐이었다. 하지만 그게 끝이 아니었다.

엄마는 건강이 회복되자 집을 나갔다. 엄마의 가출은 길면 일년이었고 짧게는 석 달이었다. 처음 두 번은 집에 돌아온 후 아버지와 크게 싸웠다. 그때 지영은 아버지가 견에게 호통을 쳤다는 말을 믿을 수밖에 없었다. "도대체 말이 안 되는 짓이야. 도대체가…… 당신은 엄마잖아. 어쩌려고…… 도대체가…….”

아버지는 도대체 외엔 할 수 있는 말이 별로 없었지만, 목소리는 크고 말투는 단호했다. 그런 아버지에 비해 엄마의 언변은 나지막하지만 현란하다고 할 수 있었다. 사실 아버지가 아흔아홉 번이나 도대체를 더듬더듬 소리치는 동안 엄마는 한마디도 대꾸하지 않았다. 다만 마지막에 대꾸했다.

“나를 당신의 아내가 아니라 큰딸로 봐주면 안 될까? 우린 이제 너무 달라졌잖아. 그리고 내가 이렇게 된 건 전부 당신 탓이잖아. 알잖아, 당신도.”

지영은 계단참에 숨어서, 아버지는 엄마 바로 코앞인 식탁에 앉아서 엄마의 당당한 해방선언 같은 그 말을 들었다. 엄마의 그 말을 끝으로 아버지는 두 번 다시 엄마에게 소리치지 않았고, 지영은 신세계가 도래하는 것을 느꼈다.

사실 아버지와 엄마의 나이 차가 여덟이었는데, 아버지가 다리를 다친 후엔 그 차이가 더 커 보였다. 지금 바로 이 시점에서는 진짜로 나이 같은 건 중요하지 않았다. 하지만 아버지의 아내이자 지영의 엄마인 한 여인은 다른 세계에서나 통할 법한 말을 내뱉으며 제멋대로 살겠다고 선언한 셈이었다. 그건 누구에게도 대답이나 동의를 구하는 말이 아니었다.

지영은 학교에서 아이들이 엄마에 대해 수군거리는 말에 귀를 닫았다. 그렇다고 들리지 않는 것은 아니었지만 말이다. 망나니

재벌과 바람이 났다거나 그 망나니에게 버림받고 섬에서 늙은 뱃
놈과 살림을 차렸다는 등의 소문들. 지영은 그게 사실인지 확인
하고 싶지도 않았다. 이미 그런 일들이 지영에겐 중요하지 않았
다. 악몽에 시달렸지만 말이다. 차라리 씁쓸한 자조감에 잠겨 들
었다. 지영네 가족이 불행한 건 당연하다고, 검은돈으로 먹고살
았으니 가족 중 누구든 벌을 받아 마땅하다고 생각했다.

하지만 아버지는 욕을 할 수 없을 만큼 성실했다. 엄마가 없는
동안 우렁각시처럼 집안일을 열심히 하여 지영을 돌봤고, 옥상에
1인용 작은 창고를 짓고 그곳에서 밤을 지새우기도 했다. 그러다
엄마가 집에 돌아오면 아버지는 가끔 엄마 곁에서 웃기도 했다.
그뿐이 아니었다. 둘이서 옷을 잘 차려입고 영화를 보러 가거나
새길로 드라이브를 가기도 했다. 도대체 두 사람은 뭔가. 아버지
는 엄마가 다시 가출할 것을 모른단 말인가. 아니면 정말로 엄마
를 큰딸로 생각하는 건가. 지영은 도저히 이해할 수 없어 둘을 지
켜보기만 했다.

가끔 수학 문제가 잘 풀리지 않는 밤이면 고개를 들어 창밖을
바라보았다. 수많은 별 사이의 검은 하늘에 희미한 점처럼 아버
지가 앉아 있었다. 아버지를 생각하면 한 가족의 가장이자 지구
에 사는 인류 중에 하나라는 그런 개념을 떠나, 모든 생명 있는
것에 대한 안쓰러움이 지영의 몸과 마음 어딘가에 내려앉아 쌓이
는 것 같았다.

그 마음이 감당할 수 없이 커지면 옥상에 올라갔다. 아버지 옆에 앉아 아버지를 생각했다. 넓은 허공에 틈새보다 작은 공간을 차지한 아버지. 여기 앉아서 아버지가 하는 일은 대체 뭔가. 엄마로 대표되는 누군가를 기다리는 건지 저택을 감시하며 사장 할머니를 지키는 건지 혹은 존재의 힘겨운 바퀴를 굴리는 건지 헷갈렸다. 그래서 지영은 아버지 곁에 앉아 있는 게 슬프지만 좀 낭만적으로 여겨졌다. 아버지가 옥상에 올라 길거리를 향해 앉기만 하면 엄마를 기다리는 것처럼 보이기도 했다. 엄마가 아래층에 있는데도 그랬다.

그건 지영도 마찬가지였다. 옥상에 있으면 많은 일이 다른 세상의 것처럼 여겨졌다. 그런 생각이 들면 기분이 묘했다. 엄마가 말했듯이 세상 모든 것은 변하는 게 당연했다. 그렇다는 것을 머리로는 이해했는데, 다른 느낌, 그러니까 표현할 수 없는 어떤 상실감이 무게나 색을 가진 물건처럼 지영의 어깨로 내려앉았다. 그 상실감은 사십오억 년이 넘는다는 지구의 역사보다 더 무겁게 여겨졌다. 그러니 인류라는 종의 모래알보다 작은 하나인 엄마는 말썽을 좀 피워도 괜찮다는 생각이 들었다. 지영 자신이 아버지나 엄마를 미워하는 것도. 전부 다 하찮았다.

하지만 사회와 윤리적인 면에서는 부끄러웠다. 사람이란 다만 존재하고 시간의 흐름에 이리저리 흔들리는 것일 뿐이라는 게 혐오스럽다는 생각을 떨치려 했지만, 지영의 마음에 자리 잡은 공허감이 덜어지지는 않았다. 그건 목이 마른 느낌이나 울음이 터지기 직전의 상태와 비슷했다. 지영은 그 모든 마음의 흔들림을 열심히 더 열심히 공부하는 것으로 메우려 했다. 하지만 그것은 노력하는 것으로 전부 해소되지는 않았다. 옥상을 어슬렁거리는 것으로 답답한 마음이 가라앉지 않으면 지영은 길거리로 나와 무작정 걸었다. 밤이건 새벽이건 가리지 않았다.

그런 새벽의 어느 산책길에서 옆집 애를 만났다. 수능을 앞두고 있었다. 커다랗게 높은 담과 원목과 청동 대문이 이어지는 언덕을 오르던 중이었다. 골목에서 몇 번 마주친 아이, 지영만큼이나 혼자인 아이, 같은 학교에 다니지만 서로 아는 척을 하지 않는 아이, 엄마만큼이나 사람들의 입방아에 오르내리는 아이였다. 재벌이 밖에서 데려온 자식이자 나이 많은 형에게 자주 두들겨 맞는 혁. 지영은 그 애와 눈이 마주치자 고개를 돌리고 가던 길을 재촉했다. "지영아" 혁이 불렀지만, 그의 목소리로 들리는 제 이름이 무척 낯설게 들렸다.

사실 이 동네에 사는 또래가 길에서 지영의 이름을 부르는 일은 없었다. 학생이 드물기도 했지만 대부분 승용차를 타고 다녔다. 그래서 울적한 기분이 들면 산책하기에는 더할 수 없이 좋은 동네였다. 낯설지만 낯설지 않은 곳. 아무도 방해하지 않았던 골목길을 혁은 지영 곁에서 나란히 걸었다. 지영은 혁이 우연히 그 시간에 그곳을 지나가는 길이라 곧 헤어질 거로 생각했다.

하지만 혁은 자신이 일하는 곳에 같이 가자고 말했다. 그냥 지영의 소매를 가만히 당기는 것 같은 권유. 지영과 꼭 그렇게 자주 마주치기도 하고 그래 왔던 것처럼 아주 자연스러웠다. 낯선 일 투성이였다. 그 새벽에 지영은 왜 혁을 따라 신문 배달을 하게 됐는지 설명할 수는 없다. 다만 그 산책에서 지영은 아버지에 대해 새로운 이야기를 알게 되었고, 혁이 지영에게 결코 잊을 수 없는 사람이 된 것이었다.

혁의 말에 의하면 대기 씨는 혁에게 생명의 은인이었다. 눈이 많이 내린 어느 날 혁은 형에게 엄청나게 맞은 후 정원 구석에서 죽어가고 있었는데, 그 순간 혁을 살려준 사람이 대기 씨였다. 당당하게 초인종을 누른 후 다리를 절룩이며 정원을 가로질러 와, 혁을 단단히 부축해서 병원에 데려갔다는 것이다. 대기 씨는 혁의 형에게 정신이 번쩍 들도록 조용히 말했다. 자신은 이곳에 다녀간 적 없으니 이 모든 일을 발설하지 말라고.

이 동네가 그런 곳이었다(시끄러운 것은 무척 시끄러워지고, 조용한 것은 아무도 모르는 일이 되는 곳). 이후에 혁의 형은 배다른 동생에게 더 이상 주먹을 휘두르지 않았다. 혁이 잔혹한 농담 같은 말 뒤에 덧붙였다.

"요즘 네 아버지가 시도 때도 없이 옥상에 나와 계시더라. 네 산책이 이유였어. 몰랐지?" 지영은 어느 날부터 절대 옥상을 올려다보지 않는다는 것을 혁에게 말하지 않았다. 혁의 말이 사실인지 확인하지도 않았다. 하지만 지영은 아버지가 주변과 관계를 맺는 그런 조용하고 은밀한 방식, 정말 그것만은 마음에 들었다. 신문 배달 후 돌아오는 길에 혁은 지영을 자신의 생일파티에 초대했다.

결과부터 말하자면 그날 파티는 엉망이었다. 혁의 친구들은 엄마의 가십에 자주 등장하던 집안의 아이들이었다. 그들 몇의 태도로 보아 지영 또한 그들에겐 가십의 추잡한 주인공이었다. 지영은 자신을 보고 눈짓을 주고받으며 키득거렸던 애들이 마음에 들지 않았고, 그들도 지영의 등장이 싫은 듯했다. 술에 취하자 지영에게 부모님의 안부를 악의적으로 묻는 아이가 있었고, 남자애들 둘이 지영에게 억지로 술을 먹였으며 지영을 집적였다. 급기야 한 애가 지영의 가슴을 만졌고 지영이 둘에게 술을 끼얹었다(한 자식이 지영과 지영의 엄마를 대놓고 빗댔지만 왜인지 그때 지영은 아버지를 떠올렸다).

지영은 집에 돌아가야겠다고 생각했는데, 너무 늦게서야 했다. 지영은 술을 이기지 못했다. 알코올을 분해하지 못하는 체질까지 아버지를 닮았다니. 한마디로 지영이 혁의 파티를 망친 셈이었다.

지영의 자존감이 낮아서 벌어진 일은 모두 부모님 탓이라 생각되었다. 대학교에 입학하자 지영은 아르바이트하는 걸로 집에 있는 시간을 줄였다. 도서관에서 공부하고 일을 하면 독립하는 것과 같을 것이고 그렇게 되면 지영은 누구에게도 꿀리지 않을 거였다. 공부와 일, 둘 다 완벽하게 해낼 작정이었다. 넉 달이었다. 겨우 넉 달이 지나지 않아 지영은 도서관에서 졸았고, 일터에서는 한심하게도 사소한 실수를 연거푸 저질렀다.

그뿐이 아니었다. 일하면서 맞닥뜨린 별별 사람과 별별 상황들. 지영네 동네의 가십에 등장하던 것과 같은 사람들도 만났다. 지영은 유치하고 치사하며 비열하고 비겁한 어른들이 의외로 가까이 널려 있는 것에 놀랐다. 한동안 환과 멸에 휘둘렸다. 그리고 산다는 것이 모욕을 견디는 일이라는 것을 수긍할 수밖에 없었다. 생존이 가장 중요하다는 것도. 어떻게는 정말 나중의 문제였다. 그래서 밀쳐 두고 싶었다. 하지만 아무리 피로하고 이건 아니다 싶어도 다른 방법을 몰랐기에 지영은 그냥 버텼다. 공부와 일, 둘 다 서서히 무너져 가고 있는 것을 아득하게 느끼며.

지영은 혁을 피했지만 자주 마주쳤고 둘은 친구로 지냈다. 하지만 결국 그들이 가는 길은 집의 크기만큼이나 달랐다. 혁이 지영에게 유학 가자고 제안했다. 새로운 길로 난 문을 열어 주듯이. 지영은 상냥하지만 단호하게 거절했다. 그렇지만 혁은 지영이 잊지 못할 멋진 말을 남겼다. 혁은 지영이 자신의 거울 같다고 말했다. 부모님을 미워하면서, 형에게 맞아 죽고 싶던 자신처럼 더 낮은 곳으로 침잠해 사라지고 싶은 것과 같은 상태의 지영을 이해했다.

"사람은 가정환경이 나쁘거나 마음이 괴로워서 비뚤어지는 게 아니야. 우리가 미워하는 사람들이 바라는 게 뭔지 잘 알아서이지. 너의 의지가 그 사람들의 악의에 밀려 뭉개지게 그냥 두면 안 돼. 지영아, 잊지 마."

옥상에서 혁이 없는 저택을 보고 있으면 지영의 마음 한구석이 아렸다. 이 동네에서 유일하게 지영 곁을 같이 걸었고 지영의 한계를 지우려던 사람이었다. 혁과 함께 유학길에 오르지 못하는 자신의 처지를 지영이 정확하게 안다고 해도 그런 제안을 받아 본 사람의 미래는 받지 않은 사람과 분명히 다를 것이었다. 지영은 그런 혁이 고마웠다. 혁에게 연애 감정이 있었나 되짚어보면 그건 또 아닌 듯했지만 말이다. 다만 정원에서 바람에 마구 흔들리는 나뭇잎을 보고 있으면 따스한 기분에 사로잡히는 정도의 좋은 감정은 남았다. 특히 아버지에 대해서(아버지가 늘 앉아 있는 옥상의 그 의자에 앉아 보고 싶다고 졸라 혁을 집에 들였다).

혁은 지영의 아버지가 눈썰미도 좋다고 말했다. 혁이 아버지의 스케치에 대해서 말한 건가. 아버지가 스케치북에 끄적이는 것이 대단한 것이 아니라고 지영은 혁에게 말하지 않았다. 언젠가 아버지 몰래 들춰 보고 실망했다는 것도. 유튜브를 보거나 뭔가를 그리는 일은 한자리에 오래 앉아 있는 사람이 가질 법한 취미였다. 그 스케치를 엄마는 낙서라 불렀고 아버지는 사람을 구경하는 일이라고 말했다.

대학 2년 겨울이 되자 지영은 선택해야 했다. 두 마리 토끼를 잡는 건 지영의 능력으로는 어림도 없었다. 공부에 집중하려면 아르바이트를 그만두고 아버지에게 용돈을 타 써야 했는데, 차마 입이 떨어지지 않았다. 며칠 동안 집 주변과 동네를 걸어 다니다 하는 수 없이 다시 편의점에 일자리를 얻었다. 죽을 맛이었지만 아버지를 보면 그냥 침몰하는 게 사람살이라는 생각도 들었다.

그러다 더 이상 미룰 수 없다고 생각한 어느 날이었다. 엄마가 막 집에 돌아와 있던 저녁이었다. 식사 후 지영은 제 방으로 올라가지 않고 부모님 주변을 서성였다. 그러고도 말을 꺼내지 못해 망설이다 포기하려던 때였다. 아버지가 지영에게 카드를 건넸고, 말은 곁에 앉은 엄마가 했다.

"늙어서 엄마처럼 아르바이트나 하며 살고 싶지 않다면 당장 그만두는 게 좋겠지?" 아버지도 덧붙였다. "네 엄마가 많이 보탰다."

지영은 문득 엄마가 했다던 계절 일에 대해 떠올렸다. 겨울에는 제주도에서 감귤을 따고 양파를 수확하는 철이면 내륙에서 지내며 봄에는 마늘종을 뽑는다던 일. 지영은 엄마에 대한 소문에서 가장 나쁜 말들만 골라서 새겨들었던 자신에 대해 생각했다. 우울증이었던 건가.

그렇다고 엄마에 대한 나쁜 소문의 전부가 거짓이라는 생각은 들지 않았다. 엄마의 옷차림이 차츰 수수해졌으니. 지영의 용돈을 보탰다고 엄마의 방랑벽이 완전히 잠잠해진 것도 아니었다. 엄마의 가출 그러니까 이제는 그렇게 부르면 안 되겠지만 방랑벽이 가라앉은 것은 지영이 취직을 한 후 좀 지나서였다.

지영은 대학을 졸업하기 전에 두 번, 엄마가 일하는 곳에 간 적이 있었다. 포도가 익어 가는 비닐하우스 안은 너무 더워서 아침저녁에만 일할 수 있었다. 제주도의 오름이나 산 중턱에서 봄볕을 받으며 자라는 고사리는 아주 비싸게 팔린다고 했다. 봄에도 귤을 수확하는 농장이 수두룩했다. 포도밭이건 귤 농장이건 간에 주인은 지영에게 내년에 꼭 오라는 당부를 했다. 엄마가 든든한 일꾼이라고도.

졸업 후에 지영은 지방에 취직하였고 그제야 정말로 독립했다. 그러자 부모님의 삶이 먼 데 둔 그림처럼 더 객관적으로 보였다. 그들이 살아온 시간 전체와 사소한 일상이 이미지나 실루엣처럼 혹은 몇 개의 색과 모양이 다른 테두리처럼 선명해졌다.

그렇게 추리한 내용으로 지영은 확신했다. 앞으로는 엄마가 아버지 곁에서 멀어지지 않고 꼭 붙어 있겠다는 것을. 엄마는 다시 동네의 소문을 수집했고 사람들에게 그 이야기를 전하려 돌아다녔다. 사장 할머니와 저택에서의 일은 말을 아꼈으나 대신 동네의 가십은 크게 부풀려서 사람들을 재미있게 만들었다. 아버지는 결국 해냈다. 그러니까 아버지가 자신만의 인력을 강력하게 만들어 엄마를 곁에 잡아둘 수 있게 된 것이다. 믿기지 않는 일이었다. 아버지가 옥상 대신 이젤 앞에서 한 일이었다.

사람들은 아버지가 신내림을 받았다고 수군거렸다. 보통 사람이 아니라는, 병신이 육갑한다는 뜻의 무시하는 말. 아버지를 좋게 말하는 사람은 예지력이 생겼다고 표현했다. 혹은 혜안을 얻었다고도. 그걸 가장 먼저 알아차린 사람이 사장 할머니였다. 사장 할머니가 아들인 황 회장의 죽음을 꿈을 꾸어서 알게 된 날에, 아버지도 그림 한 장을 그렸다. 황 회장의 얼굴을. 그 어느 때보다 평안에 다다른 황 회장의 얼굴 모습을 그려 사장 할머니에게 가져다주었다. 오랜 도피 생활의 피로를 떨친 아들의 아름다운 초상화를 앞에 두고 사장 할머니는 숨죽여 흐느꼈다고 했다.

"공식적으로 네 아버지는 정원사야." 엄마가 그렇게 전했다. 아버지는 대기 씨에서 정원사로 일자리 명칭이 달라져, 사장 할머니에게 월급을 받고 있었다. 사장 할머니가 사람들에게 아버지를 소개하는 목소리를 엄마가 흉내 냈다.

"우리 집 정원사예요. 미래를 보려면 내면이 상상력으로 가득 차야 합니다. 보이는 것에서 보이지 않는 정원을 가꾸는 것처럼요. 시공간을 종횡무진 가로지르는 작업이에요. 그러니 저이는 정원사가 맞습니다."

사장 할머니가 아버지에게 작업실을 내줬다. 작업실은 저택의 대문과 정원을 향해 창이 나 있었고 책상에는 CCTV도 놓였다. 엄마가 들뜬 목소리로 덧붙였다. "드나드는 사람을 가만히 보고 있다가 어느 날 영감이 떠오르면 그림을 그리는 거야. 꽤 많은 사람이 잘생기게 나온 제 사진을 아빠에게 갖다준단다. 믿기니?" 엄마는 진심으로 기뻐했다. 엄마의 허영심이 아버지 곁에서 그렇게 채워진다니 다행이었다.

지영은 열다섯 살 이후로 만난 적 없는 사장 할머니의 모습을 떠올렸다. 한때 우리나라의 검은돈 대부분을 쥐락펴락했다던 사장 할머니, 매일 아들의 평안과 다른 뭔가를 움켜쥐기 위해 제단에 촛불을 켜고 머리를 한없이 조아리는 사장 할머니, 아버지를 정원사로 곁에 두는 사장 할머니. 그런 사장 할머니에게 아버지는 어떤 사람이었을까. 아버지는 지영이 생각하는 것보다 훨씬 강한 사람일지도 모르겠다는 생각이 들었다.

혁의 표현대로라면 아버지는 엄청나게 열심히 사는 사람이었다. 가족이란 서 있는 거리가 너무 가깝기에 각자의 태생적인 모서리로 서로를 찌르기 마련이었다. 아버지는 엄마와 지영에 대해 많은 것을 알았을 것이다. 두 여자가 자신을 거부하는 심리와 그 원인을 찾아 자신을 많이 탓했을 것이다. 쓸개즙이나 위 점막이 음식물을 흡수하듯 엄마와 지영이 준 마음의 상처를 받아들여 제 방식대로 흡수한 아버지. 싸울 대상을 외부에서 만들지 않은 아버지는 자기 자신과 필사적으로 대결한 셈이었다.

아버지가 초상화를 그려 준 몇 사람의 미래가 실현되었다. 어떤 사람에게 아버지는 브레이크 노릇을 했다. "현재 모습입니다. 행복해 보이지요. 더 이상 투자하지 마세요." 그 사람은 아버지의 말이 마음에 걸렸다. 그는 자신의 생각을 수정해 원래 하려던 금액의 반만 투자했다. 그러니 반만 날린 걸 감사하게 됐다.

또 다른 사람은 십 년 후의 모습이라는 행복한 표정의 초상화를 받아 갔다. 그 사람은 자살하려던 생각을 바꿨다. 그렇게 아버지는 옥상에서 아래를 내려다보는 대신 드넓은 시공간과 하얀 종이를 앞에 두고 세상과 사람을 구경하고 있었다.

이후에 지영은 집에 들르면 옥상에 올라가 아버지가 앉았던 자리에 서 보았다. 아버지의 눈으로 많은 것을 보려고도 해보았다. 문득 아버지가 그렸다던 황 회장의 아름다운 얼굴 모습이 짐작되었다. 그 얼굴은 아버지가 의식 너머에서 염원을 담아 찾은 황 회장의 모습이었을 것이다. 그렇다면 아버지 자신은 어떤가. 아버지는 마지막에 자신이 어떤 모습으로 기억되고 싶은지도 분명히 알게 되었을 것이다. 그 자화상을 꿈꾸는 동안에 아버지는 누구보다 깊이 불행했으며 또한 행복했을 것이다.

지영은 이제 다른 방식으로 죽도록 노력해야 했다. 아버지를 닮으려면.

한밤의 세마젠

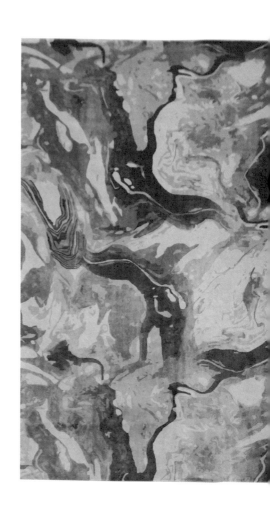

한밤의 세마젠

우리, 그러니까 고3 남자애 다섯 명이 모였다. 모두 모인 건 거의 몇 달 만이었다. 우리는 이태원의 골목에 둥글게 모여앉아 시시덕거리며 게임을 했다. 삼육구삼육구. 모두 팔을 니은 자로 굽힌 채 자신의 옆구리를 두들겼다. 삼육구삼육구, 구령은 속으로 외우면서. 원래 1, 2나 4, 5 등의 숫자는 소리 내어 외치고 3, 6, 9에만 손뼉을 치는 게임이지만 우리는 모든 숫자를 음소거해 입만 벙긋거렸다. 손뼉도 헛손질로 대신했다. 모두 얼굴이 땀에 젖어 번들거렸고 표정이 희극배우 같았다.

우리가 한여름 길거리에서 이런 쇼를 하는 건 미인 때문이었다. 미인의 뒤를 밟으려고 모였다 보니 우리는 이상한 침묵과 열기에 휩싸였다. 말없이 눈만 끔뻑이거나 눈썹을 치뜨고 입과 손발만 크게 움직였다. 미인은 아직 버스에서 내리지 않았다. 그녀는 파파존 피자가게 앞 정류소에서, 이태원을 지나는 버스가 그렇듯이 북적이는 승객들 틈에 끼어 탑승구에서 내릴 것이다.

우리는 미인의 눈에 띄지 않으려 골목에 들어왔다. 골목 안은 에어컨 실외기가 뱉어내는 열기가 가득 차 있어 더 더웠다. 한 애가 1.5리터들이 생수를 사 오자 돌아가며 마셔 단숨에 비워버렸다.

나는 왜 남식의 말에 동의했을까. 남식이 미인을 미행한 게 일곱 번이라고 했다. "왜 그랬니?" 누군가 묻자 남식은 어물거렸다. 남식이 큰 눈을 끔벅이기만 하고, 제 마음을 전하지 못하는 동안 내 생각도 변했다. 그까짓 계집애를 왜 따라가서? 정말 알고 싶다로. 궁금한 건 남식 쪽도 마찬가지였다. 일곱 번이나 따라가 본 후에 우리를 끌어들였다면 분명 남식은 미인과 무슨 연관이 있을 것이다. 아니면 혼자 감당할 수 없는 어떤 감정에 휩싸였고, 오늘 우리와 같이 다니면서 그 감정을 해석하고 싶거나.

친구들이 하는 짓을 보고 있으니 서바이벌 게임이 떠올랐다. 최소한의 규칙만 있는 공간에서 적을 피해 살아남는 게임이었다. 적은 아군 안에 숨어 있기 때문에 모두를 조심해야 했다. 오늘 우리의 미행이 그와 비슷할 듯했다. 미인이 우리 공동의 적이 돼 공격을 받을 수도 있을 것이다. 아니라면 우리 내면에 침잠해 있던 분노나 슬픔이 뒤틀려 터져 나오면서 우리 자신을 공격하든가. 그런 이상한 예감이 들었다.

미인이 이슬람사원으로 가는 오르막에 들어섰다. 우리는 고양이처럼 따라가다 오르막 기슭에서 머리통을 맞댔다. "지금부턴 열나게 걷는다. 각오해." 남식이 빨대가 꽂힌 슬러시를 한 컵씩 건네며 속삭였다. 우리는 환전소 앞을 지나는 미인을 힐긋거리며 슬러시를 삼켰다. 불쑥 행동대장이 주먹을 꺼내 쥐고 흔들었다. 미인이 마음에 들지 않는 짓을 하면 가만두지 않겠다면서. 행동대장의 말에 돌멩이를 주워 주머니에 넣는 친구가 있었다.

우린 미인을 다섯 발짝쯤 앞세웠다. 이태원의 동남쪽은 번잡했다. 대사관 거리엔 가봤어도 여긴 처음 와 본다는 한 친구의 말에 몇이 고개를 끄덕였다. 이슬람 거리에선 맵고 꼬리한 향신료 냄새가 났다. 거리엔 상점이 즐비했고 특이한 샛골목도 많았다. 간판의 글씨체는 라면을 부수어 붙인 것 같았다. 이국의 검거나 흰 피부의 사람들이 떼로 몰려다녔고, 음식점 앞에는 길게 줄을 서 있었다. 그들이 뱉어내는 귀선 말소리와 자동차 클랙슨 소리, 사막을 건너온 아라비아의 노랫소리를 가르며 오토바이가 지나갔다.

미인은 바닥에 줄금이 있어 그 금을 밟고 가는 듯 일정한 속도로 걸었다. 미인을 미행하는 건 거리를 걸으며 슬러시를 들이키고 손풍기를 쐬듯 쉬운 일이었다. 우리는 노점상이 펼쳐놓은 이국의 물건들을 흘깃거렸다. 금색 히잡을 쓴 인형과 악마의 눈알이 크게 박힌 하늘색 열쇠고리, 터키제 목각인형 등에 혼을 빼앗겼다, 문득 고개를 들어 두리번거렸다. 그럴 때마다 우리와 미인 사이엔 터번을 두른 아랍인이나 키 큰 흑인이 끼어 있곤 했다.

가게 몇 군데를 들렀다 나온 미인이 애견숍 앞에 서 있었다. 강아지 몇 마리가 미인을 향해 달려들었지만, 유리 벽에 가로막혀 헛발질을 해댔다.

"쟤는 커서 같아." 한 애가 말했다. 거리에 흰색 옷을 입은 사람이 많아서일까. 아래 윗옷 전부를 검은색으로 입은 미인이 화살 좌표처럼 보였다. 막대기처럼 길쭉한 커서.

미인이 아랍풍의 공예품 가게에 들어가 있는 동안 우린 옷가게 앞에 몰려섰다. 전면을 틔운 가게였고 길거리까지 에어컨 바람이 불어왔다.

"연예인이다!" 누군가 소리쳤다. 친구 둘이 사람들 무리로 달려갔다. 개그맨의 웃음소리가 골목을 휘돌아 사라졌다. 한 애가 이태원에서 연예인을 만나는 건 예사라고 전했다.

사람들이 흩어지며 몇몇이 공예품 가게로 다가왔다. "영화배우다!" 이번엔 사람들이 미인에게로 몰렸다. 미인은 가게에서 나오다 사람들에 가로막혔다. 문턱에 선 채 에어컨 바람결 따라 머리카락을 흩날리며 사람들을 내려다보았다. 미인의 눈길은 묘했다. 애견센터에서 자신을 향해 날뛰는 강아지를 볼 때와 같았다. 사람들은 웅성거리다, 요동 없는 미인의 표정에 뒷걸음을 쳤다.

믿을 수 없었다. 나는 이제까지 미인이 예쁘다는 데 동의한 적이 없었다. 하지만 사람들을 바라보던 박제 같은 표정이라니. 머리카락을 쓸어 올리고 고개를 돌리지만, 눈길은 주변 사람을 비껴 있는 것처럼 보였다. 인형 같은 동공이라니. 달싹이지 않는 입술은 또 어떤가. 그녀의 코와 입은 물론 눈동자까지 얇고 투명한 가면으로 덮인 듯했다. 감정 한 조각조차 내보이지 않는 무표정한 인형 같았다.

나는 L 시네마 앞에서 영목과 함께 있던 미인을 떠올렸다. 그때의 미인이 눈앞의 사람과 동일인이라고 생각되지 않았다. 지금 미인은 사람들이 제 표정에 놀라 뒷걸음을 쳐도 아무렇지 않은 것 같았다. 하지만 영목이 자신을 여자 친구라고 소개하자 미인은 수시로 얼굴을 붉혔다. 거리에 번쩍이던 네온 불빛이 어린 게 아니었다. 새하얀 피부색이라 붉은 볼이 더 선명했던 기억이 난다. 그날 미인은 조용히 자주 웃었다.

나와 영목은 초등학교 3학년 때부터 붙어 다녔다. 오늘 모인 다섯 중 두 명이 중학교 동창이었고 나머지 둘은 고등학교에 와서 뭉친 친구들이었다. 애들은 자기들 동네 피시방에서의 에피소드와 다른 동네로 가서 했던 원정 게임, 그곳에서 만났던 친구들을 떠올려 얘기를 주고받았다. 컴퓨터 사양이 좋은 곳으로 게임방을 전전했던 아이들의 이동은 유목민이 초지를 찾아다닌 것과 흐름이 비슷했다. 친구들은 게임 유랑의 역사를 떠벌렸지만 영목의 이름을 절대 입에 올리지 않았다. 그건 그들이 누구보다 영목을 많이 생각한다는 증거였다. 명심하여야 피할 수 있으므로.

영목이 죽고 난 후 미인의 이름은 함부로 불려졌다.

이른 아침 경비원이 숨죽여 전한 소식은 교장실과 화단의 바위틈에서 시작돼 어둡고 축축한 장마의 빗줄기 뒤로 숨었다. 하지만 그건 잠시였다. 임시휴교령이 내려진 학교를 기웃거리는 사람들이 많았다.

곧 학교 전체가 영목에 대한 안타까움으로 술렁거렸다. 파도가 깊은 바다에서는 빠른 시간에 큰 물결을 일으키지 못하듯, 한동안 감정의 파편들은 제각각 표류했다. 그러다 아이들은 곧 급훈까지 한목소리로 손가락질을 했다. '공부 잘하면 애인 얼굴이 바뀐다' 대체 저게 뭔가. 저까짓게 무슨 소용이란 말인가.

미인과 미인 부모님의 신상 명세가 인터넷과 카톡을 통해 마구 털리고 훼손됐다. 미인은 제 이름 때문에 더욱 추하게 각색되었다. 미인의 이름이 쌍욕과 함께 책상이나 구석진 담벼락에 새겨졌다. 얼굴과 알몸이 아이들의 교과서 한 귀퉁이나 노트와 화장실 문과 벽에 그려졌다. 두툼한 입술과 큰 가슴, 벌린 가랑이에 박아 놓은 막대기……. 그림 속의 여자는 미인과 닮지 않았음에도 미인이라 이름 붙였다.

미인이 학교를 그만두고 이민을 갔다는 소문이 돌았다. 시간이 지나면서 아이들이 영목의 이름을 부르는 횟수가 줄었다. 어쩌다 그때 일이 화제에 오르면 이야기는 영목을 당장 비껴나 미인에게 옮겨갔다. 카더라 통신으로 전달되는 미인은 야동 속 베이글녀와 일본만화의 천박한 계집애와 동일시됐다.

나도 처음엔 아이들과 함께 미인을 원망하고 흉을 봤다. 하지만 영목이 미인을 대했던 지순한 마음이 떠오르면 난잡한 그림 앞에서 마냥 통쾌할 순 없었다. 아이들이 미인을 난도질하는 것이 영목을 모욕하는 것처럼 여겨져 불쾌했다. 영목의 첫사랑이 처참하게 바스러지는 시간은 내 가슴속에 켜켜이 쌓였다. 그렇게 가을이 지났으며 눈이 내렸고 다시 여름이 왔다.

영목은 단순히 뛰어난 애가 아니었다. 공부 잘하는 것을 으스대지 않았고 학원에 다니지 못하는 것을 부끄러워하지 않았으며 성적에 연연하지 않았다. 친구와 준비물을 나눠 썼고 모둠학습에서 어려운 부분을 도맡았다. 또 누군가 발표를 하겠다면 자신은 뒤로 빠지고 친구의 발표가 돋보이게 도왔다. 초등생 때부터 그 모든 것이 자연스러웠다는 게 말이 되는가. 영목의 방에는 표창장과 상장이 벽과 천장을 두르고도 남았다. 그런 영목이었다.

미인은 뒤 한 번 돌아보지 않고 곧장 이슬람사원으로 갔다. 우리는 아치형 타일로 장식한 입구를 지나 모스크에 들어섰다. 사원 안은 입구 장식에 비해 좁았다. 건물은 3층 높이였지만 반 이상이 숨겨진 꼴이었다. 개방하지 않은 내부는 우리의 시각이 없는 것처럼 여겨서인지 더 좁아 보였다.

예배당 안내문에 비신도는 들어오지 말라고 적혀 있었다. 방문객이 어슬렁거릴 데라곤 1층 옆면 기둥들 사이의 회랑과 2층 예배당 앞에 계단참, 그리고 손바닥만 한 정원뿐이었다. 우리는 넝쿨 식물이 그림자를 드리운 벤치에 모여 앉았다. 사원 안에서는 미인을 따라다니는 게 아니라 피하는 전략이 필요했다. 그만큼 좁았다.

"이슬람에는 크게 두 개의 종파가 있습니다." 종교해설가가 아줌마 무리를 향해서 하는 설명이 우리 귀에까지 들렸다. "순니파와 시아파로 나뉘지요. 전통적인 코란의 계율을 따르는 종파가 순니파입니다. 무슬림의 대부분이지요. 시아파는 성직자의 권위를 높이 칩니다."

아줌마 하나가 해설사의 설명에 끼어들었다. "수피파는 평화주의 종파라면서요?"

아줌마가 두 팔을 벌린 채로 제자리에서 도는 시늉을 했다. 해설사가 말을 이었다. "종파라고 말하기는 그렇지만……. 그래요. 수피즘은 춤과 노래로 하나님과 직접 교통하려는 신비주의가 바탕에 깔려 있지요. 사람의 심리처럼요. 이렇게, 오른손바닥은 하늘로 펼치고 왼손바닥은 땅을 향합니다. 하늘에 있는 신의 은총을 영혼과 육체를 통과시켜 세상에 옮기려는 동작이랍니다."

"나 저 사람이 얘기하는, 저 춤 본 적 있어." 한 친구가 말했다.

친구는 터키에 다녀왔으며 그곳 무대에서 공연하는 춤을 봤다고 했다. 우리가 춰보라고 하자 친구는 고개를 저었다. 저렇게 양팔을 벌리고 빙글빙글, 몇 시간씩 돌기만 한다고 했다. 우리가 캐묻자 친구는 모자가 독특하다는 말만 했다.

"똑똑한 지식인한테 물어봐라." 귀차니스트가 말을 툭 던졌다. 터키, 춤으로 검색을 하자 밸리댄스가 압도적으로 많았다. 우린 여자가 배꼽을 드러낸 채 추는 밸리댄스를 보며 낄낄대다 주위 사람들의 눈총에 동영상을 껐다.

행동대장이 예배당에 들어가 보자고 말했다. 평소 같으면 사소한 금기를 깨는 일이나 개구쟁이 짓에 따라나설 테지만 아무도 대답하지 않았다. 오늘 우리가 이곳에 온 이유를 알아서였다. 미인이 무슬림이더냐고 한 애가 물었다. 남식은 고개를 저었다.

우린 2층 층계참에 서 있는 미인을 쳐다봤다. 저녁 빛이 비쳐 예배당의 회벽이나 유리문에 노을빛이 어렸다. 배경색이 사람이나 사물보다 더 밝아서 미인이 일렁이는 검은 덩어리로 보였다. 알라를 믿지 않는다면서 쟤는 왜 토요일마다 사원에 들르는 걸까. 학원 근처라서 구경삼아 오는 걸까.

나는 귀찮았다. 애들이 예배당 구경 가자는 것을 거절하고 벤치에 기댔다. 벤치는 예배당의 맞은편 구석에 있어 사원 전체가 한눈에 보였다. 나는 미인이 아래로 내려오고 친구들이 교대하듯이 계단참으로 올라가는 모습을 지켜봤다. 애들이 예배당으로 상

체를 깊숙이 집어넣는 것과 미인이 1층 건물의 기둥 사이를 거니
는 것도 봤다. 나뭇잎에 가려져 상반신만 보이면서. 미인 너머로
노을이 물러가고 어스름한 저녁 빛이 몰려오고 있었다.

　잠깐 졸았던가. 친구들이 돌아와서 작은 목소리로 떠들었다.
생각보다 안이 넓고 천장이 높더라고 했다. 문양과 글자들이 정
면 벽에 빽빽이 장식돼 있었고 그 중앙에는 돔형의 홈이 파였다.
"무슬림은 그 홈을 향해 기도한대. 메카를 향해." 메카는 아랍 종
교의 성지며 아담과 이브가 살았던 사막의 오아시스라고 했다.

　한 애가 예배당 풍경을 묘사했다. 크고 넓은 바닥에 열을 지어
엎드린 남자들의 엉덩이가 빨간 카펫에 엎어놓은 호박처럼 보였
다나.

　"그들의 등을 향해 샹들리에가 내려뜨려져 있었어. 샹들리에
는 줄이 보이지 않을 만큼 높은 곳에서 내리꽂히듯이 늘어뜨려졌
지. 사람들의 머리를 내리쳐서 박살 낼 것처럼 아슬아슬하게."

　나는 애들이 얘기하는 어깨너머로 미인과 행동대장이 동시에
계단참에 오르는 것을 보고 있었다. 미인은 계단참에 오르자 난
간에 기대 한강을 내려다봤다. 한참 움직이지 않을 것 같은 느낌
을 풍기며. 그에 비해 행동대장은 예배당으로 들어갔다. 그래야
행동대장이지. 그걸 알아차린 애는 없었다. 나는 속으로는 낄낄
댔지만, 친구들에겐 아무 말도 해주지 않았다.

한 녀석이 집에 들렀다 와야겠다며 제 엄마한테서 온 문자를 보여줬다. 열 통도 넘는 문자의 요지는 집에 와서 저녁 먹으라는 말이었다. 독서실 끊어버리겠다는 협박성 으름장에 우리는 여기가 독서실이냐며 녀석의 머리통을 쥐어박았다.

우리 엄만 내가 밥 조금 먹으면 화낸다. 그 애는 웃으며 말했다. 뱃심으로 공부하는데 밥 적게 먹는 건 공부 안 하겠다고 반항하는 것처럼 보인다나. 웃기지? 다른 애가 그 말을 받았다. 주말에 아빠를 만나면 시리즈물 드라마에서처럼 그 전 주와 다른 듯 비슷한 일이 되풀이 된다고 말했다. 육해공 식단으로 외식을 하고 조심스런 격려에 이어 결국 성적으로 이어지는 잔소리. 친구는 일주일 치의 잔소리라고 했다. 끼니를 챙기듯이 잔소리도 빼먹으면 부모 노릇을 못 한 듯이 생각하는 것 같다고. 집에 다녀오겠다던 친구가 나도 이걸로 잔소리거리 주지 뭐, 하고 중얼거리더니 집에 가는 것을 포기했다.

그런데 니들은 무슨 말로 학원 빼먹었냐? 그 말을 다른 애가 받았다. 무슨 말이긴, 뜨겁고 새빨간 거짓말이지. 우리는 낄낄대다 얼음 놀이 때처럼 모든 동작을 정지했다. 미인이 우리 옆으로 다가왔다. 우리는 숨이 멎을 정도로 긴장했는데 미인은 그저 바람처럼 무심히 우리를 지나쳤다. 그러고 보니 부채를 부치고 손풍기를 서로의 얼굴에 들이대거나 사원의 수돗가에서 세수를 한 우리와 달리 미인은 땀 한 번 닦지 않았다. 하얗고 창백한 얼굴은 햇빛에 익지도 않았다. "얼음 마녀 같아." 한 아이가 나직이 중얼 거렸다.

미인은 흰옷을 입은 무슬림 사이를 천천히 지나쳐 계단을 다시 올라갔다. 그러고 보니 사원이 사람들로 그득했다. 미인은 사람들이 복작대는 계단참에서 정물처럼 선 채 우리에게 뒷모습을 보이고 있었다. 좀 지나자 미인과 우리 같은 관광객을 제외한 사람들은 모두 예배당으로 들어갔다.

행동대장이 우리에게 다가오며 고개를 절레절레 흔들었다. 그 몸짓에 남식을 제외한 셋이 손가락질을 하며 작은 환호를 내질렀다. 해냈구나, 하는 호기심 어린 감탄과 못 말리는 놈이라는 제스처였다.

"한마디 하지 않는데도, 그거 알지? 비신도인 걸 옆에 있던 한 사람이 먼저 알아차리는 거야. 눈빛이 달라지는 걸로. 그러자 검은 물감이 번지듯 내 주변 공기가 싸늘하게 변했지, 아주 험악하게. 저 사람들 큰 눈총에 내가 튕겨 나왔잖아."

우리는 낄낄대다 문득 떼로 웅얼거리는 소리를 들었다. 남자 여럿이 동시에 저음으로 내는 목소리가 묘하게 울려 등줄기를 타고 몸으로 흘러들었다. 우리는 몸을 한번 부르르 떨고 난 후 자세를 바로 했다.

한 애는 저 소리가 엄마가 새벽마다 읽는 금강경 독송과 비슷하다고 했다. 산스크리트어를 중국어로 번역하고 그것을 한글로 직역한 경이었다. 몇 번이나 들어도 분명한 뜻을 알 수 없는 그래서 신비한 주문 같은 기도. 잠에서 깰 무렵에 듣는 독송 소리는 밤과 낮의 어중간한 시간처럼 인간과 신의 세계가 기이한 음률로 이어진 것 같은 특별한 느낌을 줬다. 초월적인 기운이 엄마의 목소리에 실려 마음에 훅 박히는 날도 있다고 했다. 그렇게 신비로운 기도가 아들의 성적 향상에 바쳐진다니. 친구는 개그맨을 흉내 내 두 팔을 쳐들었다. 성적을 관장하시는 신이시여, 가련한 제 어머니의 기도를 들어주소서! 우리는 친구의 팔을 잡아당겨 내렸다.

다른 친구의 할머니는 손자 친구들이 집에 오면 현관에서 물을 한 모금씩 먹였다. 몇 번 와본 애들은 할머니가 안 보이면 인사 대신 목마르다고 소리를 쳐 할머니를 불러낸다고 했다. 그런 미신을 지켜 할머니 마음이 편하다면야 못할 것도 없다고 했다.

터키에 다녀왔다는 친구가 말을 꺼냈다. "옛날 오스만투르크에는 새로운 오스만이 즉위를 하는 예식에서 앉는 자리가 있었대. 오스만의 의자는 바닥에 고정돼 있어. 의례가 시작되면 오스만이 그 의자에 앉겠지. 그러면 천장에서 쇠공이 드리워진대. 쇠공은 둥근 공이지만 아래로 갈수록 느낌표처럼 완만하게 가늘어져 그 뾰족한 부분이 오스만의 정수리를 향하지. 오스만이라는 황제여, 너의 머리 위에 하늘이나 신 혹은 백성이라는 이름의, 너 자신보다 더 강하고 고귀하며 용서를 모르는 쇠공이 있다는 것을 명심하라. 경고하는 거라네."

그게 뭐냐? 덥다. 진지한 분위기가 어색해 농담하다 우리는 순간 모두가 입을 다물었다. 주변을 미묘하게 흔들던 소리의 울림이 달라져서였다. 이슬람 거리로 순간 이동을 한 것처럼. 나는 살면서 소리가 이렇게 실감 난 적이 있었던가, 생각했다. 그런 생각은 예배가 끝나 사람들이 한꺼번에 몰려나오고 미인을 놓칠 뻔하자 곧 잊어버렸다.

미인은 파파존 버스정류장으로 되돌아가지 않았다. 대신 반대편 언덕을 넘어 구불구불한 길을 걸어 주택가 골목을 누볐다. 나는 문득 우리가 떼로 몰려가는 철새 같다는 생각을 했다. 미인이 이끄는 대로 뒤따라가는. 누군가 미인이 향하는 길에 학교가 있다고 말했다. 학교라니. 결국, 영목으로 되돌아오는 게 우리 길이었구나, 생각했는데 그게 아니었다. 남식의 말에 의하면 미인은 자기 집으로 돌아온 거라고 말했다. 곧 레스토랑에도 간다고도.

쟤, 누구랑 만났네. 미인이 남자애와 길거리에 마주 보고 섰다. 아까 주머니에 돌멩이를 넣었던 친구가 그걸 꺼내 보였다. 웃으며. 그 섬뜩하게 웃는 표정이라니. 나는 떼로 몰려있는 것의 폭력성에 진저리가 났다.

한 애가 돌멩이를 든 친구의 팔을 잡으며, 제가 아는 동아리 후배라고 했다. 친구는 후배에게 카톡을 보냈다. 우리는 답이 오기를 기다리며 친구 휴대폰만 뚫어지게 쳐다봤다. 미인이 다음

달에 검정고시를 친대. 우리가 아는 내용이었다. 아마존에 간다
네. 어디? 아마존. 남미에 있다는 거기. 밀림? 우리는 미인과 아
마존이라는 이상한 조합의 단어를 발음하는 친구를 외계인인 양
쳐다보았다. 의문을 가지기에 아마존은 애초에 해석 불가능한 뭔
가로 여겨졌다. 이슬람 거리에서 본 꼬부랑 글씨처럼, 금강경에
묻어온 산스크리트 언어처럼, 무슬림이 읊조린 사막의 경구들처
럼. 한 애가 우리를 둘러보며 지금 기분을 정확하게 표현했다. 멘
붕이다. 정말 멘탈 붕괴였다.

후배와 헤어진 미인이 집이 아닌 편의점에 들어갔다. 우리도
편의점이 보이는 길거리에 멈춰 섰다. 아마존에 간다는 미인이
매운맛 라면을 샀네. 친구 하나가 아나운서 톤으로 말을 옮겼다.
다른 친구가 더 또박또박한 목소리로 말을 받았다. 배가 고프다.
삼각김밥이라도 먹으러 들어가자, 에어컨 나오는 저기에. 친구의
말을 자르고 귀차니스트가 중얼거렸다. 안 돼. 우린 길거리에서
떡볶이나 먹게 될 거야.

우린 땀을 닦으면서도 불평 없이 포장마차로 향했다. 길거리
는 어두웠고 미인이 선 곳은 환했다. 편의점 유리창을 화면으로
생각하니 미인이 역할극에 몰두한 배우처럼 보였다. 이슬람사원
에서 어슬렁거리다 아마존에 간다니. 미인은 대체 어디에 마음을
내리려는가.

미인아. 여전히 아나운서 톤을 버리지 않고 친구가 한숨처럼

미인을 불렀다. 우리는 미인을 쳐다보면서 어묵꼬치와 떡볶이에 손을 뻗었다. 미인아. 나는 속으로 그 이름을 불러보았다. 미인아. 우리에게 불려 맞대답을 할 수 있는 이름이라면 이렇게 마음이 아프진 않을 것이다. 이름이 미인이라니. 제 이름이 불릴 때마다 미인은 어떤 기분일까. 종교색을 띤 이름과는 또 다를 것이다. 신의 은총 어린 울타리도 갖지 못한 채 미인은 사람들의 눈길에 뜯어 먹히며 발가벗고 서 있는 기분일 것이다. 미인은 누군가제 가여운 이름을 부르는 것도 알지 못한 채 컵라면의 뚜껑을 열었다. 라면을 먹는데도 미인이 헛손질하는 것처럼 보였다.

미인이 레스토랑 계단을 올라갔다. 이게 끝이야? 드디어 끝났구나! 오늘의 과제를 마친 우리의 반응은 제각각 달랐다. 미인은 매번 똑같은 시간에 레스토랑을 나온다고 했다. 한밤에도 저렇게 앞만 보고 걸어가느냐는 말에 남식이 고개를 끄덕였다. 미인이 뭘 하는지 모르겠다던 남식의 말은 사실이었다. 길거리와 이슬람 사원을 기웃거리는 미인. 연결되지 않은 이야기 몇 토막 같은 미인의 일상에서 우리가 뭘 알겠는가. 사실 누군가 우리를 따라온다 해도 무엇을 하고 무슨 목표를 가졌는지 알 수 없을 것이다.

그거 웬 거야? 한 애가 농구공이 길거리 하수구를 막고 있더라며 시민공원에 가자고 했다. 농구나 하자면서. 남식이 반대했다. 아니, 그러지 말고……. 우린 머뭇거리는 남식을 봤다. 남식은 학교에 가자고 했다. 둘은 반대했다. 그런데 나머지 둘은 꿈쩍 않고 서 있었다. 혹시 수업 종이 울릴까 휴일에는 새도 드나들지 않는다는 학교였다.

우리는 담장을 넘어 나무 그늘에 몸을 붙이고 가만가만 별관 건물로 갔다. 입구 문이 잠겨 있었다. 왜인지 남식이 열쇠를 갖고 있었다. 빈 학교에서 자물통 여는 소리가 크게 울렸다. 우리는 뱁새눈 경비아저씨가 튀어나오지 않을까 두리번거리며 건물 안으로 숨어들었다.

영목이 옥상에서 뛰어내리고 난 후, 남식이 영목의 가방을 챙겼다. 그가 자진해서 책상 서랍과 사물함을 뒤지며 영목의 물건을 정리했다. 남식 한 명으로 시작된 정리가 심화반 교실에 몰려갈 때는 다섯 명으로 불어났다. 간이베개와 꽃무늬 수건, 초콜릿이 담긴 상자 등 계집애의 손길이 느껴지는 물건이 꽤 있었다.

우리는 영목의 부모님이 보지 못하게 그것들을 버릴까, 의논했다. 하지만 그건 우리가 간여할 일이 아닌 것 같았다. 열쇠가 어디서 난 거냐고 묻자 남식은 영목이 거라고 대답했다. 다른 친구는 사물함에 있던 초콜릿을 영목이라 생각하며 삼켜버렸다더니. 남식은 열쇠를 가졌구나.

심화반 건물은 아이들이 가득 차 있는 시간에도 조용했다. 학년별로 전교 이십 등까지 끊어 성적 순서대로 자리 배정을 했다. 일 년에 네 번 치는 중간고사와 기말고사 후에는 칼처럼 자리 교체를 했다. 심화반에서 일반반으로 미끄러진 애들은 좌절감에 치를 떨었다. 한 번 심화반에 이름을 걸쳤던 친구는 다시 성적이 올라도 그 반에 들어가지 않겠다고 했다. 우리 여섯 중 영목은 내내 심화반에 속했다. 우리는 심화반 건물의 옥상으로 올라갔다.

옥상은 지옥처럼 검었고 바다처럼 넓었다. 우리는 옥상을 어슬렁거렸다. 학교는 뒤쪽과 옆구리 한 곳이 산과 면해 있었고 앞으로는 운동장을 해자처럼 끼고 있었다. 별관은 학교 건물 중에서 가장 안쪽에 자리했다. 대로와 도심 상가에서 나는 소리는 물론 자동차 불빛조차 심화반 아이들의 공부를 방해하지 못하는 구석진 곳이었다.

가정 형편이나 비주얼이 어떠하건 간에 이곳 별관에선 단 하나의 방법으로 세상을 제패하려는 청춘들이 숨죽이고 있었다. 형편이 어려울수록 스펙이 쳐진다고 생각할수록 공부에 몰두하는 정신력이 컸을 터였다. 우리는 상상할 수 없었다. 영목이 귀여운 얼굴과 자그맣고 통통한 몸 안에 얼마만 한 열등감을 품었는지.

난 할 줄 아는 게 공부밖에 없어. 너처럼 말을 잘하지도 못하고 남을 웃기지도 못하지. 배짱도 약하고 운동까지 못해. 그렇게 말하던 영목이 미인을 사귀었다. 우리 중에서 야동을 가장 늦게 본 친구가 영목이었다. 여자 친구를 사귀어본 우리 눈에도 미인은 예뻤다. 늘씬하면서도 청순하고 우아한 태도까지. 영목의 여친이란 의미에서 미인은 다른 세상의 여자처럼 느껴졌다.

영목에게 미인은 현실이었던가. 미인이 임신을 했다. 미인의 어머니는 영목의 멱살을 잡았다. 미인의 아버지는 영목을 산에 데려가 나무에 매달았다. 몽둥이에 두들겨 맞으며 영목은 자신의 부모에게만 알리지 말아 달라고 개처럼 엎드려 빌었다. 심장을 팔아서라도 미인과 결혼하겠다고 울먹였다. 영목은 미인의 어머니와 아버지의 화가 다 풀릴 때까지 그렇게 견뎌야 했다. 조금만 더. 하지만 미인의 부모는 영목의 말을 들어주지 않았고, 영목 또한 버티지 못했다. 카톡에 남긴 영목의 마지막 말은 암호 같았다.

'난멈추지못했어분리하지못했어난끝내지못할거야……부모님께……친구들에게미안해미인에게전할게몸과영혼을바쳐.'

이 사건에선 피해자만 존재했다. 못된 놈이 되어야 할 영목이 불쌍한 친구로 요약되는 바람에.

요점정리를 잘해야 해. 수학을 무작정 외우려 하지 말고 우선 이해해봐. 눈에 보이는 사물의 현상에 관한 원리나 법칙을 설명하는 학문이 과학이야, 알지? 갈릴레이가 그랬어. 우주의 진리는 과학이라는 큰 책에 쓰여 있는데, 그 책은 수학이라는 문자로 되어 있다고. 자 봐, 그러니까 적분은……. 영목은 도저히 미적분이 안 되는 우리를 붙잡아 앉혔다. 영목이 하도 진지하게 설명하니 도망갈 수도 없어 쉬는 시간을 통째로 적분에 바쳤다. 영목을 가운데 두고 우리는 그렇게 머리를 맞댔는데.

나는 영목의 추레한 교복을 보며 생각했다. 스티븐 호킹이 휠체어에 앉았건 영목의 교복이 때에 찌들었건, 그들은 존중받아 마땅한 존재라고. 자신과 레벨이 다른 영목의 발밑에 베이스로 깔리는 것을 영광스럽게 생각한다던 애도 있었다.

친구 하나가 옥상의 한쪽 끝에서 달려왔다. 다른 친구도 그를 따라 달렸다. 귀차니스트도 달리고 남식도, 행동대장도 달렸다. 한 번, 두 번. 우리는 옥상을 왕복했다. 세 번째 뛸 땐 친구 하나가 난간을 넘어 나무와 바위투성이의 일 층 화단으로 곤두박질칠 것 같았다. 그랬다. 그 기억을 잊으려면 우리도 영목처럼 그 난간을 뛰어넘어야 했다.

그러는 대신 우리는 난간을 잡고 흔들었다. 남식이 먼저였던가. 누군가 흑흑 소리를 냈다. 우는지 숨을 몰아쉬는 중인지 알 수 없었다. 우리는 서로의 어깨를 맞잡았다. 다섯의 몸은 한데 엉겨 붙었고 서로에게 거친 호흡이 전해졌다. 영목이 우리에게 털어놓을 수 있는 일이었더라면, 그때 우리의 어깨가 이렇게 맞물렸더라면. 말하지 않아도 우린 알았다. 모두의 가슴 한곳에 울분이 차 있다는 것을. 지난 일 년이 그랬고 남은 시간도 변하지 않을 것을. 남식이 옥상 난간을 부서뜨릴 듯 제 몸을 흔들다 벌렁 드러누웠다. 우리도 그 옆에 나란히 누워 밤하늘을 보았다. 분출구 없는 화가 몸 안에서 소용돌이치고 있는 것 같았다.

나, 사실 그 일 있기 직전에 미인 봤어. 남식이 고해성사라도 하듯 낮은 목소리로 얘기했다. 그 애가 학교를 그만둔 후였지. 아줌마 같았어. 등에는 백팩을 맸지만 뭔가 사람이 헐렁해 보였다. 미인은 넋이 나간 듯 휘적휘적, 학원 앞을 지나갔다. 얼굴이 퉁퉁 부었고 살이 쪄서 못 알아볼 뻔했다. 우리는 만삭의 임산부처럼 배가 불룩하고 얼굴에 기미가 까맣게 들러붙은 미인을 상상했다. 아기는 어디 있지? 한 애가 묻자 우린 남식을 쳐다보았다. 남식은 모른다고 했다. 그때도 배가 부르진 않았는데…….

난 도서관에서 만났어. 다른 친구가 말했다. 영목이 미인을 사귄 지 얼마 안 되었을 때였다. 도서관 근처를 걷는 영목과 미인 주위로 황금빛 아우라가 비치더라나. 영목은 늦봄의 초록 이파리보다 싱싱했고 미인은 꽃보다 예뻤다. 나란히 앉아 공부하는 열람실에서도 그 싱그러운 기운이 사라지지 않았다. 공부할 때 주변을 잊어버리고 집중하는 모습도 비슷했다. 둘은 말할 것도 없이 엄친아였다. 우리는 마음속 안타까움이 가라앉기를 기다리며 그렇게 누워 있었다.

누군가 한턱내겠다고 했다. 우리는 먹고 싶은 음식 이름을 줄줄이 대며 학교를 나와 길거리를 걸었다. 치킨 가게도 지나치고 짬뽕전문점도 지났다. 오랜만에 먹어보자던 삼겹살 구이집도 지나쳤다. 의식하지 않았지만 우린 다시 미인이 들어간 레스토랑 앞에서 멈춰 섰다.

행동대장이 먼저 계단을 올라갔다. 우린 우르르 뒤를 따랐다. 아까 보니 미인 쟤 멍하던데. 자기 엄마는 알아보려나. 미인을 두

고 하는 친구의 말에 남식은 그러니 불쌍하지 않으냐고 대답했
다. 행동대장이 주먹을 남식에게 들이밀었다. 죽을래? 남식을 계
단 아래로 밀어버릴 태세였다. 친구들이 끼어들어 행동대장을 말
렸다. 무슨 일 하나 보자. 둘을 뜯어말리고 몇이 먼저 계단을 올
라갔다. 남식은 선 자리에서 머뭇대다 뒤늦게 우리를 따라왔다.

우린 미인이 서빙이나 할 줄 알았다. 한 애가 가게의 구석까지
살피고 돌아왔다. 없어. 친구가 피자를 주문했다. 우린 남식더러
아는 게 뭐냐, 일곱 번은 왜 따라다녔냐는 등의 핀잔을 줬다. 킥
킥대며 시원한 얼음물을 병째 얻어 마시던 중이었다. 남식이 주
방 쪽을 가리켰다. 미인이 비닐 앞치마와 모자를 쓰고 있었다. 미
인은 제 몸뚱이만 한 쓰레기 봉지를 들고 낑낑대며 날랐고, 커다
란 오븐에 상체를 들이밀고 청소를 했다. 흔들리는 아랫도리가
발버둥을 치는 것처럼 보였다.

누가 그러자고 한 것도 아닌데, 우리는 피자가 나오자 한 조각
씩 입에 욱여넣고 도망치듯 그곳을 나왔다. 저런 일 하는구나. 한
애가 중얼거렸다. 우리 쟤, 집에 가 보자. 행동대장의 말에 아무
도 찬성하지 않았지만 우린 레스토랑 앞을 서성거렸다.

미인은 아까 왔던 길을 거슬러 갔다. 미인의 걸음은 여전했다.
개 짖는 소리나 고양이, 술 취한 행인을 만나도 흐트러지지 않고
직진만 했다. 돌멩이로 벽을 두드리는 소리가 났다. 땅땅땅. 한
밤중 고요한 골목이 쩌렁, 울렸다. 몇이 깜짝 놀라 뒤를 돌아보았

다. 행동대장이었다. 그 애의 얼굴은 미인과 다름없이 표정이 없었다. 짱짱짱짱. 그 소리는 우리 안의 뭔가를 건드렸다. 꾹꾹 눌렀던 분노의 장막이 곧 찢어질 것 같았다. 시끄러! 담장 안에서 누군가 소리치자 친구 둘이 돌멩이를 주워 주머니에 넣었다. 뭔가 비장한 기분이 들었다.

그런 와중에도 미인은 끝내 뒤를 돌아보지 않았다. 나는 영목의 사건을 겪으며 미인이 가장 불행할 것이라 짐작했다. 아니다. 영목의 부모님인지도 몰랐다. 두 분이 번갈아 병원에 입원했다는 소식을 들었다. 그런데 오늘 밤 미인을 뒤따르는 우리의 행위는 무엇인가? 호기심인가, 봉인된 비밀을 들추는 추잡한 행위인가. 우리는 밤길을 걷듯 자신의 마음을 짚었다. 미인이 미운가, 가여운가, 잘 살기를 바라는가.

남식은 왜 미인을 따라갔을까. 나는 처음 슬러시를 우리 손에 쥐여주던 때와 조금도 변함없는 남식의 눈빛을 보았다. 얼굴은 검게 익었고 셔츠와 모자가 땀에 젖어 후줄근했지만, 눈동자는 변함없이 번들거렸다. 남식의 저 눈, 흰자위가 푸른 광기에 휩싸이고 검은 구슬이 튀어나올 것 같은 눈은 영목을 잃은 후 몇 달간 우리 모두의 것과 똑같았다. 하지만 지금까지 저 눈빛을 가진 친구는 남식뿐이었다. 뭔가?

미인의 집은 언덕배기에 있는 교회 뒷집이었다. 미인이 들어

가고 나자 우리는 도시의 야경을 내려다보았다. 누군가 흩뿌려 놓은 듯한 도시의 불빛이 서로 엉겨 흔들리고 있었다. 우리가 헐떡이며 올라온 골목은 빌어먹을 외국인이 만든 수학 공식으로나 잴 수 있다는 듯이 미로처럼 아래로 아래로 구부러졌다. 우리는 또 그곳을 떠나지 못했다. 한 애는 팔다리를 휘둘러 체조를 했고 행동대장은 미인의 집을 노려보고 있었다.

저 안에 꼭 들어가 봐야겠다. 행동대장의 말은 좀 난감하게 들렸고 그럴듯하게도 들렸다. 걔가 앞장서자 우린 또 그 뒤를 따랐다. 개를 키우는지 알아보려고 돌을 마당으로 던졌다. 돌멩이 떨어지는 소리만 컸다. 우리 중 날렵한 애가 여럿이 모아 쥔 손을 딛고 담을 넘었다. 그 애가 마당으로 뛰어내릴 땐 우리는 모두 선 채로 몸을 움츠렸다. 뒷집에서 개가 짖었고 릴레이 하듯 동네 개가 번갈아 짖었다.

담을 넘은 애가 대문을 열자 우리는 가만히 마당에 들어섰다. 창문이 열려 있어 미인이 내는 소리가 들렸고 불빛이 켜지고 꺼지는 것도 보였다. 집엔 미인 혼자뿐인 것 같았다. 우리는 미인의 방을 확인하고 난 후 마당가 화단에 올라섰다. 눈과 귀가 달린 나무처럼 가만히 선 채 미인의 기척을 좇았다.

방으로 돌아온 미인이 드라이어로 머리카락을 말린 후에 곧 불을 끄고 옷을 갈아입었다. 방 안엔 컴퓨터 화면에서 비치는 창백한 불빛만 어스름했다. 그런데 미인이 갈아입은 옷이 이상했다. 한여름인데 희고 긴 겉옷이었다. 거기에 검은 허리띠를 맸다. 검은 망토를 걸치고 갈색 모자까지 쓰자 우리는 미인이 자려는 게 아니라는 것을 알아차렸다. 음악은 또 어떤가. 이슬람 거리에서 들었을 법한 이국의 소리였다.

그건 뭐랄까……. 죽은 자의 혼을 깨우는 산 자의 억눌린 비명 같았다. 기분이 점점 우울해지는 낮고 서글픈 리듬이 우리의 가슴 밑바닥을 뒤흔들었다. 그때였다. 그림자가 출렁거렸다. 미인이 어둠 속에서 망토를 벗어 던지고 두 팔을 옆으로 벌린 채 빙빙 돌았다. 저 춤! 아까 그거야. 터키에 다녀왔다는 애가 숨죽인 채 소리를 질렀다. 육체와 영혼이 분리되는 춤이라네. 다른 애가 검색해 본 뒤 세마의식을 알려줬다. 세마젠은 신과 합일을 이루기 위해 돈다고 했다. 저렇게 양팔을 벌리고 빙빙 돌다 보면 영혼이 갈망하는 참된 진실을 깨달을 수 있다고 했다.

흐린 불빛에 일렁이는 미인이 실재하는 사람이 아니라 그림자처럼 보였다. 그림자는 회전할 때마다 형체가 달라졌다. 품이 큰 옷이 빙빙 돌면서 여러 겹의 원반 모양을 만들었고 그것들은 또 층층으로 나눠지고 합쳐졌다. 미인은 바람에 날리는 꽃송이처럼 금방이라도 공중으로 떠오를 것 같았다.

육체와 영혼이 분리된다니. 미인은 영목과 다른 방식으로 현실을 벗어나고자 하는 걸까. 미인의 춤을 멈추게 하고 싶었다. 저 끔찍한 음악소리와 함께.

우리는 와락 서로의 팔을 이끌고 미인의 집을 나섰다. 대문을 소리 나게 닫은 후 빠른 걸음으로 시민공원까지 걸었다. 농구공을 들고 온 애가 골대를 향해 공을 던졌다. 곧 다섯 명이 농구공 하나를 따라 달렸다. 공을 받으려 뒤로 물러났다, 공을 빼앗으려 점프를 하고 서로 몸을 부딪쳤다. 모두 죽을힘을 다해 농구공을 잡으려 애썼다. 미인은 살아도 산 것 같지 않은 상태였다. 화가 났다. 미인이 행복하게 살고 있어도 마찬가지로 화가 날 것 같았다. 영목이 아무 일 없었던 듯 되돌아와 함께 농구를 할 수 있다면……. 시간이 지날수록 우리의 몸놀림이 빠르고 거칠어졌다. 한참을 그렇게 서로 엉겼다 부딪치며 헉헉 뛰어다녔다.

그러다 모두 주저앉아 숨을 고르던 중이었다. 한 친구가 영목의 노트를 떠올렸다. 사물함에 있던 것이었는데 일기인 듯 사색 메모인 듯 그림과 글자가 뒤섞여 있더라고 했다. 그곳에 세마젠처럼 보이는 그림이 있었다. 영목의 목소리가 들리는 것 같았다.

아마 미인과 난 춤을 추었던 것 같아. 그래, 한바탕 춤을 춘 거야…… 문득, 어릴 적 산에서 길을 잃었던 때가 떠올랐어. 지금 생각해보면 그때 사내아이는 토끼를 따라갔던 게 아니야. 흰색 공간을 물들이던 무지갯빛 산란, 토끼처럼 달아나던 그걸 잡으려 했지…… 수많은 토끼들이 숲을 뛰어다녔어. 나도 뛰었지…… 아마 나는 미인과 그 숲에 들어간 거 같아. 우리의 춤은, 환영 같앉지. 그곳에선 다만 춤을 추었어. 가끔 이상했지…… 토끼가 우리 품에 있었거든. 또 가끔은 우리가 왜 빙빙 돌고 있는지 궁금했어. 하지만 멈출 수 없었지…… 멈춰야 했어…… 튕겨 나갔지. 쓰러졌어. 어지럽다…….

우리는 영목이 농구공을 들고 누구보다 열심히 달리고 악착같이 점핑하던 것을 떠올렸다. 영목이 농구 하던 그때처럼 발목이 땀에 젖도록 맴을 돌았을까. 미인과 영목은 세마의식에 대해 알고 있었던 게 틀림없었다.

모두 저마다 무슨 생각을 했건 잠시 뒤 우린 다시 일어나 뛰어다녔다. 합창을 하듯 모두의 숨소리가 거칠어졌고 몸싸움이 치열해지던 어느 순간이었다. 한 친구가 골대가 아닌 허공으로 공을 던지며 소리를 질렀다. "에이 싯뻘, 존나 덥네. 난 집에 간다." 다른 애들은 멀끔히 서서 공이 날아간 허공을 쳐다보거나 투덜투덜 걸어가는 친구의 뒷모습을 바라보고 섰다, 하나둘 흩어졌다.

우리의 시간은 천천히 다가와서, 아주 천천히 흘러간다.

法그릇

法그릇

　정은 빌라의 초인종을 몇 번 누른 후에도 기척을 듣지 못하자 핸드폰을 꺼냈다. 수호에게 빌라 앞이니 우선 만나서 얘기 좀 하자고 사정하는 문자를 보냈다. 지난 사흘간 보낸 비슷한 내용의 문자 십여 통이 수호에게 닿지 않았다는 1을 선명하게 표시했다. 정은 얼굴을 찌푸린 채 현관문을 바라보다 계단을 올라갔다. 답답했고 생각할 시간을 벌고도 싶었다. 계단은 미끄럼 방지용 철제 패드가 떨어져 거칠게 파인 곳이 꽤 많았다. 낡았는데 관리까지 하지 않는 빌라라는 얘기였다. 그래도 옥상으로 나가는 낡은 문은 굳게 잠겼다. 정은 오로지 그 문이 잠겼는지 아닌지 확인하러 간 사람처럼 그 앞에서 수호의 빌라로 되돌아와, 번호키에 숫자를 눌렀다. 현관문이 열렸다. 정은 믿을 수 없다는 표정을 짓고 잠깐 망설였지만 빌라 안으로 들어갔다.

사실 비밀번호는 수호의 아파트를 여는 숫자였다. 급하게 서류가 필요한 적이 있어 수호가 문자로 알려줬는데, 그날 수호의 일이 취소되었고 오늘 그 비번을 처음 썼다. 아파트 비번인데 빌라 문이 열렸다면 수호가 사용한다는 나머지 집에도 정이 들어갈 수 있다는 의미였다. 수호가 이렇게나 허술한 사람이던가. 아니면 정이 수호를 잘 몰랐거나 잘못 알고 있는지도 몰랐다.

수호는 중학교 2학년 때는 친구였고 고시를 준비하던 시절에는 가까운 동갑내기이자 경쟁자였으며 마흔 중반인 지금은 피 의뢰인이었다. 그러니까 정이 근무하는 변호사 사무실에 사건을 의뢰한 사람이 여광자 대표였는데, 그녀와 대척점에 선 사람이 수호였다.

여 대표는 사무실에 들어서자마자 씩씩대며 얼음물을 청했다. 그리고 자신은 이천오백여 세대가 사는 블루밍 아파트의 입주민 대표라고 말했다. 아파트의 중앙보일러가 낡아 개별난방으로 교체하는, 거의 100억 규모의 큰 사업을 진행하는 중이었다. 그런데 절차나 시행 규칙에서 조금만 어긋나도 어떤 놈이 고소·고발을 해서 자신을 너무나 괴롭힌다고 했다. 일이라는 게 하다 보면 어쩌다 실수할 수밖에 없다는 게 여 대표의 주장이었다. 그게 고의거나 개인적인 이익을 좇은 게 아니라면 필요한 과정으로 이해해야 한다고, 현장에 있지 않은 사람만이 법전에 쓰인 절차나 순서를 내세운다고. 조금 이상한 말이지만 전부 틀린 말도 아니었다.

변호사 사무실 사무장인 정은 의뢰인의 말에 고개를 끄덕였다. 그의 반응을 보자 여 대표가 얼음을 씹어 삼킨 후 욕설과 함께 한 남자를 소환했다. "너구리같이 생긴 젊은 놈이 말이지. 법은 또 잘 알아서, 귀신처럼 조용하게 뒤통수를 치는 진상 중에 진상이며 악마같이 집요한 놈." 여 대표가 아직 이름을 말하지 않은 때였다.

그랬는데 정은 수호를 떠올렸다. 아닌 게 아니라 고시촌에서 다시 만난 수호는 제 얼굴의 반을 가리는 시커먼 뿔테안경을 썼고 늘 눈을 조금 내리깔고 있어 정말로 너구리처럼 보였다. 좀 억울하거나 슬픈 일을 내색하지 않으려는 듯한 인상. 너구리는 눈 주위가 멍이 든 것처럼 거무스레 했고 이마가 아래로 처졌으며 몸집이 왜소하기에 연약한데도 사악해 보였다. 우리는 수호에게 검은 옷을 입지 말라고 했다. 상체를 웅크리듯 말고 있어서 더 너구리처럼 보인다면서. 그런 수호가 집요한 것도 맞았다.

중학생 때 수호는 한 아이에게 샤프심을 돌려달라고 한 달이나 졸랐다. 쉬는 시간이나 점심시간 같은 때 그 아이 앞에서 마냥 서성였다. 그러다 우연히 눈이 마주치면 말했다. "샤프심 줘." 다른 말도 하지 않고 화를 내지도 않았다. 나중에는 반 아이들 모두가 진저리를 치며 수호를 미워했다. 그런 소문은 순식간에 교내로 퍼졌고, 그 애는 그때를 기다렸다는 듯이 수호에게 새로 산 샤프심을 던져주었다. 선심 쓰듯이. 정은 그 애가 수호보다 더 싫었

어도 내색하지 않았다. 수호가 외로워 보였지만 진저리가 난 것
도 사실이었다.

정은 수호가 자신의 인생에 다시 등장했던, 그러니까 육십 초
반에 목소리가 크고 골격도 남자처럼 단단하면서 인정이 많은 여
대표가 변호사 사무실 소파에 앉아서 얼음물을 벌컥벌컥 들이켜
던 몇 달 전 그날을 떠올렸다. 수호를 다시 만나게 된 건 정의 의
사가 조금도 개입되지 않았고 우연히 강변로를 걷다가 마주친 것
도 아니라는 얘기다. 우연히 눈길이 마주쳤다 해도 찰나에 고개
를 돌리면 그 관계는 새로 시작되지 않는다. 그만큼 정과 수호는
취향이나 사는 방식이 달랐다. 다시 강조하자면 정이 선택할 수
있었다면 수호를 피했을 거라는 말이다.

그러나 정은 지난 몇 달간 여 대표를 대리하여 수호와 수없이
얘기를 주고받아야 하는 처지에 몰렸다. 수호는 변호사를 선임
하지 않았다. 정의 변호사는 수호를 직접 상대할 수밖에 없었는
데 몇 번 만나서 얘기를 나누더니 정에게 미뤄버렸다. 정이 수호
에게 한 얘기는 한마디였다. 여대표 좀 그만 괴롭히라고. 그건 너
자신을 괴롭히는 일이라고.

수호는 지금까지 다른 사람을 113번이나 고소했다. 그중 22건
이 여 대표를 지목한 것이었다. 스물두 건 중 기각된 사건도 있
었고 여 대표가 벌금형을 받았거나 서로 합의가 이루어져 취하한
건도 있었다. 남은 고소 건이 4건인데 대부분 여 대표가 수호에

게 모욕을 주었거나 사실을 적시하여 명예를 훼손한 내용이었다.

고시 공부를 할 적에는 고발을 주로 하던 수호였다. 고자질 같은 고발. 그러니까 경찰이나 국민신문고, 하다못해 주민센터에까지 고자질한 셈이었다. 대부분 수호가 옳았다. 그러니까 수호는 법을 잘 알았고 그 누구보다 공정하고 정의로웠다.

수호는 정의 공상에 자주 등장했던 인물이었다. 정이 법 관련한 곳에서 일하는 동안 생긴 직업병이 엉뚱한 공상인데, 지금까지 살아오면서 지나쳤던 사람 중 다시 만나게 될 듯한 사람을 꼽아보고 죄의 유형까지 점치는 거였다. 병원에서는 환자만 보이듯이, 정의 세상에는 자신이나 타인에게 벌을 주려는 사람이 무척이나 많았다. 법의 경계를 넘나드는 것에 무심하거나 혹은 자신의 두뇌가 법을 능가한다고 믿는 오만한 사람들. 수호는 두 유형에 속하지 않았지만, 법과 친한 사람인 건 분명했다.

정은 며칠 전부터 여 대표와 합의를 시키려고 수호를 찾고 있었다. 며칠 내로 합의서를 제출하지 않으면 여 대표가 정말로 감옥에 갈 수도 있었다.

빌라 안에는 수호뿐 아니라 다른 아무것도 없는 것처럼 여겨졌다. 다만 책장이 울창한 숲속 나무처럼 빽빽이 섰고 책이 가득했다. 빛이 쏟아져 들어오는 열다섯 평짜리 낡은 빌라가 사라진 도시의 오래된 도서관처럼 보이는 모습은 묘하게 수호의 이미지와 어울리는 듯 기괴한 느낌마저 들었다. 거기다 빛이 굽이치는 서가가 그렇듯 보이지 않는 은밀한 세계가 곳곳에 숨겨져 있어, 그곳에서 이곳으로 넘나드는 것들이 내는 수런거리는 소리가 책장의 모퉁이 너머에서 들리는 것 같았다. 상상력을 극대화시키는 공간이라 현실보다 기억에서 들리는 소리가 선명한 곳이었다.

가령 이런 소리였다. 수호가 내지르던 커다란 재채기. 그건 독특하면서 짜증이 확 나게 거슬리는 소리였다. 혹은 사법고시를 준비하던 고시원의 좁은 골목을 웅크리고 걸어가던 발자국소리 아니면 전봇대 아래에서 쓰레기봉투를 뒤지던 손놀림 그것도 아니면 경찰과 검찰에 고소·고발장을 들이미는 그 은밀하게 부스럭거리는 소리일지도 몰랐다.

밖에서 들려오는 자동차 경적이 끊이지 않았고 정의 의식은 서서히 현실로 돌아왔다.

정은 천장까지 들어찬 책장 사잇길을 천천히 거닐었다. 책은 거의 도서관 수준이라 할 만큼 종류가 다양했다. 분류도 잘 되어 있었다. 철학과 종교 등의 인문학 서적이 많았고 소설과 시 등 문학 부문도 꽤 있었으며, 정치와 과학 관련 잡지도 책장을 채웠다. 볕이 들지 않는 구석진 곳에는 이십 대에 공부했던 손때가 새까맣게 묻은 법전부터 최근 개정판까지 나란히 꽂혀 있었다. 누렇게 변색 된 총론과 각론들을 보자 수호 마음에 담긴 고시에 대한 미련과 아쉬움이 크게 다가왔다.

정에게도 버리지 못한 법전 몇 권이 책장 맨 아래 칸에서 자리만 차지하고 있었다. 신혼 초에는 그 책들이 책장 중간에 놓였더니 아이가 나고 자라면서 그림책에 센터를 물려주고 이젠 언제 버려져도 이상하지 않게 색이 바랜 채 먼지를 덮어쓰고 있었다. 정이 고시에 떨어진 것이 마음 아팠던가.

수호는 아쉬울 것 같았다. 사법고시 2차까지 두 번이나 붙었으니 말이다. 겨우 일 차에 한 번 붙은 정과는 차원이 달랐다. 심층면접에서 떨어지는 것은 사회성이나 애국심에 문제가 있다고들 한다. 그렇게 쉽게 하는 말이 수호에게 상처가 되었을 것이라 짐작된다. 그 분노를 고소·고발과 같은 지적질로 푸는 것일까.

법전 사이에서 정의 이름이 적힌 책을 발견했다. 정은 형사소송법을 뽑아 들고 책장을 휘리릭 넘겼다. 줄을 긋거나 빈 곳에 한 낙서는 기억이 났지만, 감정의 소용돌이는 떠오르지 않았다. 빌려주었거나 잃어버린 책이라면 그때의 속상했던 감정이 기억나야 했다. 그게 아니라면 뭘까. 스물대여섯 살의 그들은 가난했기에 책 한 권이라도 잃거나 도둑맞았다면 화가 나고 안타까웠을 터였다. 아무런 기억이 나지 않는 건 고시를 포기한 후라 형사소송법 따위 수호가 가져도 아무런 상관이 없던 때라는 의미였다. 정이 수호보다 먼저 고시를 포기하고 고시촌을 떠났으니 짐작이 가능한 얘기였다.

기억나지 않는 과거는 현재에 영향을 미칠 수 없다. 지금 정의 눈에 특이하게 보이는 건 열 권도 넘게 꽂힌 사회과 부도였다. 똑같은 지도 그림이 있는 책이 신·구권 몇 권이나 되었는데 법전보다 더 너덜너덜했다. 수호가 저렇게나 지리를 좋아했던가. 모퉁이 한 곳에 놓인 책상에는 소설책이 펼쳐진 채로 엎어져 있었다. 『어린 왕자』와 로마사 시리즈였다. 아무리 둘러봐도 생활필수품은 없었다. 심지어 간이침대나 커피포트, 라면 부스러기조차 보이지 않고 생수만 몇 병 있었다. 대체 수호는 어떻게 살아가는 사람인가, 새삼스레 궁금했다.

머무르는 장소가 사람을 드러낸다는 말이 사실이라면 빌라에서 수호라는 인물을 알아낼 만한 단서는 별로 찾지 못했다. 여 대표가 거품을 물고 얘기하는 고요한 미친놈이나 정이 알고 있는 과거의 수호가 아니라 그 모든 것의 통합인 진짜 수호 말이다.

그런 수호가 집이 세 채였다. 빌라와 아파트와 단독주택이 한 채씩이었다. "열 평짜리 작은 빌라가 시작이었지." 세 들어 살던 빌라의 주인이 보증금을 내줄 형편이 안 되자 경매에 넘기려던 것을 떠안은 게 처음 산 집이었다고 했다. 대출이 많았는데 운이 좋게도 개발이 됐다. 그 일을 계기로 부동산에 눈을 떴고, 개발 소문이 도는 지역에 있는 아파트나 빌라를 산단다. "집을 부수고 땅을 갈아엎는 게 얼마나 통쾌한지 모르지? 그렇지만 그게 내 밥벌이는 아니야." 수호는 부동산 개발 정비업체에서 법률자문을 맡고 있다고 했다.

정은 혹시 몰라서 메모를 써 현관문에 붙여두었다. '널 꼭 만나야겠다.' 빌라를 나와 차를 몰아서 아파트로 향했다. 여 대표와 분쟁이 있는 곳이었다.

아파트 단지 곳곳에서는 단풍나무와 벚나무가 울긋불긋한 풍경을 그렸다. 그들 풍경보다 정의 눈길을 더 강렬하게 끄는 것이 현수막이었다. 단지를 둘러싼 펜스에 현수막이 빼곡히 걸려 있다. 붉거나 푸른 글씨와 노랗고 검은 바탕천이 바람에 날리며 펄럭였다. 글투를 보아 입주민 위원회 측에서 수호에게 경고를 하려는 게 분명해 보였다. 사업을 방해하지 말라는 내용이 악의적이었다. 여 대표가 규칙을 지키지 않아서 비용이 발생했는데, 꼭 수호가 개입하여 입주민에게 손해를 입히는 것처럼 보이는 문구였다. 전형적인 물타기였다. 여 대표도 자신의 실수를 끝없이 들추는 수호가 미울 것이다. 여 대표가 욕을 하며 얼굴을 붉히고 삿대질을 하는 모습과 현수막이 겹쳐 보였다.

대표가 되기 전 그녀는 부모님과 가족을 살갑게 챙기며 성실하게 살아온 보통의 주부였다고 했다. 그러다 아파트 입주민들까지 가족처럼 대하며 위원으로 봉사를 하다가 대표까지 되었다. 자기 집의 보일러를 바꾸는 일이라 생각하여 사업을 진행하는 중이라는 여 대표.

사실 여 대표와 수호 사이가 처음부터 나쁘지는 않았다고 했다. 사업을 진행하던 초기에는 수호가 법률 지식을 여 대표에게 알려주었고 그걸 반영해 입찰도 입주민에게 유리하게 받았다. 하지만 수호는 법을 지키는데 너무 냉정하고 가차 없었고 그게 고까워진 몇이 뭉쳐서 그를 배제했다. 지금은 여 대표 측의 법률 상식이 늘었고 실수도 줄어들었다. 그렇지만 전문가인 수호 눈에는 구멍투성이였다.

여 대표는 성질이 급했고 경솔했다. 비슷한 실수를 연거푸 저질렀고 수호는 그냥 두었다면 입주민 전체가 손해를 봤을 거라고 정에게 해명했다. 그래서 법이라는 칼을 조금 휘둘렀단다. 예방접종처럼. 여 대표는 최선을 다하는 성격이라 수호의 지적을 비난이나 공격으로 인식했다. 변호사나 정이 아무리 충고해도 욕설이 도를 넘었고 고소를 당할 정도로 수호를 모욕했다. "개새끼"나 "개쓰레기"는 욕이라고 할 수도 없었다. 정은 여 대표를 차분하게 만드는 방법을 매일 궁리하고 매일 그녀에게 조금씩 나아지고 있다고 격려했다. 칭찬이 여 대표의 화를 가라앉힐 수 있다고 자신을 세뇌하면서.

주차장 한편에 차를 세우려는데 여 대표가 보였다. 승용차가 일부 나무에 가렸고 거리가 좀 떨어져 있어 정은 잠시 그녀를 보고만 있었다. 여 대표가 블루투스 이어폰으로 통화를 하면서 손에는 쓰레기봉투와 집게를 든 채 천천히 걷고 있었다. 끊임없이 말을 하면서도 바닥을 살핀 후 풀잎 뒤나 후미진 곳에 박힌 작은 쓰레기를 주워 봉투에 담았다. 정의 시선에서 벗어났다 들어왔다 하며 연신 허리를 숙였다 펴며 입을 벙긋거리는 여 대표. 이전에는 놀이터에 방치된 녹슨 철근과 합판같이 무거운 것을 번쩍 들어서 치우는 괴력을 보이더니 오늘은 자잘한 쓰레기였다. 드넓은 단지 안 돌멩이 아래나 구석진 흙바닥에 박힌 티끌 같은 쓰레기를 전부 찾아내 없앨 듯한 그녀의 열의가 낯설지 않았다.

수호도 고시원 복도에 흩어진 광고지나 재떨이 주변에 떨어진 담배꽁초를 줍곤 했다. 그러다 어느 날엔 고시원과 주변을 깨끗이 이용하자는 호소문을 주방에 붙였다. 사람들이 협조해준 시간은 잠깐이었다. 좀 지나자 또다시 소소한 규칙을 습관처럼 소소하게 어겼다. 그즈음이었을 것이다. 쓰레기 불법 투기를 신고하도록 권장하는 분위기가 된 것이. 그러자 수호는 시각을 넓혔다. 고시원은 총무를 닦달하는 것으로 관심을 거두었다.

수호는 고시 준비를 하기 전에도 사진 찍기가 취미였다고 말했다. 그렇게 연습한 사진 찍는 기술을 쓰파라치 노릇에 썼다. 캄캄한 새벽에 남들이 버린 검은 봉지를 뒤져서 사진이나 동영상을 찍어 주민센터에 팔았다. "한 살이라도 어릴 때 법의 매를 가볍게 맞고 조금만 아프고 나면 큰 죄를 저지르지 않게 될 거야." 예방접종. 사실 수호 말이 맞을지도 몰랐다.

처음에 정은 수호를 말렸다. 라면 반 개 값인 200원을 아끼는 사람의 가난이 보이지 않느냐고 말하면서. 수호에 의하면 그건 핑계였다. "지금부터 걸리면 한 사람당 두 번씩 봐줄게. 반드시 그 애에게 알려. 오로지 널 위해서야." 수호가 정 때문이라고 말했다. 정처럼 착한 척, 너그러운 척하는 인간 때문에 우리나라의 선진화가 수십 년의 시간을 도둑맞고 사람들이 뻔뻔해진다고 한탄했지만, 수호는 두 번 봐준다던 그 약속을 지켰다.

그걸 어떻게 아느냐고? 당연히 정도 수호를 따라 몇 번 쓰파라치를 했다. 쓰레기차가 지나가지 않은 이른 새벽, 둘은 헤드렌턴을 이마에 낀 채 전봇대 아래에서 쓰레기봉투와 재활용 봉지를 뒤적였다. 정은 사람들이 얼마나 부주의한지 놀랐다. 카드명세서나 택배 포장지 같이 개인정보가 버젓이 적힌 것을 찢지도 않은 채 쉽게 버렸다. 음식물 쓰레기를 일반 쓰레기에 섞어 버리는 것은 수도 없이 많았다.

수호가 지독한 냄새를 참으며, 등 뒤에서 보고 있을지 모르는 누군가의 시선을 견디는 것이 신기했지만 이상하기도 했다. 그일을 몇 번 해보자 버리는 쪽과 뒤지는 쪽 모두에게 똑같이 거부감이 생겼다. 혐오감을 두 번이나 참았으니 벌금을 내야 할 게 분명한 이들에게 경고를 하던 정의 목소리는 아마 무척 퉁명스러웠을 것이다. 그들은 자신의 잘못을 인정하지 않았다. 대신 수호에게 분풀이를 했다. 따돌리고 손가락질을 했으며 대놓고 더럽다고 욕을 하고 작은 쓰레기를 수호에게 던졌다.

그렇지만 학원가에 나부끼던 현수막의 붉고 푸른 글씨를 보

지 않을 수는 없었다. ―사법고시 2차 합격 나수호!! 장하다 나수
호! 정과 수호가 컵밥을 자주 사 먹던 길거리나 고시원 담벼락에
도 현수막이 펄럭였다. 처음에 정은 현수막이 바람에 날려 벽을
두드리는 것과 비슷한 데시벨로 박수를 치며 수호를 축하해줬다.
하지만 시간이 지나고 자신의 실패가 얼음칼처럼 차갑고 아프게
살을 파고들자 참을 수 없이 고자질이 하고 싶었다. 수호는 그럴
자격이 없는 사람입니다. 겨우 쓰파라치일 뿐입니다, 라고 사람
들과 세상을 향해 외치고 싶었다. 정은 그런 자신이 너무나 혐오
스러웠다. 그래서 중학교 때처럼 가만히 뒤돌아섰고 수호에게서
멀어졌다.

정은 수호가 중년이 되도록 살아남지 못할 거로 생각한 적이
있었다. 고시원에서 수호와 헤어진 직후였다. 제가 파놓는 덫과
함정에 빠져 죽을 게 분명해 보였던 수호. 살아오면서 이만큼 확
신을 가지고 파국을 예상했던 사람이 있었던가. 대체 이런 추한
감정은 어떻게 설명할 수 있을까. 정은 그런 증오심을 이해하기
어려웠다.

아니 이해할 수 있었다. 얼마 전에 수호를 만났을 때였다. 수
호는 여전히 입술을 일그러뜨리며 웃고 있었다. 꼭 누군가를 비
웃는 것 같이 비뚤어진 입. 왼편의 팔자주름 안쪽에서 윗입술까
지 그어져 있는 2센티미터의 흉터 때문이었다. 그 흉터는 무표정
하게 가만히 있으면 실선처럼 희미하다가 웃거나 음식을 먹으면

선에 깊이가 생겨 움푹 파이면서 입술이 일그러져 비웃는 표정이 됐다. 정은 그 흉터를 누구보다 잘 알고 있었지만 외면하지 못하고 빤히 바라보았다. 도둑이 제 발 저리듯, 도드라지게 보이는 흉터였다.

하교를 하던 어느 날이었다. 왜 다퉜는지 이유는 기억나지 않는다. 다만 수호의 독설에 늘 주눅이 들었던 정이 단 한 번 날린 주먹이었다. 주먹질도 하던 놈이 했다면 능숙했을 텐데. 정은 수호에게 흉터를 남기고 말았다. "이거, 수술할 자리도 아니라네. 준상이 새끼 만나면 물어달라 그래야겠다. 근데 그 자식이 기억하려나?"

얼마 전 술자리에서 수호가 입술을 문지르며 중얼거렸다. 이건 또 뭔가. 내가 낸 흉터가 아니라니. 수호의 입술을 짓이긴 애가 자신이 아니라는 말이 믿기지 않았다. "뭘로 그랬는데?" 수호는 조금도 머뭇거리지 않고 닌텐도라고 대답했다.

그 말을 들었을 때 정은 갑자기 진흙탕에 고꾸라진 것처럼 마음이 휘청거렸다. 다 알면서도 상대를 봐주는 것 같은 저 음흉한 태도. 늘 그런 식이었다. 그럼에도 정은 네 기억이 정확하냐고 혹시 다른 사람과 착각한 게 아니냐고 반문하지 못했다. 정은 사람의 마음에 사악하고 어두운 덫을 잘 심는 사람을 몇 명 알고 있었다. 다른 사람은 그런 곳을 잘 피하는 것 같은데 정은 능숙하지 못했다. 그래서 덫에 대한 또렷한 기억에 죄책감이 덧대어져 뒤섞이는 걸 보면서 증오심만 키우고 있었다. 그런 기억들은 변별력 없이 하나의 구덩이에 모여 마음 깊은 곳 어딘가를 자꾸만 깊고 황량하게 만들었다. 아직 수호를 때려 액정에 금이 간 그 닌텐도의 모델명을 또렷이 기억하고 있는데. 쓰디쓴 술을 삼키면서 정은 새로이 수호에게 반감이 이는 걸 느꼈다. 여 대표가 멈추지 못하는 심정을 이해할 것도 같았다.

정은 여 대표와 수호 사이에서 마음이 이리저리 흔들렸다. 수호이기에 중립을 지키기 어려웠다. 방금도 여 대표에 대해서 우호적이라기보다는 수호를 거부하는 반작용 그러니까 방금 복기한 기억으로 인해 여 대표 편이 되고 싶어지는 식이었다.

그녀가 하는 열정적인 집게질이 수호의 예전 모습과 겹쳤다. 쓰파라치를 하면서 수호는 뒤처리를 너무나 깔끔하게 했다. 세제를 빗자루에 묻혀 전봇대를 닦기도 했다. 그랬던 수호와 지금 여 대표의 뒷모습이 영락없이 똑같았다. 혹시 여 대표의 미래가 수호인가. 그럼 말려야 하지 않을까. 그런데 어떻게? 그런 생각을 하며 수호의 아파트로 올라갔다.

902호, 스무 평 실내도 빌라와 마찬가지로 특화된 장소였다. 거기 있는 거라고는 옷가지와 매트리스와 생수뿐이었다. 그러니까 씻고 잠을 자기는 하지만 이곳에서도 음식을 해먹은 흔적은 없었다. 옷도 특이했다. 새까만 윗도리와 겉옷 그리고 청바지들.

윗도리 수십 개와 코트와 점퍼, 소매가 짧거나 긴 셔츠와 신발까지 전부 검은색뿐이었다. 속옷을 제외한 겉옷은 검정과 청바지색. 그 두 가지 색이 수호가 가진 옷 색깔의 전부였다. 수건과 안방 바닥에 놓인 매트리스 또한 쥐색이었다. 이부자리도 마찬가지였다.

배란다 빨래걸이에 널린 파란색 걸레와 빨강과 노란 원색의 세제통과 비누 등은 그가 선택할 수 있는 게 아니었다. 그러고 보니 수호를 만나면 늘 검정 셔츠와 청바지를 입은 것만 보았다. 수호가 그 조합의 옷을 즐겨 입는다고 생각했다. 스티브 잡스처럼. 그렇지만 그게 전부였다니. 그러니까 아파트는 수호가 아주 심사숙고하고 열중해서 색깔 있는 물건을 피하고 있다는 사실을 보여주었다.

이곳에서 수호는 씻고 옷을 세탁하고 누웠거나 잠을 잤다. 그렇다면 의식주 중에 음식은 어디에서 해결하는 건가. 아직 단독주택이 남았으니 그곳에서 음식을 만들어 먹을 수도 있을 터였다. 하지만 사람이 이렇게나 파편적으로 살아갈 수 있는지 의심스러웠다. 기괴한 것을 넘어서 엽기적으로 여겨져 소름이 돋았다. 정말로 수호가 몇 번이나 말했듯이 현실을 초월해 있는가. 이건 일반적인 남자의 생활 행태라고 볼 수는 없었다. 왠지 이곳에는 수호의 몸을 감싸는 껍데기만 허물처럼 벗겨져 있는 듯했다. 온기가 도는 엉덩이와 가슴 같은 본체는 대체 어디에 있는 걸까.

수호가 자신에게 문제를 내고 정이 그 스무고개를 따라가는 느낌이 들었다.

검정 윗도리와 청바지만 입고 책을 읽으며 물만 마시고 사는 수호. 문득 수호에겐 알맹이밖에 없다는 생각이 들었다. 몸이 왜소하고 살갗이 누르끼리한 수호라는 알맹이. 자신의 전부를 던져 법을 수호하려는 그릇으로만 사는 게 가능한 걸까. 수도승이나 구도자 혹은 노숙자라 하더라도 정말로 알맹이뿐인 사람이 세상에 존재할 수 있을까. 알맹이를 찾는 다른 의뢰인들과 달리 수호에게서는 포장지를 찾아봐야겠다고 생각했다.

모든 서랍과 수납장을 뒤졌다. 포장지인지는 모르겠지만 뭔가 특이한 것이 신발장에 있었다. 여자 구두. 베이지에 가까운 연노랑이었다. 굽 높이는 7센티 정도였고 사이즈는 245. 단순한 디자인이었고 새것은 아니었다. 구두 바닥이 검게 긁혔지만 긁힌 면적이 좁은 걸로 봐서 거의 새것과 같았다. 신지는 않았지만 보관한 지는 오래됐는지 얼룩덜룩하게 변색이 되었다. 정은 구두를 만지작거리며 중얼거렸다. "수호 건가? 설마……." 정이 곁에 놓인 수호 신발과 여자 구두를 포개어 재던 중이었다. 갑자기 지진이 난 것처럼 바닥이 흔들렸고 뭔가 깨지는 듯한 커다란 소리가 밖에서 들렸다.

정은 몸으로 세게 밀고서야 현관문을 열 수 있었다. 아무도 없는 복도였다. 누군가 902호 앞에 화분을 던져서 깨놓았다. 비었다고 해도 어른 혼자서 들기 힘들어 보이는 커다란 화분이었다.
그건, 키가 2미터나 되는 죽은 나무가 꽂힌 화분을 9층까지 엘리
베이터로 옮긴 후 낑낑대며 들고 1호 쪽으로 다가와서는 2호가
시작되는 지점에서 마지막 힘을 짜내 최대한 높이 들어 올린 후
에 던져버린 모양새가 그려졌다. 던진 방향으로 쏠린 잔돌과 조
개껍데기가 1호 복도 끝까지 굴러가 있었다.

깨진 도기 조각들이 흙과 뒤섞여 흩어졌고, 빈약한 몸통과 마
른 뿌리뿐인 죽은 나무가 잔해를 뒤집어쓴 채 길게 누워있었다.
팔뚝 굵기만 한 나무는 뒤로 좀 밀렸지만, 철제 현관문을 괴듯이
복도의 난간에 뿌리를 댄 채 비스듬히 놓였다. 꼭 문을 여는 수호
를 제지하려는 듯이. 수호를 집 안에 가둬버리려는 듯이.

정은 복도를 왔다 갔다 하며 흙에 찍힌 발자국을 살펴보았다.
1호에서 나와 수호의 집 앞을 지나쳐 걸어간 발자국이었다. 정은
발자국의 크기를 재는 것이 아주 중요한 일이라도 되는 듯 그 앞
에 쪼그려 앉았다. 급기야 손가락을 펴 가로로 혹은 세로로 옮겨
가며 발자국의 크기를 가늠했다. 그런 후 손가락 자를 자신의 발
에 대보았다. 그러고는 결론을 내렸다. 아무래도 어른이 남긴 게
아니라고. 옆집에서 나온 아이가 도기 파편을 피해서 망설임 없
이 걸어간 발자국. 무심하고도 무고한 발자국이었다. 그러니 이
런 소란이 처음이 아니라 익숙하다는 얘기이기도 했다.

정이 발을 휘저어 문을 연 부채꼴 모양의 자국을 지웠다. 자신

이 집 안에서 나온 것을 알릴 필요는 없었다. 그리고 이런 폭력은 입주자 대표가 있는 경비실과 경찰서 중에 어느 쪽에 신고를 할까 궁리하고 있는데, 여 대표가 나타났다. 여 대표는 몇몇과 통화를 했다.

잠시 후에 여자들 몇이 몰려왔다.

"이게 뭐야?" 여 대표는 정말로 놀란 것처럼 목소리가 헐떡였다. 여자 중 하나가 술주정뱅이라는 영감을 핑계 댔다. "딱 봐도 혼자서 할 수 없는 일이잖아. 일 커지기 전에 빨리 치워. 이 사람들이 정말 일내겠네."

그녀의 말에 여자 셋이 쓰레기봉투와 빗자루 등을 가져왔다. 꼭 미리 준비해둔 것처럼 너무나 빨랐다. 여 대표는 큰일이라고 몇 번이나 혀를 차다가, 이번 사업을 진행하면서 생긴 집단 혐오감이 의도치 않게 정신 나간 개인에게까지 옮겨간 거라고 변명하듯 중얼거렸다.

정은 문득 어떤 생각이 들어 핸드폰을 꺼내 여자들이 청소하는 모습을 찍었다. 하지만 금방 여 대표가 달려와 정의 핸드폰을 가리고는 소매를 끌어 으슥한 곳으로 데려갔다. 자신이 시킨 게 아니라고 설명하는 그녀의 말을 믿지 않을 수 없었다. 늘 씩씩하던 그녀는 거의 떨고 있었다. 수십 번이나 경찰서에 들락거렸으니 이 일이 어떤 정도의 죄가 되는지 너무나 잘 알아서일 것이다.

현수막과 마찬가지로 이건 협박이었다. 정은 온통 현란한 색깔로 큰소리를 지르고 있는 현수막을 가리켰다.

"사람이 제대로 살겠어요? 매일 악몽에 시달릴 거 같아." 정의 말에 여 대표는 당장 떼어내겠다고 말했다. 정말로 그 자리에서 업자에게 전화해 철거 시간을 정에게 알려줬다. 좀 이상했다. 여 대표가 평소와 달리 너무 고분고분했다. 그동안 천팔백만 원이나 낸 벌금의 효과인가. 정이 한 칭찬이나 설득에 마음을 바꿔먹은 건가.

아니었다. 그녀가 정에게 문자를 보여줬다. 수호가 기명날인해 제출한 합의서를 접수했다는 검찰의 안내 문자였다. 여 대표도 마음을 졸이고 있었나 보았다.

"지금부터는 수호 말 좀 들어요. 수호 그만 좀 괴롭히고요." 정의 말이 거슬릴 게 분명할 텐데도 그녀가 유순하게 고개를 끄덕였다.

이상한 건 이거였다. 합의서를 써주지 않으면 수호가 이길 게 분명한 소송이었다. 거기에 더해 다른 건도 모두 소를 취하를 했다는 것. 거의 매일 경찰이나 검찰의 호출을 받았던 번잡스러웠던 시간이 한순간에 멈췄다. 수호는 훼손된 명예가 회복되지 않았고 당한 모욕에 사과를 받지도 못했는데 말이다. 수호를 뺀 우리 모두는 손해 본 게 없었다. 수호는 고소·고발이라는 외부로 향했던 손가락을 왜 자신에게로 돌렸을까. 수호가 왜 그랬을까.

감동을 한 것인지 여 대표가 수호를 칭찬했다. "사이좋게 지냈으면 좋았을 걸 그랬어. 똑똑한, 그런 사람 말을 새겨들어야 했는데."

여 대표가 감정이 복받치는지 목소리가 갈라졌다. 여 대표가 수호에게 퍼붓는 말이 욕설이 아니라니. 수호를 옹호하는 그 말에 괜히 정의 가슴 한쪽이 먹먹하면서 코끝이 찡했다. 주변 사람의 평이한 해석이 평범한 사람을 만드는 법이다. 그러니 수호는 지금보다 더 상투적이고 평이한 사람으로 해석되어야 했다. 혹시 수호가 소를 취하한 것이 평범한 사람 쪽으로 한발 내디던 것이라는 신호인가. 그럴 수도 있겠다는 생각이 들었다. 누구든 남을 감옥에 보내고 마음 편한 사람은 없을 것이다. 수호가 정말로 이상한 게 아니라면 말이다.

그런 생각에도 불구하고 수호가 갑자기 왜 그랬을까, 하는 의문은 풀리지 않았다. 여 대표와 관련한 사건을 마무리한 후에 며칠 다른 일로 바빴지만, 정은 산 아래의 외딴집으로 수호를 찾아가겠다는 마음은 잡고 있었다. 수호가 발목을 잡지 않으니 공사가 일사천리로 진행된다고 여 대표가 전화를 했다. 곧 보일러를 틀어야 하는 계절이 다가오고 있었다. 벌써 아침저녁으로 공기가 선선하니 추워지기 전에 보일러 공사는 마무리가 될 예정이었다.

단독주택은 인터넷에서 거리뷰로 보았던 초라한 집이 아니었다. 정은 번지수를 몇 번이나 다시 확인했다. 수호의 집이 분명했다.

산 아래 외딴집처럼 보이던 지도와도 달랐다. 산과 거리가 떨어진 평지에 집을 앉혔고 콘크리트 벽 대신에 철제 펜스를 둘렀기에 밝고 예쁘게 꾸민 정원과 본채가 훤히 보였다. 잔디가 깔린 마당에는 나무로 만든 야외테이블이 놓였고 여자아이와 강아지와 아이 엄마가 있었다. 두세 살쯤으로 보이는 아이는 강아지를 따라 뒤뚱거리다가 넘어지고 아이 엄마는 테이블 의자에 앉아 채소를 다듬고 있었다. 강아지 짖는 소리와 아이가 깔깔대는 웃음소리 그리고 아이 엄마의 따스한 미소까지. 그건 행복한 가족영화의 전형적인 한 장면을 보는 것 같았다.

"혹시……?" 수호 가족이라 믿을 수 없는 장면이었다. 하지만 아이 엄마가 수호를 자기 남편이 맞다고 확인해줬다. "오늘 회의가 있어서 좀 늦는다고 했어요."

그녀는 자기 건너편 자리를 가리키며 정에게 앉으라고 권했다. 정이 앉자 그녀는 음료수를 내오겠다며 집 안으로 들어가더니 곧 쟁반을 들고나왔다. 쟁반에는 포도와 토마토주스가 담겼다. 그녀 말에 의하면 자신들이 농사지은 거라고 했다.

수호가 포도를 농사짓는다니, 놀라웠다. 그렇다고 아이 엄마가 거짓말을 할 이유는 없어 보였다. 그녀는 정을 너무 스스럼없이 대했다. 좀 의아했는데 곧 이유를 알 수 있었다. 옆집에 산다는 할머니가 누런 바구니 가득 호박과 배추 등을 가져와 정의 옆에 앉더니 같이 채소를 다듬었다. 아이 엄마는 컵을 가져오겠다며 안으로 들어가는데 등 뒤에 대고 할머니가 소리쳤다.

"보팀, 얼음 가져와."

아이 엄마의 발음이 조금 어눌하다 생각하는데. 정이 묻지도 않았는데 베트남에서 온 처녀라고 할머니가 설명했다. 아이 엄마가 얼음이 담긴 컵에 토마토주스를 따랐다. "보팀아 남편이 포도 다 땄어?" 할머니 말이 끝나자 아이 엄마가 애교를 섞어 짜증을 냈다.

"보티힘이라니까. 왜 그렇게 말을 못 해." 할머니가 손을 들어 가볍게 위협하는 시늉을 하며 "뭐하러 길게 부르니. 그리고 너무 어렵다. 보티힘 봐라. 얼마나 힘드니." 라고 말하자, 아이 엄마는 아이구, 하더니 그냥 웃고 말았다.

둘이 친척 같은 관계가 아니라 그냥 이웃 사이일 뿐인지 의심이 갈 정도로 친했다. 곧바로 정은 그들이 친한 이유를 아주 잘 이해하게 되었는데 그건 할머니의 며느리가 등장해서였다. 할머니의 며느리가 아이 엄마의 동생이라고 했다. 수호와 결혼한 보티힘이 이웃 노총각에게 여동생을 소개한 거였다.

이런저런 얘기를 하던 중 할머니가 마당 구석을 가리키며 물었다. "보팀아 남편이 집은 언제 다 짓는대?"

그러고 보니 한쪽 구석에 쌓아놓은 건축자재가 눈에 띄었다. 문득 수호가 했던 말이 떠올랐다. "집 넓히면 아파트는 세놓으려고." 주택 건평이 열두세 평 정도로밖에 보이지 않았다. 거기다 빌라는 곧 개발이 될 것처럼 골목마다 현수막이 펄럭이고 있으니. 정은 갑작스레 모든 의문이 다 풀리는 듯했다. 수호의 주택에 가보지 않고 그 말을 들었을 때는 무슨 말인가 이해를 못 했는데. 이렇게 이쁜 집에서는 밥도 아주 맛있을 것 같았다.

정은 보티힘에게 명함을 주고 나왔다. 천천히 차를 몰아 다시 수호의 집을 지나쳤고 그 마을을 지났다. 오 분가량 달리자 도시 근교에 있는 아울렛 매장에 닿았다. 정은 주차장에 차를 세우고 창문을 활짝 열고 CD 볼륨도 크게 높였다. 머리를 좌석에 기댄 채 손가락으로 핸들의 아래쪽을 쓸었다. 운전을 하지 않고 앉아 있을 때면 습관처럼 그렇게 했다. 그곳엔 라틴어로 조합한 스티커 글자가 붙어 있었다. In Dubio Pro Reo(의심스러울 때는 피고인의 이익으로). 돌출된 글자를 오가는 손가락의 동작이 느렸다. 마음이 급하지 않다는 뜻이었다.

수호가 제 아내에게 여 대표와의 일을 얘기하지 않겠구나, 하는 생각이 들었다. 외국인 아내를 힘들게 하지 않겠다는 짐작도. 수호가 누군가에겐 한없이 좋은 사람이구나. 정은 마음이 착찹했다. 그저 균형을 잘 잡고 중간만 가려는 자신과 비교되어 좀 씁쓸했지만 어릴 때처럼 질투심이 생기진 않았다. 아주 냉철하거나 다정한, 두 개의 페르소나를 잘 유지하는, 그런 사람이 수호라니. 정이 수호라 했더라도 여 대표와의 다툼 따위 시시했을 것이다. 마음이 차분히 가라앉았다. 수호가 자신을 잘 이용했다는 생각도 들었지만 딱히 억울하진 않았다. 수호의 행복이 정을 불행하게 만들지는 않을 테니 말이다.

몇 달이 지나도 가끔은 수호를 만났던 어느 날이 떠올랐다. 그날 수호는 여 대표 사건과 전혀 관계가 없는 희한한 얘기를 했다. 시간과 그리고 무리가 배신자라 지목한 사람의 최후에 대해.

정과 수호는 변호인과 피 의뢰인 입장에서 딱 두 마디를 나누었을 뿐이었다. "나 네 적과 한패야. 여 대표에게 수임료를 받거든." 고백 같은 정의 말에 수호가 느린 말투지만 공격적으로 받아쳤다. "그럼 너는 나를 변호하면 되겠네."

"……." 이야기 전개가 뭐 이런가 싶었다.

꼭 비밀스러운 암호를 주고받는 것 같았다. 그 말이 헷갈렸던 이유는 시간의 간극 때문이었다. 둘이 찻집에서 세 시간쯤 앉아 있었는데 정이 한 고백은 자리에 앉자마자 한 말이었고 수호가 자신을 변호하라고 한 얘기는 헤어지기 직전에 들어서였다. 다른 이유도 있었다. 시간. 두 사람의 말 사이에 거대한 공백 같은 시간이 있었다. 시간이 뭔지 수호가 정에게 물었다. 시간? 이해할 수 없는 개념에 대해 듣는 건, 머릿속에 있는 관념의 작은 옹달샘이 아직 넘치지 않았는데 곧바로 호수로 커졌다가 또다시 광활한 바다로 변하는 것처럼 황당하면서 아득한 경험이었다.

수호가 특유의 무표정한 눈길로 그를 빤히 바라보았다. 그리고 모든 문제는 시간과 공간을 초월한다고 말했다. 뭐라고? 현실의 그릇을 넘어가는 의미의 말. 아마 수호가 한 그 말의 과학적이고 철학적인 의미를 유추하는 데만 한참 걸릴 텐데. 수호가 거기에 이어 완전히 멀고도 다른 세상에서 일어난 일을 들려주었다.

"에게해가 붉게 물드는 저녁…….."

그쯤에서 정은 잠깐을 외쳤다. 수호의 말투 설명서라도 읽고 와야 하나, 아니면 녹음이라도 해서 여러 번 들어야 하나 생각하면서. "어디라고?"

그러니까 그는 수호를 생전 처음 만난 사람이라고 뇌를 새로 세팅할 필요를 느꼈다. 잠시 뒤 그가 고개를 끄덕이자, 수호가 천천히 말을 이어갔다.

"에게해가 붉게 물드는 저녁, 히파소스라 불리는 사내가 상체와 머리를 조아린 아주 공손한 태도로 스승에게 대들었지. 세상은 정수의 비율로 이루어지지 않았습니다. 우리가 시간을 모르듯이 수에 대해서도 다 알지 못한다는 것을 인정해야 합니다."

사실 시간에 대해서는 내가 금방 끼워 넣었어, 하고 수호가 덧붙여 말했다.

히파소스는 자신이 속했던 조직에게 당위성을 부여했던 핵심 이론을 부정했다. 피타고라스 정리를. 스승인 피타고라스가 전 생애를 바쳐 이룩한 위대한 학자이자 교주의 자리를 위협했던 히파소스. 정은 히파소스가 자신이 속했던 학파의 동료들에 의해 바닷물에 버려졌다는 다큐멘터리를 기억했다. 흰옷을 입고 음계를 만든 사람들이었다. 도레미파솔라시도. 음계와 화음이 진동수의 비율로 구성되었단다. 음악이 그렇게나 수학적이라니.

정은 네 말이 무슨 의미인지 다 알아듣지 못했다고 수호에게 말하지 않았다. 대신 수호가 한 말에서 맥락 없는 단어인 시간에 대해 생각하고 있었다. 그의 궁금증을 눈치챘던가.

수호가 말을 이어갔다. 자신이 말한 시간의 의미는, 우리가 중학교에 다니며 겪었던 소소한 일상을 연결하는 그런 시간이 아니라고, 고시촌 골목에서 함께 보냈던 새벽 세 시부터 다섯 시 반까지라는 길이도 아니라고.

"난 요즘 우주적인 것과 인간의 시간 차이에 대해 알아가는 중이야. 시간의 본질이 뭔지 생각해본 적 있어?"

수호의 질문에 정은 핸드폰을 터치해 깜빡이는 숫자 2:23을 보았고, 덮개가 투명해서 서로 맞물려 돌아가는 톱니바퀴의 구조가 훤히 보이는 수호의 스위스제 손목시계가 가리키는 바늘을 힐긋 봤으며, 찻집에 걸린 벽시계를 쳐다보았다.

시간이라 시간……. 정은 당황스럽거나 이해할 수 없는 일에 맞닥뜨려 시간을 끌 때 하듯이 주요 단어를 반복해 중얼거리면서 수호가 얼마만큼 독특한지 찬찬히 살폈다. 시간이 무엇인지 알아보는 것, 수호가 정에게 남긴 질문 같았다.

시간이 해나 별과 같은 자연물의 걸음걸이로 인지되던 시대를 지나, 은백색의 금속이 진동하는 횟수로 정해지기도 한단다. 91억9263만1770번 세슘원자가 진동하는 시간 1초. 아무렇게나 낭비하는 1초에 그렇게나 많은 떨림이 내포되었다니. 정은 초 단위 1의 틈새에 스며드는 무한하게 미시적인 하나의 세계를 가끔은 상상했다. 자신과 수호의 그 세계를.

무인도 랩소디

무인도 랩소디

다락에서도 그 섬에 갈 수 있다고 했다.

섬은 숲속에 있는 공터 그러니까 정거장이라 불리는 곳을 거친다고 했다. 섬으로 가는 정거장이 숲 한가운데에 있다니, 조금 의아했다. 하지만 바닷가나 강가처럼 뻔한 데가 아니라는 게 마음에 들었다. 정거장은 그냥 공터일 뿐이라고 말하는 사람이 있었고 섬에 들어갔다 되돌아오는 전 과정 중에 가장 중요하다는 사람도 있었다.

사람들이 뭐라건 나는 정거장에 관심이 없었다. 그냥 이곳을 찾아왔던 속도대로 공터를 지나친 후 섬의 입구라 생각되는 숲을 열어젖혔다. 갑작스러운 어둠이었다. 저절로 걸음이 느려졌다. 하지만 나는 멈추지 않고 숲을 헤쳐 나갔다.

숲속은 귓속에 이끼가 자랄 것처럼 축축했다. 날벌레와 곤충 같은 것들이 살갗에 부딪혔고 몇 발짝마다 물컹한 것이 밟혀 툭툭 터졌다. 거기에 더해 시야를 가리는 이끼들. 숲속 허공엔 온통 검은 망토 같은 이끼투성이었다. 나뭇가지를 잡고 늘어진 이끼 뒤에는 내가 간절히 보고 싶었던 사람이 숨어 있다는 느낌이 들었다. 나는 그녀를 향해 몇 번이나 손을 뻗었다. '나를 데려가야지. 데려가라고. 제발.' 숨을 헐떡이며 또다시 커다란 이끼를 열어젖혔을 때였다. 크고 딱딱한 뭔가가 한쪽 어깨를 아프게 들이받아 몸이 옆으로 돌아갔다. 문득 반짝이는 물비늘이 눈을 찔렀다.

너무 밝아서 눈이 감겼고 현기증이 일었다. 헛것을 본 걸까. 지금이라도 다 포기하고 싶었다. 아니. 겨우 어둠에 주춤대고 햇빛 따위를 피해 눈을 감는 내가 정말로 싫었다. 다락에서 그랬던 것처럼 이곳에서도 미적이고만 있다니. 한편 이럴 수밖에 없다는 생각이 들기도 했다. 그러자 내 안에 살고 있는 또 다른 내가 이런 나를 질책했다.

작고 무력한 나와 달리 내 안의 나는 거인이었다. 내 영혼의 어둠에 기대어 자라는 그 거인은 삶을 끝내지 못하는 내게 양심 불량이라며 조롱을 했다. 나는 그의 말을 수긍했다. 정말로 사는 것이 의미가 없었다. 다만 마음에 걸리는 단 한 사람. 바로 나 자신이었다. 아니 다락 아래에서 사라지지 않고 매 순간 메아리쳐 들려오는 나의 소리들이었다. 이십사 년간 내가 쏟아냈던 소리들. 그 소리들이 웃다가 울면서 그러다 미친 듯이 화를 내면서 나를 기다리고 있었다. 내가 일상으로 돌아오기를. 그래서 아무 일 없었던 듯이 살아가기를. 하지만 그냥, 이대로, 그럴 수는 없었다.

여러분은 알 것이다. 섬과 맞닿아 있는 인간의 내면이 얼마나 거대하고 깊은지. 그래서 나와 또 다른 나의 거리가 겨우 계단 일곱 개뿐이라 해도 그런 무거운 흔적이 나를 바라며 뒤엉겨 있는 그곳은 내가 영원히 닿을 수 없는 곳처럼 여겨졌다. '너마저 떠나면 나는 진짜 안 돼.' 시간의 그물에 걸린 흔적 속에서 나의 그 한마디가 가녀린 실처럼 나의 실존 그러니까 나의 남루하고 고통스러우면서도 미련한 생존과 연결돼 있었다.

내가 만약 섬을 무사히 다녀온다면 다락을 내려갈 수 있을 거라고 사람들이 말했다. 정말, 그럴 수 있을까.

천천히 눈을 떴다. 작고 하얀 자갈이 깔린 강변엔 물비늘이 넘실대고 있었다. 나는 숨을 크게 내쉬었다. 이곳의 건조하고 따스한 공기를 들이마시자 내가 얼마나 습하고 추운 곳을 지나왔는지 알 것 같았다. 뒤를 돌아보았다. 금방 지나온 검은 숲은 온데간데없었다.

대신 꽃이 가득한 들판과 카페와 오락 시설과 호텔 등이 있는 휴양지 풍경이 길게 펼쳐져 있었다. 소박하지만 화려했고 울타리가 쳐졌지만, 한없이 넓었다. 크루즈까지 정박해 있는 곳이었다. 그랬다. 나와 내가 아는 사람들과 이런 강변에 놀러 온 적이 있었다.

이곳에서는 모두가 하고 싶은 놀이를 했다. 헤엄을 치고 물고기도 잡으며, 방갈로에서 책을 읽거나 바에서 칵테일 잔을 부딪쳤다. 어떤 연인은 사랑을 나누려는지 방갈로의 커튼을 내렸고 아이들은 수풀이나 사람 사이를 헤집으며 세계를 탐험하고 있었다. 보호자나 감시자가 필요 없는 곳이었다. 그래도 되는 안전한 장소였다.

크루즈를 타고 다른 세계로 떠나는 사람은 누구에게도 작별 인사를 하지 않았다. 이곳 사람들은 이별과 만남이 다르지 않다는 것을 알고 있는 듯했다. 내가 살던 세계와 달랐다. 나는 파티가 벌어지고 있는 배 안을 바라보다 걸음을 옮겼지만, 곧 되돌아섰다. 한 친구를 따라가고 싶었다. 하지만 친구가 타고 있었던 파란색 크루즈는 사라졌고 막 붉은색 크루즈가 소리 없이 도착했다. 새로운 사람들이 크루즈에 올랐다. 하지만 나는 거절당했다.

고요한 흥이 영원히 계속될 것처럼 곳곳이 수런대고 있었다. 하지만 나는 이런 평온의 다른 얼굴을 알고 있었다. 심장이 거칠게 뛰었다. 어디에 있건 지옥이었다. 강가를 거닐었다.

걷다 보니 빵 가게가 보였다. 문득 피로감이 몰려와 빵 가게의 바깥벽에 기대앉았다. 벽이 따스했다. 젖은 옷이 마르면서 숲의 냄새를 풍겼다. 거슬렸지만 말할 수 없이 따스한 온기에 잠시 졸았던가. 저음의 남자 목소리가 들렸다. 사랑을 속삭이는 밀어였다.

"너를 수확하는 매해 첫날 세계 곳곳에서 오순절 축제가 열린단다. 네가 있는 모든 곳은 풍요로운 신의 땅이지. 자, 네 넉넉한 풍미로 세상을 축복하렴."

남자의 기도 같은 주문이 끝나기도 전에 빵이 익는 달콤한 냄새가 사방에 풍겼다. 곧이어 나팔 소리가 울려 퍼지자 사람들이 접시를 들고 가게로 다가왔다. 나는 벌떡 일어나 맨 앞에 섰다. 하지만 남자는 고개를 저었다. 그의 표정이 차가웠다. 나는 옆으로 물러났다.

사람들은 나처럼 줄을 서지 않았다. 가게 앞에 제각각 선 채 앞으로 접시를 내밀었다. 그러자 남자가 공중에 손을 들어 올려 우아하게 손짓을 했다. 그러자 모든 접시가 빵으로 가득 찼다. 분명 단 한 번의 손짓이었는데, 돌아가는 이들의 접시에 담긴 빵이 푸짐했고 종류도 다양했다. 치즈와 올리브를 듬뿍 머금은 치아바타와 머핀과 파이 그리고 온갖 종류의 케이크도 있었다. 모두 돌아가고 나는 혼자 남아 눈을 끔뻑이며 남자를 올려다보았다.

잊었던 허기가 몰려와 혀와 영혼이 빵을 구걸하고 있었다. 하지만 그는 내 요구를 거절했다. 나는 텅 빈 나의 손과 그를 번갈아 보았다. 내가 의도하지 않았지만 침이 삼켜지는 소리, 천둥처럼 큰 그 소리를 그도 들은 것 같았다. 그는 내가 좋아하는 햄버거를 집더니 잠시 망설였다. 그리곤 내게로 몸을 숙이고 속삭였다.

"넌 배가 고프기를, 헐벗기를 바라지 않았니?"

그가 말을 마치자마자 검은 옷의 무표정한 사내 몇이 나를 에워싸고 어딘가로 몰았다.

나는 또다시 검은 숲에 섰다. 저 멀리에 환한 빛줄기가 보였다. 나는 그곳을 향해 내달렸다. 그렇게 숲을 벗어나 막 빛의 영역에 들어서려던 참이었다. 내 몸은 어딘가를 향했던 적이 없었던 것처럼 제자리로 살포시 돌아왔다. 무슨 영문인지 알 수 없었던 나는 다시 뛰었고, 곧 강가로는 한 발짝도 다가갈 수 없다는 것을 알아차렸다. 강과 숲의 경계는 부드럽고 물렁하여 그곳에 기대면 아늑하게 몸뚱이를 품어주기는 했지만, 결코 길을 열어주지는 않았다. 현명한 노인들이 나를 비웃느라 얼굴을 한껏 구기고 웃는 모습이 보였고 아이들이 내게 손가락질을 하고 있었지만 한 줌의 온기도 건너오지 않았다. 음소거된 화면이었다.

나는 투명한 푸딩 같은 이상한 장벽에 들러붙어 강변의 세계와 빵 가게에서 눈을 떼지 못했다. 아직 잊히지 않은 소리와 냄새는 내 처지가 얼마나 참담한지 실감 나게 했다. 나와 완전히 격리된 세계를 비추는 화면 같은 그쪽에서 고개를 돌렸다.

얼마나 걸었을까. 즐거움의 세계에서 추방된 나의 발길은 어느 숲의 가장자리에서 멈췄다. 공터였다. 나는 처음 멈춘 그 자리에 가만히 서 있었다. 일부러 주변을 둘러볼 필요조차 없었다. 공터는 한눈에 들어오는 크기였고, 약간 찌그러진 타원형이었으며 우거진 숲에 둘러싸여 있었다. 숲이 어두운 것에 비해 공터는 무척 밝았다. 하지만 사물이나 사람이 또렷이 보이진 않았다. 빛이 문제였다. 작은 공간에 너무 많은 빛이 겹겹이 엉겼다가 쪼개지며 뒤섞여서 일렁거렸다. 그래서 이곳은 세상의 시작이거나 혹은 끝처럼 보이기에 손색이 없었다. 나는 이곳이 사람들의 이야기에 등장하는 바로 그 정거장이라는 것을 알아차렸다.

정거장을 오가는 사람은 생각보다 많았다. 길이라 부를 만한 곳이 없는데도 말이다. 바닥은 숲처럼 검었다. 사람들은 숲과 같이 검은색의 바닥을 걸어가서는 다만 숲으로 들어가고 나올 뿐이었다. 그러니까 공터를 둘러싸고 있는 숲 아무 데서나 사람들이 튀어나왔고 어디로나 들어가 사라져버렸다. 숲이 사람을 먹거나 뱉어버리는 거대한 동물 같았다.

사람의 형체가 선명하지 않은 다른 이유도 있었다. 꽃 때문이었다. 사람과 꽃이 하나인 것처럼 덩어리져 움직였다. 거기에 더해 산란하는 빛이 얇고 긴 겉옷처럼 사람들의 등과 어깨는 물론 꽃에도 넘실대며 흩뿌려져, 기이한 추상화 같았다. 형체들은 세모나 네모 모양으로 어긋나고 쪼개진 후에 새로운 조각들로 만들어져 흩어졌다가 다시 겹쳐지기도 했다. 처음엔 꽃 색이 달라지는 것으로 사람들이 바뀐 것을 알아차렸다.

그렇다고 모두가 꽃을 가진 건 아니었다. 빈손인 사람도 있었다. 빈손인 사람들은 섬으로 들어가는 중이었고 꽃을 든 사람은 섬에서 돌아 나온 이들이었다.

좀 지나자 꽃과 그것에 대응하는 사람의 행태가 다른 것도 구별할 수 있었다. 꽃은 열대 식물처럼 크고 화려한 것에서부터 빙하를 깨고 꺼내 온 것 같은 조그만 이끼꽃에 이르기까지 종류와 색이 다양했다. 또한, 꽃들은 식물보다는 의지가 있는 동물 같아 보였다.

주황색의 커다란 꽃이 주인의 품을 벗어나려 검정 꽃술을 버둥대며 날뛰다 목이 꺾이거나, 제 주인인 노인을 물어뜯으려던 식인꽃이 바닥에 팽개쳐져 발바닥에 짓이겨지기도 했다. 어떤 남자는 아이처럼 보이는 꽃을 등에 짊어진 채 이곳에서의 발길을 끝내지 않을 것처럼 느리고 처연하게 걸었고, 한 젊은이는 온몸에 꽃을 너무 많이 꽂아 걸어가는 화환처럼 보였다. 또 어떤 아줌마는 꽃잎을 마구 먹어치우면서 흘리기도 해, 꽃물이 옷깃을 적셨다.

사람들 대부분이 자기 품속의 꽃을 들여다보거나 어루만지며 길을 재촉했다. 너무 서두르다 떨어뜨린 줄기나 누군가에게 건네려다 놓친 꽃, 작거나 미워서 버린 것들은 땅에 닿는 순간 본연의 찬란하고 싱싱한 제 색을 되찾았다. 땅이 제 고향 집의 다락이나 되는 듯, 최후의 순간에 토해내는 원초적 탄식처럼. 그것들이 밟히고 썩어 공터의 흙빛을 세상 색이 아니게 바꾸어 놓았다. 사람만이 아니라 꽃에도 이곳은 특이한 장소인 게 분명했다.

섬에 다녀온 사람들은 꽃만큼이나 말도 흘렸다. 섬에서는 폭

풍보다 거칠다는 감정의 여러 단계를 거치면서 굳건히 견뎌내야 한다는 것과 삶에의 의지를 가진 사람 중에서도 꽃을 가진 자 즉, 악의조차 수용한 사람들만 살아서 돌아올 수 있다는 것과 같은 말들. 하지만 내가 그런 말을 다 알아들을 수는 없었다.

가끔 섬에서 나온 이가 빈손인 사람에게 꽃을 건네기도 했다. 나도 몇 번 꽃을 받은 적이 있지만, 마음에 들지 않아 버렸다. 나중에 알게 된 것은, 꽃을 받은 사람은 꽃의 뭔가에 재촉을 당한다는 것이었다. 그리하여 섬으로 쉽게 떠날 수 있다고.

어느 비 내리는 날에 나는 한 여자와 같이 숲으로 들어갔다. 나와 함께 정거장을 서성이던 여자였다. 우리는 어떤 남자에게서 들꽃을 받았다. 사람들의 말이 맞았다. 꽃은 잠들었던 내 안의 거인을 깨웠다. 그가 나의 영혼과 심장을 찌르는 듯 통증이 일었다. 조바심이 났고 걷지 않을 수 없었다. 나는 숲을 거칠게 열어 젖혔다. 여자도 마찬가지였다. 우리가 나무 그늘에 완전히 묻히기 전 남자가 무슨 말을 건넸다. 다시 들으려 했지만 남자는 구부정한 등을 보이고 반대편 숲으로 사라지고 있었다.

숲에 들어서자 여자가 내게 꽃을 내밀었다. 숲속에서 여자의 꽃은 내 것보다 더 칙칙해 보였다. 나는 고개를 저었다. 그러자 여자는 들꽃을, 내 앞에 내밀고 있던 팔을 털썩 내리면서 바닥에 떨어뜨렸다. 그리고 사라졌다. 나는 두리번거려 여자를 찾았다.

정거장을 내다보았지만 비어 있었다. 나는 꽃을 주워들었다. 여자를 다시 만나면 돌려주리라 마음먹고 셔츠 주머니에 넣었다.

얼마 동안 걸어가자 낯익은 곳이 눈에 들어왔다. 같은 자리로 돌아온 건가. 여자가 꽃을 떨어뜨린 곳이었다. 나는 주위를 둘러보았다. 아까 보이지 않았던 여자가 있었다. 처음에 나는 여자가 누워서 쉬는 줄 알았다. 하지만 가까이 다가가 보니 여자라 부를 만한 것은 머리뿐이었다. 긴 머리카락이 검은 진창에 실뭉치처럼 뭉쳐지고 또 흐트러져 창백한 얼굴만 하얗게 요철처럼 도드라졌고, 그 아래 몸통엔 옷가지만 펼쳐진 채 남아 있었다. 소매와 바짓단은 각각 네 그루의 나무에 닿아 있었다. 나는 나무를 손바닥으로 쓸어 보았다. 손바닥에 검은 액체가 묻어 끈적거렸고 피비린내가 끼쳤다. 보고 있는 사이 여자의 얼굴마저 조금씩 사라졌다. 사라지기 전 여자의 마지막 표정.

미소를 짓는 듯한 여자의 표정 때문에 나도 사지를 흡혈 나무에 대고 누울까, 잠시 고민했다. 하지만 제빵사가 말했듯 나는 고통의 바닥을 보고자 염원하지 않았던가. 나는 손바닥을 바지에 문질러 닦고는 뒤돌아섰다.

이전에 그랬듯이 발길 닿는 대로 내디뎠다. 얼마나 걸었을까. 태초의 것과 같은 굵은 빗줄기가 내려 눈썹까지 넝쿨나무처럼 아래로 쳐졌을 즈음이었다. 빵 가게 남자의 말이 생각났다. 크흐흑. 이 와중에 웃음이 비어졌다. 체념이라는 물기에 젖은, 자학을 듬뿍 머금은 비웃음이었다. 나는 하야가 모사하여 내 방에 붙여놓은 그림, 빈센트 반 고흐의 '별이 빛나는 밤에'를 떠올렸다. 고흐는 동생 테오에게 보내는 편지에서 이렇게 썼다.

나는 지금 아를 강변에 앉아 있네.
욱신거리는 오른쪽 귀에서 강물
소리가 들려. 별은 알 수 없는 매혹으로 빛나고 있지만
저 맑음 속에는 얼마나 많은 고통을 숨기고 있는지…….
이 강변에 앉을 때마다 목 밑까지 출렁이는 별빛의 흐름을 느낀다네.
나를 꿈꾸게 만든 것은 저 별빛이었을까…….
테오, 내가 그림을 계속 그릴 수 있을까?
도시와 마을을 상징하는 지도의 검은 점들이 그렇듯이
별은 나를 꿈꾸게 한다.

고흐가 꾸는 꿈은 해바라기나 사이프러스가 있는 하늘일까. 고흐의 하늘은 내게 섬과 동의어로 여겨졌다. 나의 막다른 장소는 섬이었다. 나는 고흐처럼 점과 나선으로 이루어진 세계를 꿈꾸었다. 화가가 되고 싶었고 고흐를 즐겨 베꼈다. 나는 고흐의 빛나는 별을 올려다보며 섬에 가기로 결심했다. 고흐처럼 자신을 경멸하여 분노하기를 그리하여 귀를 씹어 먹히고 목이 물어뜯기기를, 뱃속이 텅 비고 고통스럽기를 소망했다. 별이 빛나는 그 밤

에 나는 헐벗기를 진심으로 바랐다.

"다른 많은 것도 소망했잖아!"

비웃음처럼 고함도 저절로 튀어나왔다. 이럴 때 나는 내가 낯
설었다. 하지만 낯선 행위의 결과가 뚜렷하면 그건 더 난감한 일
이었다. 지금이 그랬다. 내가 지른 고함이 수백 개의 골짜기를 누
비는가. 되돌아오는 천둥 같은 메아리가 겹치고 울려 숲이 떠들
썩했다. 나는 가만히 서서 소리가 잠잠해지기를 기다렸다.

하지만 소리는 점점 더 커졌고 내가 숲의 금기를 깬 것 같다는
생각이 들자마자 발밑의 땅이 쪼개지고 벌어졌다. 나는 구덩이에
떨어지지 않으려 팔을 휘두르다 손에 잡힌 넝쿨을 움켜쥐었다.
다리 사이엔 빨간 불꽃이 날름대며 차오르고 뜨거운 바람에 머리
카락 타는 냄새가 났다. 다리에 힘이 빠지고 넝쿨은 곧 끊어질 듯
아래로 쳐졌다. 남방셔츠 주머니에 넣어둔 들꽃이 비어져 나와
곧 불길 속으로 떨어질 것 같았다. 그제야 그가 꽃을 주면서 했던
말이 생각났다.

"놓치지 말아요."

그는 절대 놓치지도 버리지도 말라고 했다. 지금 꽃을 놓치는
게 문제가 아니었다. 불길에 꽃잎이 타버릴 지경이었다. 나는 꽃
이 재가 되지 않게 한쪽 어깨를 기울여 화기를 막으려 했지만, 몸
짓은 시늉으로 그쳤다. 그러는 중에도 숲 전체를 뒤흔드는 굉음
이 다가오고 더 이상 버틸 수 없어 불구덩이에 떨어지겠다, 생각

한 순간이었다.

　몸이 공중으로 가볍게 솟구쳤다. 무언가에 어깨를 잡힌 채였다. 날아오를수록 어둠은 짙어졌고 나뭇가지가 몸을 할퀴는 통증만이 살아 있다는 것을 알려주었다. 나는 그 와중에 셔츠 앞섶을 더듬어 들꽃을 주머니 깊숙이 밀어 넣었다. 그것만이 내 고민의 전부였던 듯 잠깐 안심이 되었다. 하지만 곧 나를 잡고 날던 뭔가가 어깨를 놓아버렸고 난 공중에 잠깐 머물렀던, 힘없는 것들이 그렇듯 빙글빙글 돌며 아래로 떨어졌다. 믿을 수 없었다. 내 몸뚱이는 낙엽처럼 사뿐히 떨어져 어딘가에 놓였다. 숲속과는 다른 성질의 어둠과 냉기가 느껴지는 곳이었다.

　손으로 바닥을 더듬자 모서리가 거친 돌멩이가 만져졌다. 돌무덤이었다. 깡깡. 바위를 깨는 망치 소리와 발 근처로 돌멩이 떨어지는 소리가 들렸다. 나는 돌이 날아오는 방향을 등지고 더듬더듬 기어 희미한 빛이 비치는 밖으로 나갔다. 동굴 밖이었다. 동굴은 까마득한 바위산에 둘러싸인 곳에 있었다. 빽빽이 꽂아놓은 칼날같이 뾰족하고 검은 바위들 사이로 흐리고 좁은 하늘이 겨우 보였다. 하늘과 맞닿은 봉우리엔 회색 눈이 쌓여 털모자를 쓴 것처럼 보였다. 첩첩이 코를 맞대듯이 모여 있는 바위산엔 흙이나 나무는 물론 길조차 보이지 않았다. 빗물만이 바위산을 적시고 있었다. 오랫동안 겨울비와 얼음에 시달린 것으로 짐작되는 검고 검은 바위산엔 이끼조차 없었다.

"계세요?"

나는 나도 알지 못하는 곳을 날다가 떨어진 사람이 아니라 누군가를 찾아온 방문객처럼 동굴 안으로 인기척을 보냈다. 이곳에 어떻게 왔는지 내가 누군지 묻는다면 되물을 수밖에 없다고 생각했다. 내가 지나온 강가와 숲을 아느냐고.

곧 젊은 남자가 밖으로 나왔다. 그는 내가 본 중 가장 잘생긴 남자였다. 오뚝한 콧날과 깊은 눈매가 영화나 사진에서 본 배우나 모델보다 더 뚜렷했다. 그는 내가 올 것을 기다린 사람처럼 정중하지만 반갑게 맞았다. 뜨거운 차를 건넸고 양모 이불을 내줬다. 나는 우선 좀 쉬어야 했다. 그가 바위 동굴을 파느라 망치로 정을 내리치는 소리를 들으며 나는 잠에 빠졌고 향기로운 커피와 빵 냄새에 눈을 떴다.

그는 자신을 나의 일부라고 소개했다. 예상하지 못한 말이라 나는 멍한 눈길로 그를 바라봤다. 돌려서 말하고 정보의 일부만 흘리는 그의 화법 때문에 같은 내용을 여러 번 듣고서야 요점을 파악했다. 내 마음이 거울처럼 투영되어서 자신이 탄생 됐다는 말이었다. 내가 가지고 있는 일곱 감정인 희·노·애·락·애·오·욕에서 그가 태어났다니. 나의 나쁜 감정으로 인해 그가 만들어졌고 그는 그것을 없애는 일에 충심을 다하는 중이라고 했다. 자신은 나의 환상이 만들어낸 정령이라고도 말했다.

이 섬에서는 많은 것이 가능하다고 들었지만, 감정을 겨냥한

246

그의 말은 무슨 뜻인지 이해할 수 없었다. 모진 배반과 오랜 허기에 시달린 나는 배가 부른 것에 만족했고 달콤한 잠과 휴식에 탐닉했다. 한동안 먹고 자며 그의 얼굴을 보는 일만 되풀이했다.

나는 그의 말을 곱씹었다. 그러던 어느 날 모닥불 앞에서 그에게 물었다. 일곱 개의 감정 중 당신은 나의 무엇이냐고. "분노!" 그는 으르렁대듯 이제야 그 질문을 하냐고, 대노를 거듭 외쳤다. 단정적인 그의 말에 난 대꾸할 말을 잊었다. 다만 나의 분노가 이렇게 잘생겼다니, 기분이 괜찮았다.

나는 피로가 가시자마자 그를 도우려 망치와 정을 들었다. 우리는 사이좋은 쌍둥이처럼 한 가지 일에 매달렸다. 굴을 파고 돌멩이를 모아 밖으로 날랐다. 돌멩이를 협곡에 던지자 날카로운 계곡이 조금씩 메워졌다. 내가 바위산의 안을 파내 바깥을 메우는 게 의미가 있냐고 묻자 그는 당연하다고 대답했다.

그는 내가 이 산을 벗어나면 자신은 바위산 너머 초원으로 가 양을 치는 목동이 되고 싶다고 했다. 나는 그가 목동이 되면 챙 넓은 모자와 선글라스로 그의 얼굴을 가려주겠다고 말했다. 그 얼굴을 보여주면 양들조차 우리에 들어가는 게 아니라 네 집에 머물게 될 거라고도. 어느 날은 신비주의 영화배우가 되는 건 어떠냐고도 물었다.

나는 강가에서 겪었던 일을 얘기해줬다. 신기하게도 그는 평안과 희열의 세계에서 추방당했던 씁쓸한 나의 얘기를 알아들었다. 그는 내 머리와 가슴께를 가리켰다. 당신의 분노가 가라앉으면…… 자신은 안온한 일상을 맞을 준비가 되어 있다고 말했다. 이곳은 그에게도 축축하고 추운 곳이라고.

우리는 햇볕이 환하게 내리쬐는 상상의 푸른 초원에 대해 자주 얘기를 나눴다. 나는 그의 꿈이 내가 바라는 일인 양 열심히 돌을 날랐다. 내가 하루 종일 게으름을 피우는 날에도 그는 일을 쉬지 않았다. 하지만 그 혼자 일하는 것을 내가 불편해하면 그는 단박에 일을 멈췄다. 나와 같이 밖을 내다보며 얘기를 나눴고 모닥불 옆에서 잠이 들기도 했다.

"산 사이가 넓어졌나요?"

그가 내게 물었다. 스무 개쯤의 협곡을 메운 밤이었다. 그러고 보니 코앞의 바위산이 무릎쯤으로 물러나 있었다. 큰곰자리의 엉덩이에서 꼬리로 늘어선 북두칠성이 선명하게 보였다. 그가 가리키는 쌍성에서 두 개의 별을 따로 골라낼 수 있을 만큼 달빛이 밝았다. "여기 오고 처음으로 북극성을 봤어요."

나는 슬며시 미소 짓는 그를 보며 고개를 끄덕였다. 감격 어린 그의 목소리에 가슴이 뭉클했다. "산이 몇 개나 있는지 알아요?" 내 질문에 그는 참으로 답답하다는 표정을 지었다.

나는 그에게 왼쪽 하늘을 가리켰다. 우리가 같은 곳을 바라보는 잠깐 사이에 손가락과 손가락 사이에서 산과 산이 간격을 벌리며 하늘이 탁 트였다. 그는 은하수를 가리키며 저것은 밀키웨이고 이쪽의 것은 타워 은하라고 했다. 나는 그가 별을 잘 아는 것이 목동의 자질인가, 생각했다. 우리가 한 일보다 산의 간격이 더 빨리 벌어지는 것이 놀라웠다. 첫날 보았던 좁은 하늘과 코앞의 계곡에 대해 말을 하다 입을 다물었다. 문득 어떤 의문이 생겼다. 동굴 안을 전부 파낸다면 산이 없어질 수도 있을까. 그는 그렇다고 대답했다.

나는 동굴을 몇 개나 파야 되느냐고 물었다. "그건 당신이 알지요."

그렇게 대답하는 악의 없고 순박한 그의 얼굴을 바라봤다. 그가 같은 말을 반복하자 나는 좀 짜증이 났다. "무슨 말인지 내가 알아들을 수 있게 설명해줘요."

그는 진지한 표정으로 나를 바라보고만 있었다. 그의 눈동자가 실망 때문인지 눈에 띄게 흐려졌다. 답답했고 이해할 수 없긴 나도 마찬가지였다.

"잘 들어요. 분노는 우리 감정 중에 가장 날카롭고 영민한 것이에요. 믿어야 해요. 그래야 우리가 여기에 갇혀 동굴을 파는 일이 헛되지 않아요." 그가 아무리 말해도 믿기지 않았다.

서로에게 토라진 우리는 말없이 동굴을 파 협곡을 메웠다. 아무리 생각해도 이런 산을 만든 적이 없는데 그는 자꾸 내 탓이라 했다. 아주 짧은 기간에 백 개도 넘는 동굴을 판 것 같았다. 내 손바닥에도 굳은살이 박여 그의 것처럼 딱딱했다. 하지만 우리가 골짜기를 메워 만든 곳엔 출구가 없었다. 길은 미로의 안으로만 향하는 듯 제 자리를 맴돌았고 하늘은 넓어졌다가 다시 좁아지기도 했다.

그런 어느 날이었다. 그는 나더러 왜 뒷걸음질만 치느냐며 따지듯이 물었다. 나는 그의 분노에 속수무책이었다. 화가 났다. 이상한 말로 나를 몰아붙이는 그가 싫었다. 나는 다른 동굴을 팔 테니 그곳으로 데려다 달라고 말했다. 그는 한숨을 쉬었다. "그럴 수 있다면 얼마나 좋겠어요……."

나는 단순한 일을 하는 데서 얻은, 평온한 일상을 깬 그에게 화가 났다. 이젠 내가 밤낮없이 굴을 팠고 그가 풀이 죽어 모닥불 옆에 앉아 있었다. 그게 마음은 더 편했다. 화를 참는 것보단 동굴을 판다는, 차선책이라도 있는 게 다행이었다. 하지만 얼마 지나지 않아 그는 고개를 저었고 그게 답이 아니라고 소리를 질렀다.

"난 마술램프 안의 지니예요. 당신 분노의 감옥에 갇혀 있다고요. 당신이 마음을 바꿔야만 내가 이곳에서 벗어날 수 있어. 제발, 당신 마음속의 분노를 읽어요. 그리고 자신을 용서해요."

나는 울고 싶었다. "난…… 어떻게 하는지 진짜 모르겠어요. 그렇지만, 당신은 용서해 줄게요."

내 말에 그가 정말이냐며 정색을 했다. 나는 크게 고개를 끄덕였다. 단 하나의 방법이 있다고 그가 말했다. 나는 흔쾌히 승낙

했다. 그는 내가 가진 꽃을 달라고 했다. 하필 그 순간에 꽃을 준 남자가 했던 말이 떠올랐다. 잘 간직하라는. 그래서 준 사람에게 물어보겠다고 대답했다. 장난치듯 순간적으로 나온 대답이었다. 그런데 그는 쓰러지듯 앉은 채 얼굴을 무릎에 묻고 서럽게 울었다. 나는 당황했다.

"미안해요, 정말 미안해요. 농담이었어요." 나는 주머니에서 꽃을 꺼내 내밀며 그에게 다가갔다. 하지만 그와 눈이 마주친 순간 나는 깜짝 놀랐다. 고개를 젓는 그의 얼굴이 변하고 있었다. 나는 들꽃을 그의 손에 쥐여주며 무릎을 꿇었다.

그가 고개를 저으며 울먹였다. "우리 세계는 인간과 달라요. 이젠 아무 소용없어요."

내가 그의 손을 잡고 애원을 해도 그의 조각 같던 얼굴이 사천왕처럼 험상궂어졌다. "사람의 분노는 시간이 지나면 더 크게 부풀려지기 마련이에요. 그건 자신 안에 거인을 키워, 제 속을 찢거나 많은 것을 재도 없이 파괴하지요. 너무 늦었어. 이젠 제가 거인이 될 거예요."

비뚤어지는 입으로 그는 내게 피해야 한다고 속삭였다. 나는 고개를 저었다. 그의 몸이 쑥쑥 자랐다. 금세 나와 들꽃을 내려다볼 만큼 커져 동굴을 떠받치고 선 채로 내게 빨리 이곳에서 꺼지라고 소리쳤다. 나는 고개를 저었다. 나의 분신인 그가 비와 바위뿐인 이곳에서 몸이 변하고 있었다. 흉측한 표정으로 나를 위협

했고 전부 이해할 수는 없었지만 나는 그를 홀로 둘 수는 없었다. 그의 비명소리에 동굴이 흔들렸다. 바위산이 삐걱삐걱 무너지며 돌가루가 떨어졌다. 허공에서 뭔가 나를 끌어당겼다. 나는 그의 바짓단을 잡고 버텼다. 하지만 굴이 무너지기 전에 그는 나를 들어 멀리 던져버렸다. 그의 흐느낌과 산이 주저앉는 소리에 귀가 먹먹했다.

가슴이 미어졌다. 나는 한없이 긴 시간 동안 공중에 머물러서야, 그곳 상황을 이해할 것 같았다. 섬이 그런 곳이라는 것을. 그가 나 대신 바위굴에 갇혔다는 것을. 오롯이 나 혼자만의 분노였다. 분노 그 자체의 순정한 힘으로 내 안의 또 다른 나, 그가 창조되었고 분리된 셈이었다. 내가 모른 척했던 분노는 늘 그렇게 추위에 떨고 있었다. 우리 감정의 흐름은 분노의 바위산을 뛰어넘어 곧바로 섬으로 올 수는 없었다. 그게 순리였다.

내가 곧바로 대면하고자 한 것은 미련한 분노가 아니었다. 그렇지만 나의 차갑고 냉정한 마음이 아름다운 나의 쌍둥이 동생을 설산에 묻어버렸다는 충격적인 사실은 변함없었다. 끔찍한 결과를 당해야만 감정의 역행을 경험하다니. 후회해도 소용없었다. 이곳에서 나는 언젠가 분노에 갇힌 동생을 구하겠다는 결심만 세울 뿐이었다.

그를 생각하자 눈물이 끊임없이 차올랐다. 하야의 장례를 치르고 차가운 땅에 묻으며 엘은 말했다. "농담이 아니면 죽음이야."

 그 말은 엘 자신에게 한 말일까, 아니면 내게 한 말이었을까. 나는 아직 농담과 무로 가는 어떤 길도 선택하지 못한 채 중간계에서 서성이고만 있었다.

 먹먹한 귓전으로 물이 찰랑대는 소리가 들렸다. 이곳이 어딘지 눈을 뜨지 않아도 알 수 있었다. 수억 년 전에 생긴 늪지에 있는 우물이었다. 늪지가 마른 땅이었고 사람이 살았던 때 우물이 만들어졌다. 빙하가 녹고 물이 불어나자 우물이 늪에 잠겼다. 홍수가 나면 강물이 늪지로 흘러들었고 땅이 파인 곳 일부는 호수가 되었다. 공룡의 발톱과 원시부족의 노래가 호수로 떠내려왔고 일부가 우물 위를 지나다 우연히 밑으로 가라앉았다. 나의 미숙하거나 지나친 감정도 그 무게를 견디지 못하면 그것 또한 우물속에 켜켜이 쌓였다. 헤아릴 수 없이 오랜 시간 동안 우물은 무거운 것들로 가득 차 나만의 고유한 섬이 되었다.
 섬은 점점 밀도가 높아졌고 블랙홀처럼 나를 이끌었다. 내가 미래에 갈 곳을 묻는다면 그 해답도 섬에서 찾을 수 있을 터였다. 이미 선험을 거친 양 모든 것이 익숙했다. 나는 눈을 감고 곧 나를 마중 나올 것들을 기다렸다. 그랬다. 곧 무언가가 나의 머리를 잡고 물속에 처넣었다. 나는 잠시 버둥거리다 포기했다. 내가 거스를 수 있는 힘이 아니었다. 물속에 머리가 잠긴 채 맨 처음 본 것은 풀색 곤충이었다.

어린 시절 친구들과 곤충채집을 갔다. 나비 대신 메뚜기의 뒷다리를 잡고 머리를 물속에 집어넣은 적이 있었다. 기억 하나를 떠올리자 내 몸이 시소처럼 상체와 다리의 자리가 바뀌었다. 머리가 물 밖에 나온 잠깐 동안 참았던 숨을 쉬었다. 그때 메뚜기는 익사했다. 나는 잠자리를 교살한 적도 있었다. 모가지에 실을 묶었고 다른 쪽 끝을 잡고 기다렸다. 잠자리가 하늘로 훨훨 날아올라 내 몸뚱이가 그 힘에 이끌려 날아가기를 기대하면서. 하지만 실 무게도 이기지 못한 잠자리는 발버둥을 치다 버려졌다. 그 외에도 내가 먹었거나 밟아 죽인 작은 것들이 둥글게 뭉쳐 와글댔다. 나는 손을 내밀었다. 그러자 그들은 내 손을 먹어 치우고 복수의 결박에서 풀려나 자유롭게 흩어져버렸다. 나는 몇 번이나 물속에 머리를 꼬라 박혔는지 모른다.

나는 이런 나를 용서할 수 없었다. 겨우 연약한 인간일 뿐인 나를.

나는 우물 벽에 몸을 던졌고 내 몸은 해체되고 분해되었다. 속이 후련했다. 시원한 결말이었다. 하지만 나는 또다시 나 자신의 눈빛과 마주쳤다. 물속이든 우물 벽이든 어디에서나 나타날 수 있는 거인이 나를 똑바로 응시하며 속삭였다.

"자신을 용서하지 마. 그건 너무 비겁하잖아."

그랬다. 끝내 내가 성공하지 못한 처형의 길이었다. 그래서 굴욕과 후회로 영원히 회귀하는 시간만 남았다.

잊히지 않는 수많은 일로 인해 나는 물속에서 일어설 힘조차 없었다. 마냥 기다릴 수밖에 없었다. 그동안 몇 번의 건기와 우기가 지나갔다. 어느 날부터 나는 우물 속의 퇴적층을 겹겹이 헤집으며 모래 더미와 돌멩이 하나하나를 들추어내 저주의 주문을 풀었다. 그래도 뭔가 자꾸 되살아났다. 우물에 코를 박고 들여다보다 아예 물속에 들어가 머리가 잠기도록 앉았다. 나에게 딱 맞는 공간이었다.

그렇게 한참이 지나 대홍수가 난 어느 날이었다. 우물이 있는 늪지의 하류에까지 물이 들어찼다. 그러자 나는 물결에 떠밀려 늪의 중심부로 가게 되었다. 그곳의 모습에 나는 깜짝 놀랐다. 무수히 많은 사람이 망망한 호수에 머리를 거꾸로 박고 있었다. 그들은 그들의 증오와 슬픔, 죄책감 등이 격렬하게 뒤섞인 감정의 늪에서 이리저리 몸과 영혼을 휘둘리고 있었다. 수많은 이들이 제 감정의 갈래를 구분하는 것에 지쳐 수초에 목을 맸고 그것의 머리카락이 또 다른 이들의 눈을 가렸다.

한 여자가 보였다. 그녀는 진흙을 먹고 토하면서도 악착같이 습지의 바닥을 손톱으로 긁고 있었다. 여자가 낯설지 않았다. 왠지 얼굴도 모르는 엄마 같았다. 여자는 이곳 호수에서 자꾸 아이가 생겨난다고 했다. 불행한 아이들인데 수가 불어나는 것을 막을 수가 없다고 했다. 먹여 살릴 수도, 안전하게 지켜줄 수도 없어요. 잠시 나를 바라보던 그 여자는 칭얼대는 자신의 아이에게 진흙을 먹였다. 진흙과 함께 독충의 새끼를 먹은 아이는 또 배가 아프다고 비명을 질렀다. 나는 여자와 함께 깨끗해 보이는 진흙을 긁어모았다. 아이 하나가 죽자, 둘이 생겨나 칭얼댔다. 나는 하늘을 올려다보았다. 비명소리에 돌아보자 여자의 아이가 순식간에 둘이나 죽었다.

또 다른 비명이 들렸다. 나는 고개를 돌렸다. 한 소년이 연꽃 가시가 온몸에 박혀 붉은 피를 흘리고 있었다. 그 곁 진흙 속에서 여자는 또 아이를 꺼냈고 그 아이도 울었다. 아저씨는 커다란 물뱀을 잡겠다고 호수에 떠다니는 아이의 눈알을 빼 미끼로 삼았다. 그러는 아저씨는 정작 두 눈이 멀어 있었다. 청년이 커다란 메기에게 내장을 뜯긴 채 비명을 질러댔고 청년의 늙은 어미는 메기의 꼬리를 잡은 채 끌려가며 통곡했다.

나는 아이의 비명소리를 피해 호수를 벗어나기로 했다. 가장자리로 올라왔지만 차마 떠날 수는 없어 마냥 앉아 있었다. 거기에는 이곳에서 생을 마감한 이들의 뼈가 쌓여 있었다. 물속에서 지상까지 뼈의 층계가 만들어져 있었다. 그 계단을 밟고 호수를 벗어나는 사람들도 있었다.

그들은 땅에 발이 닿자마자 재빨리 이곳을 떠났다. 모두 꽃을 들고 있었다. 몇이 숙덕대는 소리를 들었다.

"끔찍한 호수야."

"내 걸 빼앗더라고요." 그들은 꽃을 꽉 움켜쥐었다. 꽃을 온전히 제 것으로 만들기 위해서라며 먹는 사람도 있었다.

"꽃이 열쇠래요." 그 말을 듣고 물속을 들여다보니 꽃을 품은 사람과 그렇지 않은 사람의 모습이 달랐다. 제가 가진 꽃의 색깔이 사람에게 배어 있었다.

꽃을 얻는 사람도 보였다. 소년의 몸에 박힌 연꽃 가시를 뽑아주던 소녀와 팔 없는 할머니에게 연꽃 밥을 먹여주던 청년은 몸이 노랑과 분홍으로 변했다. 하지만 그들은 자신의 몸 색이 변한 줄도 몰랐다. 눈먼 아저씨가 그 꽃을 뺏으려 했지만 그건 뺏기는 것이 아니었다.

나는 물가에서 서성였다. 꽃이 없는 사람은 지상에 올라올 수 없었다. 혹시 몸이 떠밀리거나 요행을 바라고 뼈 계단을 올라와 땅을 디디는 사람은 곧 먼지로 흩어졌다. 나는 꽃의 능력을 놀라운 눈으로 지켜보았다. 뭍으로 가는 물목에 사람들이 모여 간절한 눈빛을 보냈다. 나처럼 호숫가에서 서성이던 사람 중 한 명이 꽃을 호수로 던졌다. 그러자 그는 공기 중으로 흩어졌고, 그 꽃을 낚아챈 물속의 사람이 지상의 생명을 얻었다.

나는 내게도 꽃이 있다는 것을 기억했다. 나는 아직 길을 선택하지 않았다. 아직은 농담의 세계에서 멀쩡한 척 살아갈 자신이 없었다. 내겐 하나의 길만 남았다. 진흙을 파먹던 여자는 바깥 세계로 나오고 싶을까. 나는 호수 앞에 쭈그리고 앉아 우는 모습이 하야와 닮은 여자를 기다렸다. 꽃을 들고서였다.

꽃향기를 맡은 호수 안의 것들이 몰려들어 발아래 물가가 북적댔다. 꽃을 향한 열망으로 그들은 서로 몸이 부딪혀 팔다리가 뜯겨나가면서도 북새통인 그곳을 떠나지 않았다. 나는 호숫가를 달렸다. 약삭빠른 물속 사람들이 앞서서 몰려가고 여자는 뒤로 쳐졌다. 나는 어느 지점에서 뒤로 돌아 길을 거슬렀고, 여자를 향해 꽃을 던졌다. 하지만 제 새끼를 뜯어먹던 그악스럽고 잔혹한 남자가 꽃을 가로챘고 그는 날듯이 지상으로 올라와 사라졌다. 한동안 구슬프고 억울한 통곡 소리가 호수의 물을 크게 출렁이게 했다. 슬픈 기대를 떨치지 못한 몇이 계단을 밟고 지상에 올라섰다가 연기처럼 사라졌고 이를 본 물속 사람들은 깊은 호수로 물러갔다.

시간이 흘러 건기가 계속되고 습지가 줄어들었으며 우물만 남았다. 나는 물가로 다가갔고, 매일 조금씩 우물로 다가가고 있었다. 몸에 뼈만 남게 되자 셔츠가 자루처럼 아래로 쳐져 바닥에 끌렸다. 부러져 풀썩 주저앉을 것처럼 뼈만 남은 손을 비비고 다리를 만졌다. 그러다 입구가 벌어진 주머니 속을 들여다보았다. 곧 부서져 흩어지기 직전의 꽃잎 하나가 주머니에 남아 있었다. 나는 꽃잎을 들고 여자가 다가오길 기다렸다. 여자처럼 보이는 누군가 고개를 내밀자 나는 팔을 높이 쳐들었다.

마지막 꽃잎이었고 그걸 포기하는 게 마땅한 내 비루한 생이었다. 그때였다. 어디선가 거인이 다가와 꽃잎을 쳐든 내 손을 잡았다. 우리는 손을 마주 쥔 채 어딘가로 날아가 광활한 들판에 떨어졌다. 나의 쌍둥이 동생인 분노였다.

"분노는 비애의 젊은 이름이에요."

그가 어떻게 바위산 아래에서 탈출할 수 있었는지 묻자 한 대답을 곱씹을 겨를이 없었다. 들판에는 불덩이가 날아다녔고 피가 튀는 전쟁 중이었다. 거인들의 전쟁이었다. 그는 여전히 키가 컸고 나를 자신의 귓속에 넣은 채 싸웠다. 그가 코끼리와 격투를 벌이던 중에 나는 바닥에 떨어졌다.

혼자가 되자마자 나는 곧 시드는 꽃잎처럼 힘이 빠졌다. 그래도 발목을 무는 개미를 손으로 털어낼 정도는 되었다. 개미가 다시 달려들어 살갗을 물어뜯자 나는 그것을 잡아 힘껏 던져버렸다. 그러자 아주 약했지만, 힘이 생겼다. 어디선가 작은 아이가 나타나 나의 뺨을 때렸다. 나는 영문을 알 수 없었지만, 아이의 두 팔을 잡아 제압했다. 온순해진 아이를 집으로 돌려보내자 손에 꽃 한 송이가 들려져 있었다. 칙칙한 보라색 꽃이었다. 거인이 물러간 들판에는 나와 비슷한 크기의 사람이 모여들었고 이슬과 과실을 두고 다퉜다.

늪지의 섬에서 에너지를 소진했던 내가 잠깐 동안이지만 분노를 만나 그 젊은 에너지를 나누어 받은 걸까. 나는 이슬을 차지했고 살아남은 자들과 어울려 사냥도 했다. 내게 꽃을 준 남자의 손에 들렸던 개수만큼의 꽃이 내 수중에 들어왔다. 동료 몇은 꽃을 들고 들판을 떠났다. 나는 한적한 풀밭에 누워 하늘을 바라보았다. 분노가 돌아올 때까지 그렇게 나는 들판을 서성이고 있었다. 그는 정말 후드티를 입고 잘생긴 얼굴을 모자로 가린 채 내게로 왔다. 햇빛이 눈부시다고 했다. 내가 처음 보았을 때와 같이 몸집이 작아진 분노였다. 그는 내가 품에 다 안지도 못할 만큼의 꽃을 주었다.

내 등을 떠밀며 더 늦지 않게 떠나왔던 곳으로 돌아가라고 말했다. 나는 그에게 함께 가자고 권했다. 그가 고개를 저었다. 그는 작은 꽃송이 하나를 품에 넣더니 양떼가 꼬물꼬물 풀을 뜯는 푸른 언덕으로 떠났다. 들판 가득 들꽃이 핀 곳이었다. 문득, 나는 그를 소리쳐 불렀다. 나는 그를 따라 초원에 가고자 했지만, 그는 내게 다가와 속삭였다.

"하야를 애도하고 엘과 자신을 챙겨요. 우리 다시는 만나지 말아요."

나는 더 이상 그를 따르지 못했다. 그는 목동의 무리에 섞여들어 춤을 추고 노래를 부르며 언덕을 올랐다.

나는 그가 가는 길이 이미 정해졌다는 것을 이해했다. 내가 방해할 수 없다는 것도.

순식간에 정거장으로 돌아왔다. 변한 건 아무것도 없었다. 다만 이제 나는 다락방 아래에서 주고받는 엘과 가족들의 크고 정다운 목소리를 들을 수 있었다. 그 목소리에 내가 대답하고 있었다.

"알았어. 금방 내려갈게."

*

십 년 전에 쓴 광시곡을 듣는다. 다시 듣고 또 듣는다. 나는 이 글을 썼기에 죽지 않았고 미치지도 않았다. 크고 화려한 꽃과 같은 이 소설을 썼기에. 누군가에겐 기도였을 것이고 다른 누군가에겐 굿판에서 추는 춤과 같았을 것이다.

나는 소위 데이트폭력의 피해자였다. 나보다 더 큰 피해자는 하야였다. 그녀는 내 친구였고 그 앞에서 나를 옹호했다는 이유로 지금 이곳에 없다. 그녀에게는 내가, 다른 누구도 아닌 바로 내가 가해자였다.

함께 가요, 기이하고 다정한 세계에

−강민희(문학평론가. 대구한의대 교수)

여러 패널이 괴담을 들려주는 프로그램을 본다. 채널을 돌린다. '탐사'나 '추적', '알고 싶다'와 같이 강렬한 수식어를 단 시사 프로그램을 본다. '내가 이런 걸 알고 싶어 했던가?' 의아해하면서 누구나 쓸 수 있는 단어로 가해자를 비난하며 채널을 돌린다. 앵커가 또박또박, 일상적인 사건과 사고를 전한다. 저런 일이 또 일어났다고, 폭력의 농도가 날로 짙어지는 건 어쩔 수 없다면서도 채널을 돌릴 수 없다.

도파민을 자극하는 괴담이나 시사 프로그램보다 무미건조하기까지 한 뉴스에 더 오래 머무는 이유는 무엇인가? 주변에서, 일상적으로 일어나는 사건, 사고를 보면서 우리가 아름다운 세계가 아니라 폭력이 날로 입지를 넓히는 세상에 발 딛고 있음을 깨닫고, 절대다수의 폭력이 '어떤 기준'에 따라 타자에게 향한다는 사실을 포착할 수 있기 때문일 것이다.

그리고 바로 여기에 일상이 된 탓에 '다시 보기'가 피로함에도 소설이 일상화한 폭력을 다루는 이유가 있다. 일반적으로 '어떤 기준'은 늘 상대적이고 가변적이기에 폭력의 주체를 제외하면 누구도 알 수 없고, 현실에서 대비하기란 불가능에 가까우며, 일어난 뒤에는 되돌릴 수 없다. 이 때문에 우리는 소설 속의 타자와 그들을 향하는 다양한 형태의 폭력을 마주하면서 우리 자신을 되돌아보곤 한다. 이에 더하여 다소 고통스러운 과정을 마친 후에야 일상화한 폭력으로 거칠고 메말라 버린 휴머니즘의 회복을 마주할 여지가 있다는 것이다. 이근자의 소설은 우리에게 이 독특한 리질리언스resilience에 이르는 방법을 충실하고도 충분하게 전달한다.

1. 소중한 것을 잃어버리지 않았는지 확인할 것

수면水面은 잔잔하여 관성이 있는 것처럼 보인다. 그러나 속을 들여다보면 관성이 끼어들 여지조차 없음을 알게 된다. 물이 고여 있는 못이 일상성을 유지하려면 쉼 없는 자정작용이 필요하기 때문이다. 그런데 이런 못의 한 귀퉁이에 어린이가 누워있다면 어떨까?

잠이 오는데, 도저히 눈을 뜰 수가 없는데. 누군가 자꾸 말을

걸었다. '아가야, 물가에…… 수성못이야…… 왜 누워있니?' 시
끄러웠다. 자동차가 도로를 내달리는 소음과 또 다른 소리들이
섞여 목소리가 잘 들리지 않았다. '곧 호수에…… 태풍이 거센
데…… 빠질 것 같구나. 대체…… 넌, 이름이 뭐니?' 다른 건 몰
라도 이름을 묻는 말은 분명하게 알아들었다. 나도 대답하고 싶
었다.

　　　　　　　　　　　　　　　　　　　　　-「기유 이야기」

　이 문장은 우리에게 두 가지를 알려준다. 첫째는 '아가'라고 부
른 이와 불린 이가 있다는 것, 둘째는 '아가'가 눈도 제대로 못 뜨
는 상태로 누워있는 곳이(적어도 대구 사람에게는) 일상의 공간
인 '수성못'이라는 것. '수성못'에 누워있는 '아가'는 이름이 같은
강아지 '기유'와 함께 '엄마', '아빠'와 '수성못'을 자주 찾았던 '기
유'다.

　내가 어디에 있는지, 무슨 일인지 알고 싶었다. 왜 고개를 돌
릴 수 없고, 손과 다리를 굽힐 수도 없으며, 눈을 감을 수 없는
건지도. 더 큰 문제도 있었다. 통증. 쉬지 않고 내리꽂히는 빗방
울로 살갗과 눈알에 구멍이 날 지경이었다. 강렬한 통증 사이로
참을 수 없이 잠이 몰려왔다. 어떤 기억과 함께.
　나는 자주 수성못 주위에서 뛰어놀곤 했다. 아빠가 일주일에

두세 번, 못가의 간이무대에서 기타를 치며 노래를 불렀다. 엄마
는 우리와 못 둑을 걷기도 했고 나와 강아지가 노는 것을 바라보
며 벤치에 앉아 있기도 했다.
—「기유 이야기」

'수성못'은 '기유'와 그 가족에게 일상적이고도 특별한 곳이다.
이곳에서 '엄마'는 '기유'들이 노는 것을 바라보며 벤치에 앉아 있
거나 둑을 걸었고, '아빠'는 이 주일에 두세 번 못가의 간이무대에
서 기타를 치며 노래를 불렀다. '아빠'에게 이곳은 생계를 유지하
기 위해 노래를 부르는 곳이자, 그의 삶에서 드물게 스포트라이
트가 비추었던 곳이기도 하다.

사실 수성못을 소개하는 다큐 프로그램에 '기유'를 부르는 우
리가 잠깐 비친 거였다. '기유'는 아빠의 자작곡이었다. 노래를
조금밖에 안 불렀는데 그 영상이 순식간에 퍼졌고 아빠와 나의
인기가 치솟았다. '기유' 혹은 '모자 가수'라고 검색하면 우리 모
습을 볼 수 있었다. 노래 장르별로 모자를 바꿔 쓴다더라, 모자에
따라 곡 해석이 달라지더라는 등 사람들은 노래가 아니라 아빠와
나를 해석하고 싶어 했다.
—「기유 이야기」
찬란하지만 찰나에 불과한 스포트라이트처럼 '아빠'를 향한 대

중의 관심은 깊이와 밀도가 거의 없다. 이 때문에 그를 검색하는 단어는 '기유' 혹은 '모자 가수'였고 그들의 노래가 아니라 '아빠와 나'를 해석하는 데 몰입할 뿐이다.

그러나 씁쓸한 '아빠'의 처지는 '기유'의 지금 상황을 생각하면 유명세를 치른 것이라고 웃어넘길 수 있을 정도다. '기유'를 '절대 헤어질 수 없'는 '무사이mousai'로 칭했던 '아빠'마저도 이 아이의 부재를 인지조차 하지 못하기 때문이다.

"기유는 어디 갔어?" 엄마가 아빠에게 물었다. "응? 당신이 외국에 데려갔잖아."

엄마가 말했다. "당신 큰 공연이 있다고 했잖아. 그 공연에 기유가 꼭 필요하다며." "……." 아빠엄마는 서로를 멀뚱하게 바라보았다. 그러곤 둘이 옥신각신 한참을 얘기하더니, 각자 못 둑 어딘가를 가리켰고 서로 등을 돌렸다가 다시 마주 보았다. 하늘을 가리키기도 했다. 지금 아빠엄마가 무슨 말을 하는 걸까? 나는 정신을 똑바로 차렸다.

―「기유 이야기」

'엄마아빠'는 오리배를 타고 찾아왔던 커플이나 검정색 셔츠와 바지를 입고 이른 아침에 못을 뛰었던 119 대원들처럼 '기유'를 발견하지 못한다. 이에 더하여 '엄마'는 '기유'의 헤져서 너덜너덜한 비니 조각을 입에 물고 온 강아지 '기유'를 "쓰레기 뒤지지 마. 더럽잖아." 라며 혼내기까지 한다. 지척에서도 '기유'를 발견하지 못하는 '엄마아빠'. 이런 두 사람이기에 그들이 한참을 옥신각신한 후 경찰서로 가는 순간 '기유'는 물속으로 가라앉을 수밖에 없다.

'절대 헤어질 수 없는' 무사이였다가 '엄마아빠'의 필요와 계획에 동원되는 존재가 된, 종래에는 '수성못'의 심연으로 가라앉은 '기유'는 누구일까? 왜 '엄마아빠'는 아이의 부재를 내내 알아차리지 못했고, 지척에 두고도 발견하지 못할까? 이근자는 '할아버지'의 혀를 빌려 말한다.

사람들은 가끔 자신이 버린 게 뭔지 모를 때가 많아. 엉뚱한 것을 모으기만 하는 사람도 있지. 잠깐 딴 데 정신을 팔았다가 아주 소중한 것을 잃어버리기도 해. 그래서 평생 후회하는 사람도 있단다. 나는 사람들이 버리거나 놓친 물건과 이야기를 다른 사람에게 들려주기도 하고 간직하고 있단다.
　　　　　　　　　　　　　　　　　　　　　　　　－「기유 이야기」

「기유 이야기」가 '기유'로 은유되는 '아주 소중한 것을 잃어버려' 장차 후회할 '엄마아빠'의 모습으로 우리가 잃어버린 '아주 소중한 것'이 있지 않는지를 살피도록 유도하는 동시에 '할아버지'가 칭한 사람과 사람들의 목록에 내 이름이 있지 않기를 바라도

록 한다면, 「대기맨」은 '쓸개즙이나 위 점막이 음식물을 흡수하듯 엄마와 지영이 준 마음의 상처를 받아들여 제 방식대로 흡수한 아버지. 싸울 대상을 외부에서 만들지 않은 아버지는 자기 자신과 필사적으로 대결'하는 모습을 통해 '아버지'가 '옥상'에서 지키고자 했던 것이 무엇인지를 고민하게 만드는 작품이다.

'사장 할머니'의 운전기사였던 '아버지'는 경찰이 마약 밀매업자 황 씨를 검거하기 위해 황 씨의 어머니인 이 씨의 저택을 급습했던 날, 마약견에게 다리를 물어뜯기는 바람에 수술을 세 번이나 받았다. '엄마'가 "소심한 남자가 고용주에게 과잉 충성을 바친" 결과라고 말하는 이 사건 이후 '아버지'는 사장 할머니에게 다가오는 낯선 이를 막기 위해 내내 긴장해야 했던 운전수이자 경호원이라는 자리를 잃고, "저택 앞 골목과 주변을 비추는 CCTV의 녹화 테이프를 다시 돌려 보고 얻은 정보 즉, 저택을 주시하는 잠복 경찰이나 수상한 사람의 동태를 살핀 후에 보고하는 것. 아버지 말에 의하면 세상을 구경하는 일"을 얻는다.

'아버지'가 두 계절을 쉬었다가 다시 옥상에 올랐을 때, '지영'은 '아버지'의 체크메이트라고, 그가 다른 선택지가 없었고, 피할 수 없는 외길에 섰다고 생각했다. 이 생각의 옳고 그름은 알 수 없다. 하지만 '아버지'는 사방이 뚫려있어 누구나 그를 볼 수 있는 파놉티콘panopticon과 다르지 않은 '옥상'에 앉은 채 '고깔모자의 뾰족한 꼭대기', 혹은 '선이나 점', 또는 '하늘의 일부'거나 '집의

연장선'으로 보이는 '대기 씨'가 되어가는 대신 자신과 가족의 일
상을 지키는 데 성공한다.

'아버지가 애쓰는 만큼 엄마와 지영도 아버지를 중심으로 뭉
칠 수 있던 날'이 훼손된 것은 '아버지'가 '사장 할머니'의 아들이
자 그가 '옥상'에 오르게 된 직접적 계기를 제공한 '황 회장'과 다
시 엮였기 때문이다. '아버지'는 '점퍼 모자를 당겨쓰면 보이지 않
을 그깟 하찮은 뒤통수. 누가 봐도 특별해 보이지 않는 뒤통수를
가졌기'에 '황 회장'의 알리바이를 만드는 데 일조하게 된다. '출
장'이라고 이름 붙은 홍콩에 머물렀던 흔적은 '아버지'의 여권에
찍힌 푸른 스탬프 하나로 남았을 뿐이었지만 작전이라도 불러도
될 만큼 거래 액수가 컸고, 무엇보다 '엄마'에게 큰 영향을 미친
다. '출장'에서 돌아온 엄마는 '지영'에게 홍콩의 백화점이 얼마나
매혹적이었는지 들려주었고 세상일이 뜻대로 되지 않는다는 말
을 자주 하게 되었으며, "세상 모든 것은 변하기 마련"이라고 '그
게 이치'라고 말한다.

정말 세상의 모든 것은 변하기 마련일까? '엄마'가 교통사고
를 겪고 폭탄선언을 한 후 가출과 귀가를 반복하고, '혁'과의 만남
과 이별을 순차적으로 겪은 '지영'에게 세상은 가변성으로 가득하
다. 그러나 변화의 폭이 가장 컸던 것은 '옥상'에서 철마다 바뀌는
풍경을, 날마다 달라지는 사람을 보아야 했던 '아버지'였다. 그는
'지영'이 '피할 수 없는 외길'이라고 생각했던 '옥상'에서 '자신만의

인력을 강하게 만들어 엄마를 곁에 잡아둘 수 있게' 되었다. 그리고 '아버지'가 옥상 대신 이젤 앞에서 드나드는 사람을 가만히 보고 있다가 어느 날 영감이 떠오르는 그림을 그리는 일을 하게 된 뒤에야 '지영'은 '혁'의 말을, 아버지의 진실을 마주 보게 된다.

혁의 표현대로라면 아버지는 엄청나게 열심히 사는 사람이었다. 가족이란 각자의 태생적인 모서리로 서로를 찌르기 마련이었다. 아버지는 엄마와 지영에 대해 많은 것을 알았을 것이다. 두 여자가 자신을 거부하는 심리와 그 원인을 찾아 자신을 많이 탓했을 것이다. 쓸개즙이나 위 점막이 음식물을 흡수하듯 엄마와 지영이 준 마음의 상처를 받아들여 제 방식대로 흡수한 아버지. 싸울 대상을 외부에서 만들지 않은 아버지는 자기 자신과 필사적으로 대결한 셈이었다.

　　　　　　　　　　　　　　　　　　　　　　 —「대기맨」

'지영'의 가족은 '대기 씨'인 '아버지'가 '각자의 태생적인 모서리로 서로를 찌르기 마련'인 가족의 울타리를 지키기 위하여 '두 여자가 자신을 거부하는 심리와 그 원인을 찾아 자신을 많이 탓'하고, '엄마와 지영이 준 마음의 상처를 받아들여 제 방식대로 흡수'한 덕분에 유지될 수 있었다. 그리고 이 과정에서 '아버지'는 거의 필사적으로 '엄마'와 '지영'에게 향하는 서운한 감정을 외면했을 것이다.

'이제 다른 방식으로 죽도록 노력'하여 아버지를 닮기로 한 '지영'은 '아버지'를 닮을 수 있을까? 쉽지 않을 것이다. 그녀에게 시공간을 종횡무진 가로지르는 힘이 없다는 이유만은 아니다. 가족에게 한층 날카로운 '각자의 태생적인 모서리'가 여전히 무뎌지지 않았기 때문이요, '지영'은 끝내 이해할 수 없는 공백들이 그녀와 '아버지' 사이에 있기 때문이다.

2. 적당한 진실과 자신을 잃지 말 것

「산책 109」의 '여강'은 '작업실'과 '계곡마을인 적동'을 오가는 인물이다. 그리고 '나'는 '여강'의 산책이 몇 회인지를 헤아릴 수 있고, 그녀의 육체는 물론, 감정변화마저 포착할 수 있는 그녀의 태아다. 두 사람의 두드러지는 차이는 날짜를 세는 방법이다. '여강'에게 '아침이란 창문을 열어 그날의 습도를 가늠한 후 흙으로 빚은 인형을 살펴보는 때'이겠지만, 내가 셈하는 하루의 매듭은 여강이 계곡마을인 적동을 걸어 다니는 시간'이다. 그리고 '오늘'은 '나'의 '산책력'으로 108번째의 날이다.

'여강'이 무거운 몸을 이끌고 산책을 반복하는 이유는 그녀가 '만철'과 살고 있는 '적동'의 재개발로 두 사람의 의견차가 좁힐 수 없는 수준에 이르렀고, 속마음을 나눌 수 있었던 친구 '수'에 대한 그리움이 가볍지 않아서이다. 요컨대 '여강'에게 산책은 기분 전환 정도의 가벼운 의미가 아니라 상실감의 다른 이름인 셈이다.

물론 '여강'이 산책만 하는 것은 아니다. 그녀는 '만철'로 대표되는 현실과 '수'가 은유하는 마음의 문제로 휘청이는 동안 작업실에서 '물동이 여인'이라는 인형을 만든다. 이 인형은 '나'의 전생과, 그리하여 '여강'과 '나'의 연결고리가 되기에 모자람이 없다.

사막의 먼지와 뜨거운 햇빛, 전갈 같은 독충들, 물이 말라 쩍쩍 갈라진 하천, 목이 타는 갈증, 가까워지지 않는 지평선. 그런 곳을 한 여인이 걸어간다. 책에서 보았을까. 왠지 풍경이 낯설지 않아 새삼 어리둥절했다. 여강은 사람들이 꽃에 둘러싸인 소녀 인형을 좋아한다고 말하곤 했다. 그런데 물동이여인 인형을 주문받다니. 지난한 생의 슬픔이 온몸에서 묻어나는 여인이었다. 여강은 자신이 저 인형을 왜 만들었는지 알고나 있을까. 나는 여강이 알지 못했다고 확신한다. 심연의 촉수인 본능이 데려간 먼 시간.

나는 물동이여인 인형을 본 순간 양수를 삼켜 딸꾹질을 할 만큼 깜짝 놀랐다. 그것은 겁파의 시간을 가로질러 부족의 웅덩이를 떠올려 이곳으로 소환했다. 여강은 신과 자연의 대륙에서 언제, 어떤 모습으로 저 여인을 만난 걸까. 물동이여인은 다큐멘터리 몇 편 보았다고 만들 수 있는 그런 것이 아니었다. 그렇다면 나와 여강은 운명의 심연 어디쯤에서 맞닿아 있었다는 얘기이다.
인형을 처음 봤을 때와 같은 무게의 감동이 다시 밀려왔다.

―「산책, 109」

'지난한 생의 슬픔이 온몸에 묻어나는 여인'이 '나'와 '여강' 중
누구와 얼마나 더 닮았는지, 우리는 알 수 없다. 그러나 '여강'과
'나' 사이에 겁파의 시간을 가로지를 수 있는 운명의 심연이 자리
하고 있으리라는 생각은 누구나 어렵지 않게 할 수 있다.
　한편, '나'의 생각이 '여강'에게 거의 영향을 미치지 못하는 것
과 달리, '여강'은 '나'에게 거의 절대적인 영향력을 행사한다. '우
리가 지금처럼 하나가 아니라 세포와 정령으로 나누어져 있었던
때에서 시작되었을지도 모를 이 영향력은 나의 방대한 기억'이
티끌처럼 흩어져버릴 미래 즉 '나'가 자궁을 벗어나는 순간에야
멈출 것이다.
　문제는 '여강'과 '나'에게 이 순간은 그다지 아름답지 않을 뿐
아니라 위험하기까지 한 형태로 찾아온다는 것이다.

　이모가 소리를 질렀지만, 만철은 꼼짝하지 않고 여강만 바라
보았다. 하는 수없이 여강이 대문을 열었다. 잔뜩 찌푸린 얼굴로
여강 뒤를 따라 나온 만철이 이모에게 짜증을 냈다. 이모는 만철
의 짜증에 눈만 끔벅이다 여강의 가방을 보고 입술을 씰룩댔다.

"위원장 말하는 꼬라지라니. 너 때문이렸다. 네년이 뭐가 잘나서 남편을 들볶아! 나랏일을 망쳐!"

이모는 성질을 이기지 못해 대문을 발로 찼다.

거기까지였다. 나는 그들에게 무슨 일이 일어났는지 다 알 수 없었다. 다만 셋은 가파른 내리막길에서 몸싸움했고 여강은 빠져나가려 노력했지만 마음대로 되지 않았다. 더 운이 나쁜 건 그때 내 목에 탯줄이 감긴 것이었다. 마음먹었던 마지막 순간이 다가왔다고 나는 생각했다. 바로 그 순간, 결심을 이행하기로 했다. 나는 목이 졸려 아득해지는 의식을 붙잡은 채 몸을 뒤틀며 두 발을 오므렸다. 그런 후 숨을 멈추고 온 힘을 다해 시위에서 튕겨나가는 화살처럼 두 다리를 내질렀다.

—「산책, 109」

'여강'에게 지독한 말을 늘어놓던 '이모'가 성질을 이기지 못해 대문을 발로 차고, 가파른 내리막길에서 벌어진 몸싸움에서 '여강'이 빠져나오지 못하는 동안 '나'의 목에 탯줄이 감긴다. '나'는 '마음먹었던 마지막 순간이 다가왔음'을 느끼고 '결심을 이행하기로' 한다.

새로운 시작이 이전의 마무리와 맞닿아 있는 것처럼 '나'의 전생의 기억이 페이드아웃 되면서 '만철', '여강' 그리고 '아기'의 시간이 시작된다. 그런데 세 식구에게 주어질 시간이 온전하고도 충만하리라고 여겨지지 않는다. 이 불안은 '여강'이 (그간의 경험을 바탕으로) '만철'의 약속 전부를 10으로 쳐서 3 정도만 믿기로 했고, '어차피 결핍이나 쓸쓸한 느낌은 혼자 감당해야 할 몫이라는 것을 분명히 알게' 된 덕분만은 아니다. 오히려 '여강'과 '만철'이 마주한 현실적인 문제 중에 해결된 게 단 하나도 없다는 것이, 그래서 이 세 식구에게 언제든 유사한 문제가 반복될 수 있으리라는 생각이 불안의 시발점일 터다. 앞으로 세 사람은 어떻게 될까? 그들의 나날이 '나'의 기억 속에 자리한 지난한 건기와 같지 않기를, 그리고 위험하고 가혹한 '여강'의 우기와도 다르기를 바랄 뿐이다.

「산책, 109」의 '여강'이 새로운 시작을 마주하게 된 것처럼 「아침은 함부르크로 온다」 역시 '나'의 이전과 다른 일상을 기대하게 한다. 다만 '여강'이 가족의 시작을 동반한다면 '나'의 시작은 가족의 와해에서 비롯한다는 점에서 두 작품은 선명히 대비된다. 함께 살펴보자.

'아버지'의 졸음운전 이후 '나'의 가족은 여러 가지 일을 겪은 후에 장례식장이 내려다보이는 요양원 7층의 구석진 곳에 있는 병실 하나에서 살게 된다. '나'의 가족은 어려서부터 몸이 서서히 마비되는 병을 앓아 서른 살부터는 목 위쪽에만 감각이 살아남은, 그러나 터치펜을 입에 문 채, 그것으로 노트북의 화면을 조정하는 동생 '병우'와 졸음운전으로 교통사고를 내고 엄마가 돌아가

시자 정신줄을 놓쳐버린 '아버지'가 전부다. 좀처럼 변화가 없을 것처럼 보이는 '나'의 일상을 뒤흔든 것은 대학 시절에 보았던 '안젤라'다. 그녀는 '아버지와 동생과 나까지 사내 셋만 살고 있는 우리의 대기권', 좀처럼 포장할 수 없는 가족사에 거의 무단으로 진입하여 전에 없던 변화를 이끌어낸다.

"미안한데 선배." 우리가 헤어지려던 참이었다. 안젤라가 눈물을 글썽이며 나를 향해 웃었다. "나 불쌍한 사람을 만나서 정말로 좋아. 이 기분 뭔지 모르지?" 나는 안젤라와 마주 보고 웃었다. 그 뜻을 왜 모르겠는가. 나는 그런 말을 대놓고 하는 안젤라가 귀여웠고, 바로 그 순간 그녀가 황량하고 건조한 사막 같은 나의 영혼에 꼭 맞는 사람처럼 여겨졌다.

―「아침은 함부르크로 온다」

'불쌍한 사람'이라는 공통점으로 형성된 허약한 연대인 '나'와 '안젤라'의 관계에는 지속성도, 견고함도 없다. '나'의 기의(signified)를 '안젤라'가, '안젤라'의 기표(signifier)를 '나'는 온전히 이해하지 못하기 때문이다. 이 때문에 '안젤라'가 아기의 병원 비조차 내지 않고 병원을 떠났을 때 '나'는 '링거액의 색깔이 달라지고 주삿바늘의 위치가 바뀐 아기의 모습들. 가끔은 아기의 턱에 말라붙은 분유자국이나 붕대를 크게 찍어' 전송했고, 바라던

대로 그녀가 되돌아오자 '안젤라'의 아기와 '아버지'의 '병원비를 내기 위해, 작은 빌라라도 얻을까 하여 몇 년째 모으던 적금을 헐 었으며', '요양원 측에서 통보받은 마지막 날짜를 아무한테도 말 하지 않았다.' '나'의 강퍅한 현실과 '안젤라'로 인한 '선물 같은 날' 은 견줄 수조차 없는 대상이 된 셈이다.

그러나 권태를 박살하고 낯선 생기를 부여하는 일상의 변화는 균열의 다른 이름이다. 안젤라의 등장으로 '나'의 세상이었던 '병 실'은 차차 금이 가고, 여기저기가 터진다. 하지만 그녀가 추동한 가장 극적인 붕괴는 '병우'의 죽음과 궤를 함께한다.

동생이 만든 몇몇 동영상들은 스테디셀러라고 했다. 그러니까 안젤라를 만나기 전에도 후에도 동생은 많은 돈을 갖고 있었단 다. 안젤라에게 건넨 돈만으로도 내가 점찍어두었던 빌라를 사고 남는 액수였다. 나는 동생에게, 형이 나중에 살면 어떻겠냐며 그 빌라를 보여준 적이 있었다. 정말 자그마한 빌라였다. 동생은 왜 내 소망을 외면했을까. (중략)

나의 겉모습은 그렇게 여전했다. 하지만 내 속은 뭔가가 급격 하게 변했다. 뭔가 무너져 내리는 단순한 배신감이 아니었다. 병 우를 겨냥한 설명하기 힘든 발작적인 분노(안젤라와는 다른)와 더불어 복합적인 감정이 치밀어 온몸이 뜨거워졌다가 명치부터 서늘해지면, 세상은 내가 전혀 모르는 곳같이 낯설고 두려웠다

(안젤라가 병우 혹은 돈 때문에 내 곁에 있었던 게 확실해질까 봐 질문도 할 수도 없었다). 아마 안젤라와 병우가 보낸 미세하지만 선명했을 온갖 신호를, 사실은 내가 멍청해서 못 알아차린 것일 텐데 말이다. 병우뿐 아니라 안젤라에 대한 나의 출렁이는 감정도 감당하기 힘들었다.

―「아침은 함부르크로 온다」

'안젤라'가 알려준 '병우'의 비밀 덕분에 '나'는 야간 경비 일을 그만두었고, 요양원 근처에 빌라를 샀으며, 요양원이 정한 날짜 이전에 병실을 비울 수 있었다. 더불어 동생이 그간 '나'의 소망을 외면했음을 알게 되었고, '내'가 십 년간 하지 못했던 일을 단시간에 변화시키고, 요양원과 부속 건물이 중심이었던 '나'의 세계를 원룸이 있는 골목길까지 넓힌 '안젤라'가 다른 길에 서 있다는 쓸쓸한 현실도 마주하게 된다.

'나'의 이런 상황이 '안젤라'에게 유의미할까? 그녀의 세계는 골목길 위에 있고, '나'의 세계는 이제야 원룸이 있는 골목길까지 확장되었을 뿐이므로. 골목길은 전혀 예측하지 못하는 방향에서 새로운 골목길과 마주한다. 이 길에는 해가 드는 큰길에서는 볼 수 없었던 고독하고 덧없는 삶, 은거와 평화, 실패와 좌절과 궁핍의 최후 보상인 태만과 무책임이 자리하고 있다. 눈만 마주쳐도 좋은 신혼살림이 있고, 눈빛마저 사라진 삶도 그 길 위에 있다. 그리고 이런 골목의 성격으로 말미암아 골목길 앞에 선 사람에게는 자신의 위치를 파악하여 미로처럼 얽힌 골목길을 무사히 벗어나는 데 급급해야 하고, 이미 들어선 사람은 그곳에서 지리멸렬한 일상을 영위해야 한다. 이미 골목길에 들어선 '안젤라'를 '나'는, 이제 겨우 골목길 앞에 선 '나'를 '안젤라'는 오랫동안 이해하지 못할 것이다. 어쩌면 '나'의 용기를 끌어낸 날, 또다시 '병우'의 "꿈 깨라 병신아. 나랑 아버지 다 버리고 진즉에 떠나라 그랬잖아."라는 말이 '나'의 발목을 잡을지도 모른다. 그럼에도 우리는 '나'가 골목길 앞에 서리라고 예감한다. 그가 끊임없이 '아버지', '병우', '안젤라'와 그녀의 아기를 포기하지 않았던 것처럼 이제는 자신을 포기하지 않을 것을 믿으므로.

3. 의도적 눈감기에서 벗어날 용기를 낼 것

'발 달린 물건'이라고 불리는 것들이 있다. 자주 쓰는데 자꾸만 잊어버리는, 그래서 쓸 때마다 찾아야 하는 것들. 이에 반해 평소에는 눈에 잘 띄다가 막상 쓰려고 하면 도통 눈에 띄지 않는 것들도 있다. '찾아야겠다', '필요하다'고 의미를 부여할 때는 도통 나오지 않다가 반쯤 체념했을 때 튀어나오는 것들. 보이는 것과 보이지 않는 것을 목록화할 수 있다면 이해는 그 리스트에 있을 것이다. 대상과 가까이 있지 않아서, 가벼운 거리감이 필요한 이해. 그래서일까, 이해는 친절하고도 다정한 오해와 함께한다. 이 고된 상황에서 벗어날 방법이 있다. 바로 의도적 눈감기(willful blindness)로 일상을 외면하는 것이다. 「저기 소수가 있다」의 '양수'와 「한밤의 세마젠」의 '우리'처럼.

'양수'는 끊임없이 거대소수를 구하는 인물이다. 그가 소수를 구하는 이유는 소수에 대해 품고 있는 열망을 갖고 있어서가 아니라, '소수를 보고 있으면 안도감보다는 게임처럼 몰입이 잘 돼 성가신 일을 잊을 수 있기' 때문이다. 왜 '양수'는 체념이나 포기가 아닌 언제든 복구될 뿐 아니라, 더 가혹한 형태로 되살아날 가능성마저 있는 '잊기'를 택했을까? 그 이유는 '양수'가 잊고자 하는 대상에서 분리될 수 없기 때문이다.

현지인 임부와 그 가족들로 북적이는 '굿케어'는 '나'의 직장이자, 가난에서 벗어나기 위해 자진해서 대리모가 된 여성과 그에 자존심이 상해 심술을 부리는 남편이 있는 슬프지만 뻔한 현실의 공간이다. 이곳에 양수가 이혼 서류에 도장을 찍지 않았기에 아직 양수의 마누라인 '눌아'가 찾아온다.

감정이라는 건 정말로 이상했다. 이젠 눌아를 미워하는 마음조차 남지 않았다고 생각했는데, 왜 양수의 아기를 가졌는지에 대한 의문이 역겨운 악취를 풍기며 마음을 헤집고 마구 돌아다니는데, 그럼에도 눌아가 자신의 자식을 가졌다는 말에 양수는 조금 감동했다.

하지만 그다음 말은 양수에게 배신감을 한 무더기 안겨줬다.

"섹스 없이 아기를 낳은 적이 있어." 딱 한 번이었다고 했다. 그러니 지금은 두 번째란 얘기였다. 눌아가 남자와 동거한다는 말을 들었을 때보다 기분이 더 나빴다.

-「저기 소수가 있다」

'눌아'는 '양수'에게 그의 정자로 임신했다고 말한다. 그리고 그 아이가 두 번째 동거남이 아닌 '양수'의 아이이고, 그 아이가 '눌아'에게는 섹스 없이 한, 두 번째 임신의 결과이며, 불임인 독일인 부부를 위한 세 번째 임신이 예정되어 있다는 이야기까지 전해 '양수'를 혼란스럽게 한다. 그럼에도 '양수'는 '굿케어'에서 가장 좋은 방을 눌아에게 내어 준다. 그녀로 '인해 자신의 고요한 일상이 깨진 것이 불쾌하면서도 설렜기' 때문이리라. 게다가 이런 '양수'에게 호응이라도 하듯 '눌아'는 이전과 다른 모습을 보여 준다.

임부 가족이 모기에 물리고 이가 들끓어 고생하자 살충제를 사들여 나눠주고는, 직접 그들의 마을에 들러 공동화장실의 소독을 지시 감독했다. 그뿐이 아니었다. 상비약을 챙겨두었다가 누가 아프면 수시로 국경을 넘으려 했다. 눌아가 국경을 넘는 것이 양수는 무척 불안했다. 특히 아이가 아프다는 전화를 받으면 제 몸이 아픈 것처럼 사색이 되는 눌아를 보기 힘들어, 하는 수 없이 양수가 대신 약 배달을 가곤 했다.

왜 페스탈로치 코스프레를 하느냐는 양수의 말에 눌아는 웃기만 했다. 사람들에게 둘러싸였거나 그들의 중심에 있는 눌아. 그 모습을 보고 있으면 눌아의 본심이나 그녀가 원하는 큰 그림이 이게 아닐 거라는 의심이 들기도 했지만 사는 맛이 나기도 했다. 그런 소소한 만족감이 드는 날이면, 양수는 행복한 엔딩으로 둘이 함께 늙어가자며 눌아에게 다시 프러포즈라도 하고 싶었다.

—「저기 소수가 있다」

그러나 독일인 부부가 '굿케어'에 다녀간 후 '양수'는 '봉인했다고 생각한 마음의 돌무더기는 언제든 무너질 수 있었고, 참을 수 없는 눌아의 단점은 커다란 바위에 잠시 가려졌다가 새로 드러낼 수' 있음을 깨닫는다. '눌아'와 '굿케어'에 머무는 대리모들, 자신과 대리모들의 남편이 무엇이 같고 다른지를 생각하고, 폭력을 거쳐 퇴행에 이른 '수리안의 남편'에게 동질감을 느끼며 수리안의 남편을 단번에 설득할 비장의 답마저 마련하게 된다.

양수는 수리안의 남편을 단번에 설득할 수 있는 비장의 답을 알고 있었다. 하지만 그 한마디를 차마 뱉어내지 못했다. 자신도 대리모의 남편이라고, 당신과 처지가 다르지 않다고 솔직하게 말하고 싶은 것을 참느라 애를 먹었다. 양수는 지난주에 눌아의 뱃속에 든 아기의 유전자 검사 결과를 받아본 후부터 분 단위로 화가 났다. 자신과 처지가 같은 수리안의 남편이 가진 분노를 이해하기에, 그곳에 눌아를 두고 나오는 게 더더욱 불안하기만 했다.

─「저기 소수가 있다」

그래서였을까, 이날 '양수'는 차를 몰고 국경을 넘는다. 그리고 그곳에서 물고기를 낚아채는 뜰채보다 작고 곤충채집용보다는 큰 그물채를 들고 좀비처럼 허적허적 걸어다니기만 해도 소리를 내는 남자를 만나 심장을 찢어발길 듯이 날카롭게 울리는 소리를 듣고 한과 슬픔 같은 것이 점점 커지면서 어두운 허공을 출렁 흔드는 모습을 본다.

'양수'와 '눌아'의 시간은 그녀에게 남은 짧은 시간이 지나고 난 후에도 20년 이상 이어진다. '눌아'가 '양수'의 정자로 임신했다고 믿었던 '아들' 때문이다.

진짜 아비라야 할 수 있었던 많은 꾸중과 체벌들은 어린 아들에게 닿지 않고 어디로 흘러갔던가. 유전자가 바뀐 건 눌아 잘못이 아니었다. 그러니 눌아가 선택한 씨앗의 주인이 바로 자신이었다고 설명했던 진실을, 아들은 알아듣지 못했단 말인가. 다만 양수가 자신의 생물학적 아비가 아니라는 사실만 가슴에 새긴 아들이었다. 양수는 오해의 강둑 건너편에 선 아들을 향해 어떻게 다가가야 할지 몰라 말문이 막혔다. 양수는 많은 것을 잃은 후에야 특이하게 살라는 아버지의 말이 넓은 품을 가지라는 의미라는 걸 알게 되었다.

—「저기 소수가 있다」

'눌아'가 세상을 떠난 후에야 '양수'는 그녀에게 남은 시간과 자신의 상황과 상태를 온전히 마주한 것으로 여겨진다. 그리고 유전자가 바뀌었음을 알게 되고도 그녀의 '아들'을 키운다. 하지만 '아들'은 양수가 자신의 생물학적 아비가 아니라는 사실만 가슴에 새긴다. '눌아'가 곁에 있을 때 그녀의 진실을 보지 못했던 '양수' 자신처럼.

'양수'는 '아들'에게 '우리는 유리창이 깨진 자동차 안에 있었던 것과 같았다'고 이야기한다. 만약 '우리'가 '유리창이 깨진 자동차가 아닌 유리창이 멀쩡한 자동차를 타고 있었다면 어떨까? 숨김 없이 그대로 말하자면 '눌아'를 필터 없이 바라보았다면 어땠을까?

생명의 역동성. 변덕처럼 보이던 눌아의 역동성을 양수는 다 짚어 헤아릴 수 없었다. 지금 생각해보면 삶이란 에너지의 크기와 그것을 다루는 정성이 전부일 터였다. 양수의 정성과 눌아의 힘찬 추진력을 통합할 수 없었던 그때의 상황은 양수와 눌아 둘 다의 불운이었다. 어긋나고 비껴간 그들의 시간 층위들.

양수는 리만 가설이나 원주율처럼 소수를 연구하여 도출할 수 있는 극도로 미시적인 어떤 것이 눌아가 아닐까 생각한 적이 있었다. 아니면 인간 세포 내의 게놈에 있는 구조적인 결함이거나. 자연계에서 누적되는 이런 결함을 해소하는 유일한 방법은 유전자 교환이라고 했다. 이를 다른 말로 표현하면 사랑이었다. 20억 년 전, 하나의 세포에 함께 존재했던 양수와 눌아가 쪼개졌다가 다시 합해지고 출렁이면서 시간의 물결을 타고 지금에 이르렀듯이, 둘의 관계도 단순히 배열의 규칙성을 밝히는 것으로 설명할 수는 없을 것이었다. 사람 둘은 그 결이 어긋나고 복잡할수록 모호하고 신비한 공간을 확보했을 것이고 그리하여 그것은 더 근원적인 조합일 것이다. 소수가 우주의 성립부터 미세한 세계까지 모든 현상을 설명하는 궁극의 물리법칙과 맞닿아 있듯이 눌아와 자신이 그렇게 닿아 있었을지 모르는데.

−「저기 소수가 있다」

'양수'에게 정말 필요했던 것은 '리만가설이나 원주율처럼 소수를 연구하여 도출할 수 있는 극도로 미시적인 어떤 것이 눌아가 아닐까' 라고 생각하는 것이 아니라, 변덕처럼 보이던 '눌아'의 역동성을 있는 그대로 바라보는 것이었을 터다. 그러나 '눌아'가 있을 때 시도하지 못했기 때문에 영영 할 수 없을 것이다. '만약'이라는 가정은 '양수'에게도 우리게도 늘 턱없이 늦다.

「저기 소수가 있다」의 '양수'에게 20년 이상의 시간을 허락함으로써 의도적 눈감기에서 벗어날 기회를 주었던 작가는 「한밤의 세마젠」에서는 그 시간을 대폭 축소함으로써 이 행위의 한계를 선명하게 보여준다. 작품의 내용을 살펴보자.

「한밤의 세마젠」 속 '우리'는 이태원 골목에서 마주친 '미인'의 뒤를 쫓으며 진실을 외면하고자 애쓴다. '우리, 그러니까 고3 남자애 다섯 명'이 한여름의 길거리에서 3·6·9게임을 하는 쇼를 벌이는 이유는 오직 하나, '영목'의 여자 친구였던, 그러나 지금은 '우리 공동의 적'인 '미인'을 발견했기 때문이다.

'우리'에게 '영목'은 단순히 뛰어난 애가 아니었다. '스티븐 호킹이 휠체어에 앉았건 영목의 교복이 때에 찌들었건, 그들은 존중받아 마땅한 존재'임을 환기하는 인물이었고, '자신과 레벨이 다른 영목의 발밑에 베이스로 깔리는 것을 영광스럽게 생각한다던 애도 있었을' 정도로 '영목'은 친구들에게 사랑과 존경을 받았다. 그랬기에 이제 '우리'는 그의 이름을 절대로 입에 올리지 않는다. 그가 별관 옥상에서 투신하여 세상을 떴기 때문이다. 그리고 같은 이유로 '미인'은 정해진 수순처럼 추문의 주인공이 된다.

영목이 죽고 난 후 미인의 이름은 함부로 불려졌다.(중략)

미인과 미인 부모님의 신상 명세가 인터넷과 카톡을 통해 마구 털리고 훼손됐다. 미인은 제 이름 때문에 더욱 추하게 각색되었다. 미인의 이름이 쌍욕과 함께 책상이나 구석진 담벼락에 새겨졌다. 얼굴과 알몸이 아이들의 교과서 한 귀퉁이나 노트와 화장실 문과 벽에 그려졌다. 두툼한 입술과 큰 가슴, 벌린 가랑이에 박아 놓은 막대기……. 그림 속의 여자는 미인과 닮지 않았음에도 미인이라 이름 붙였다.

미인이 학교를 그만두고 이민을 갔다는 소문이 돌았다. 시간이 지나면서 아이들이 영목의 이름을 부르는 횟수가 줄었다. 어쩌다 그때 일이 화제에 오르면 이야기는 영목을 당장 비껴나 미인에게 옮겨갔다. 카더라 통신으로 전달되는 미인은 야동 속 베이글녀와 일본만화의 천박한 계집애와 동일시됐다.

—「한밤의 세마젠」

'영목'이 암호 같은 메시지를 보낸 후 별관 옥상에서 투신했기에 피해자만 존재하는 이 사건이 일어난 후 미인과 미인 부모님의 신상 명세가 인터넷과 카톡을 통해 마구 털리고 훼손됐고, 그녀의 이름은 쌍욕과 함께 책상이나 구석진 담벼락에 새겨졌으며, 종래에는 야동 속 베이글녀와 일본만화의 천박한 계집애와 동일시됐다. 그러나 '남식'의 말처럼 '미인'은 그가 그녀를 마주쳤던 그때도 배가 부르진 않았다.

　게다가 '미인'의 뒤를 밟아 들어간 레스토랑에서 '우리'는 그녀가 서빙이 아닌 제 몸뚱이만 한 쓰레기 봉지를 들고 낑낑대며 나르고, 커다란 오븐에 상체를 들이밀고 청소하는 모습을 본다. 서빙과 쓰레기를 나르고 오븐을 청소하는 일 사이에는 어떤 온도 차가 있을까? 아니, 온도 차가 크건 적건 이미 과거 완료형이 되어버린 '미인'에 대한 평가가 달라질까? 그녀를 변호할 의지도, 재평가할 의사도 없는 것처럼 보이는 '우리'는 그러나 '행동대장'의 제안대로 언덕배기에 있는 교회 뒷집인 '미인'의 집까지 쫓아간다. 그리고 이 골목길에 이르러서야 비로소 더 일찍 했어야 마땅했을 '우리는 밤길을 걷듯 자신의 마음을 짚었다. 미인이 미운가, 가여운가, 잘 살기를 바라는가.' 라는 질문을 던진다. 그리고 이 질문 덕분에 비로소 '흰자위가 푸른 광기에 휩싸이고 검은 구슬이 튀어나올 것 같은 눈'을 '영목'을 잃은 후 몇 달간 '우리'가 하고 있었고, 이제는 '남식'만이 그러한 눈빛을 가지고 있음을 알게 된다.

　한편, '우리'는 '미인'이 세마Sema를 추는 세마젠Semazen처럼 이슬람 거리에서 들었을 법한 이국의 소리에 맞춰 망토를 벗어 던지고 두 팔을 옆으로 벌린 채 빙빙 도는 모습을 창 너머로 보게 된다. '육체와 정신이 분리되는 춤, 양팔을 벌리고 빙글빙글 돌다 보면 영혼이 갈망하는 참된 진실을 깨달을 수 있는' 의식이자 춤인 세마. '우리'는 '미인'의 움직임을 보며 일기인 듯 사색 메모인 듯 그림과 글자가 뒤섞여 있던 '영목의 노트'로 이어져 '미인'과 '영목'이 다른 방식으로 현실을 벗어나고자 애를 썼으리라고 생각하게 된다.

4. 용기 내어 심연을 바라볼 것

「무인도 랩소디」의 '나'는 "나의 남루하고 고통스러우면서도 미련한 생존과 연결돼 있는" '섬'에 가고자 한다. 그러나 '섬'은 '나'는 물론 '여러분' 모두에게 거대하고 깊으며, 무거운 흔적이 나를 바라며 뒤엉겨 있는 곳이다.

여러분은 알 것이다. 섬과 맞닿아 있는 인간의 내면이 얼마나 거대하고 깊은지. 그래서 나와 또 다른 나의 거리가 겨우 계단 일곱 개뿐이라 해도 그런 무거운 흔적이 나를 바라며 뒤엉겨 있는 그곳은 내가 영원히 닿을 수 없는 곳처럼 여겨졌다. "너마저 떠나면 나는 진짜 안 돼." 시간의 그물에 걸린 흔적 속에서 나의 그 한마디가 가녀린 실처럼 나의 실존 그러니까 나의 남루하고 고통스러우면서도 미련한 생존과 연결돼 있었다.

　　　　　　　　　　　　　　　　　　　－「무인도 랩소디」

그럼에도 '나'에게 '섬'을 향해 갈 이유는 또렷하다. '내가 만약 섬을 무사히 다녀온다면 다락을 내려갈 수 있을 거라고 사람들이 말했기' 때문이다. 문제는 '그 섬'이 인간의 내면과 맞닿아 있다는 데 있다. 자신의 심연을 오래도록 바라보는 일은 쉽지도, 유쾌하지도 않다. '나'와 같이 과거의 상처로 '배가 고프기를, 헐벗기를 바라는' 사람이라면 더할 나위 없다.

그래서일까, '나'는 '섬'으로 가는 크루즈에 오르지 못하고 '검은 숲'으로 내몰려 '공터' 또는 '정거장'으로 불리는 곳에 도착하게 된다. 사람만이 아니라 꽃에게도 이곳은 특이한 장소인 '정거장'과 연결된 숲을 헤매던 '나'는 '동굴'에서 바위 동굴을 파느라 망치로 정을 내리치는 '나'의 분노를 만나 함께 '동굴'을 파게 된다. 그리고 그 반복되고 피로한 과정 끝에 '나'는 그간 외면했던 진실을 마주한다.

내가 곧바로 대면하고자 한 것은 미련한 분노가 아니었다. 그렇지만 나의 차갑고 냉정한 마음이 아름다운 나의 쌍둥이 동생을 설산에 묻어버렸다는 충격적인 사실은 변함없었다. 끔찍한 결과를 당해야만 감정의 역행을 경험하다니. 후회해도 소용없었다. 이곳에서 나는 언젠가 분노에 갇힌 동생을 구하겠다는 결심만 세울 뿐이었다.

그를 생각하자 눈물이 끊임없이 차올랐다. 하야의 장례를 치르고 차가운 땅에 묻으며 엘은 말했다. "농담이 아니면 죽음이

야." 그 말은 엘 자신에게 한 말일까, 아니면 내게 한 말이었을
까. 나는 아직 농담과 무로 가는 어떤 길도 선택하지 못한 채 중
간계에서 서성이고만 있었다.

—「무인도 랩소디」

'나'의 여과되지 않은 감정들, 반복하는 서성임으로 말미암아
괴물화한 '분노'는 우리의 감정이 보편적으로 그러하듯 흘러넘치
고 이곳저곳으로 퍼지다가 심연에 묻어두었던 '하야'를 호출하기
에 이른다. 그러나 '하야'를 향하는 '나'의 부채감은 지독해서 '분
노'는 사그라지지 않고, '나'를 '우물'로 내몬다.

우물 벽에 몸을 내던져 몸이 분해될 때 비로소 속이 후련해진
'나'의 쾌감은 그러나 찰나에 불과하다. 그런 '나'에게 '대홍수'가
찾아온다. 무수한 신화 속의 대홍수가 그랬던 것처럼 '나'에게 닥
친 '대홍수'는 많은 것을 파괴하고 그 자리에 새로움이 뿌리 내릴
여지를 마련한다. 그리고 그 시작은 (신화에서 그랬던 것처럼) 이
전에는 기이하게만 보였던 꽃, 그리고 '하야와 닮은 여자'다.

나는 내게도 꽃이 있다는 것을 기억했다. 나는 아직 길을 선택
하지 않았다. 아직은 농담의 세계에서 멀쩡한 척 살아갈 자신이
없었다. 내겐 하나의 길만 남았다. 진흙을 파먹던 여자는 바깥 세
계로 나오고 싶을까. 나는 호수 앞에 쭈그리고 앉아 우는 모습이

하야와 닮은 여자를 기다렸다. 꽃을 들고서였다.

―「무인도 랩소디」

　그간 꼭꼭 숨겨두었던 심연을 직시할 수 있었기 때문일까, '나'
는 처음 보았을 때와 같이 몸집이 작아진 분노와 건기를 마주할
수 있었고, '분노'로부터 내가 품에 다 안지도 못할 만큼의 꽃을
받고, 그에게 더 늦지 않게 떠나왔던 곳으로 돌아가라는 이야기
를 듣는다.

　앞에서도 언급한 것처럼 '나'의 '섬'은 사람과 사람 사이의 연결
고리이자, 심연을 찬찬히, 그리고 충분히 들여다보는 자리이다.
이 섬은 '나'가 스쳐 지나온 순간들, 풍경들, 사람들이 켜켜이 쌓
여 있는 곳이어서 가고 싶은 곳인 동시에 외면하고 싶은 곳이다.
그러나 '나'는 용기 내어 '섬'으로 향한다. 그리고 '나'의 고통스러
운 발걸음이 "다락방 아래에서 주고받는 엘과 가족들의 크고 정
다운 목소리를 들을 수 있는" 온전한 '나'를 되돌려 준다.

　5. 이제 함께 가요, 기이하고 다정한 세계로

　이야기는 대체로 어떤 교훈적인 메시지를 포함하게 마련이
다. 그렇기에 이야기를 읽는 사람은 자연스럽게 결말을 기대하
고 예상한다. 그러나 이근자는 진실은 손등과 손바닥처럼 일상

과 비일상의 공간을 오가며 '수성못'에 누워있는 진실(「기유 이야기」), 집에 속해 있지만 다른 곳과 달리 사방이 뚫려있어 파놉티콘Panopticon일 수 있는 '옥상'(「대기맨」). 때로는 '다락'에서 내려가기 위해 '섬'으로 가는 길에 마주한 공간들(「무인도 랩소디」), '집'과 '작업실' 그리고 산책길 위에서 '나'와 '여강'이 마주한 순간들(「산책, 109」). 요양원 6층의 구석진 곳에 있는 병실(「아침은 함부르크로 온다」)과 '대리모 요양원 굿케어(「저기 소수가 있다」)'를 찾은 이들과 떠난 이들, 그리고 '미인'의 뒤를 밟으며 볼 수밖에 없었던 '우리'의 눈빛(「한밤의 세마젠」) 등을 동원해 클리셰cliché라고 불러도 좋을 이 루틴을 일상의 왜곡이라는 방법론으로 깨트림으로써 새로운 소설적 진실을 드러낸다. 오랫동안 구축해 온 세계가 사실은 모순의 결합으로 이루어져 있고, 기괴한 양가성의 민낯은 이러하다고 말하기도 한다.

우리는 불청객들이 뒤흔들어 한층 더 생경해진 세계에서 불편함을 느낀다. 그리고 어렴풋하나마 이 낯설고 섬뜩하며 피로한 불편함은 형형히 빛나는 힘을 가지고 있다고 생각한다. 그 힘은 관성으로 유지되어 온 모순을 벗겨 내고 우리 안에 숨죽인 채 은거하였던 부정적인 측면들, 그래서 한층 본능에 가까운 면모를 적나라하게 드러내기에 충분하다.

그러나 이근자는 적나라함을 무기 삼아 우리를 억압하지 않는다. 오히려 그는 모순이 덜어진 자리에 응원을 채워 넣는다. '섬'

으로 운위되는 심연을 들여다보는 일이 무의미하지 않음을, 관계와 일상을 유지하기 위해 임의로 해석한 사실에서 벗어나려고 할 때 진실의 파편이 보일 수 있다고. 어쩌면 작가는 '해 본 적 없어 할 수 없다' 식의 안일한 대답에도 '이제부터 생각해' 보라고, 그저 우리에게는 '무슨 소망 같은 것을 품어볼 시간이 없었던' 것이라고 이야기한다.

이제 이근자의 손과 혀를 따라 그가 직조한 기이하고 소박한 윤리의 세계로 갈 시간이다. 그곳에서 우리는 무엇을 만나게 될까? 알 수 없다. 하지만 깊고 어두운 '우물'이나 어디서 끝날지 모를 '골목길'에 서더라도 괜찮을 것이다. 그의 세계에는 '크고 정다운 목소리가 있을 것이므로.

산책, 109

초판 1쇄 인쇄일 • 2024년 10월 10일
초판 1쇄 발행일 • 2024년 10월 15일

지은이 • 이근자
펴낸이 • 임성규
펴낸곳 • 문이당

등록 • 1988. 11. 5. 제 1−832호
주소 • 서울특별시 강북구 미아동 126−1
전화 • 928−8741~3(영) 927−4990~2(편)
팩스 • 925−5406

ⓒ 이근자, 2024

전자우편 munidang88@naver.com

ISBN 978−89−7456−586−2 03810

값은 뒤표지에 표시되어 있습니다.